Eifel-Sturm

Jacques Berndorf

Reader's Digest

DEUTSCHLAND · SCHWEIZ · ÖSTERREICH

Die Kurzfassung in diesem Buch
erscheint mit freundlicher Genehmigung
des Autors und des Verlags.

EIFEL-STURM:
Die Originalausgabe erschien unter demselben Titel beim Grafit
Verlag, Dortmund

Cover, S. 3 und Kapitelvignetten: Peter Bucker
S. 191: Christel Plöthner

Printed in Germany

ISBN 3 87070 964 2

Eifel-Sturm

Jacques Berndorf

Reader's Digest **BESTSELLER**

ERSTES KAPITEL

Wie war Driesch in den Fluss gekommen? – Egal, er war im Wasser, hetzte flussabwärts durch die Schlucht, die die alten Monschauer Handwerkerhäuser bildeten. Nur wenige Stunden zuvor waren noch tausende von Touristen über die beiden Brücken geschlendert, die dicht nebeneinander das Wasser der Rur überspannten – links, wenn man vom Marktplatz kam, die Straßenbrücke, rechts daneben die Fußgängerbrücke, die zur evangelischen Kirche führte. Jetzt, in der Dunkelheit, war Driesch mutterseelenallein. Nein, nicht ganz allein. Denn da lief dicht hinter ihm sein Mörder.

Oder hatte der Mörder auf einer der Brücken gestanden und ganz einfach auf ihn gewartet? Dann allerdings hätten die Schusskanäle von oben nach unten verlaufen müssen. Aber das wurde nirgendwo erwähnt. Die *Aachener Volkszeitung* titelte: BUNDESTAGSABGEORDNETER DRIESCH ERSCHOSSEN! Und in der *Bild* stand: SECHS SCHÜSSE BIS ZUM TOD!

Es war neun Uhr morgens, und es war sehr heiß. Hinter mir an der Mauer drehte sich der Wassersprenger, das Dorf war still. Mein kleiner Kater Satchmo lag auf meinem Bauch und schlief fest, seine beiden Erziehungsberechtigten Paul und Willi ruhten unter der Liege im dichten, kühlen Gras. Zwei Meter von mir entfernt tummelten sich die Goldfische und Koikarpfen im Flachwasser des Teiches und hatten anscheinend einen Mordsspaß daran, sich schwanzschlagend seitwärts über eine schmale Zunge aus Moorerde treiben zu lassen, um dann durch einen nur zehn Zentimeter breiten Kanal zurück in das tiefere Wasser zu gelangen.

Jakob Driesch, was trieb dich um vier Uhr früh in das kalte Wasser des Gebirgsflüsschens in dem wildromantischen Monschau? Warum hast du nicht in deinem warmen Bett in Schleiden neben deiner warmherzigen Frau gelegen?

Das Bild von Jakob Driesch nahm noch einmal in meinem Kopf Gestalt an: ein langer, hagerer Mensch mit einem Raubvogelgesicht, aus dem gütige Augen immer ein wenig staunend in die Welt blickten. Ein Mensch, der bedächtig war, der schnellen Lösungen misstraute. Ein Mann, der mir einmal auf einem Spaziergang gesagt hatte: „Der Weg zum lieben Gott ist sehr weit. Meistens dauert er ein Leben lang, und du hast keine Zeit mehr, das Ergebnis zu genießen."

Etwa einsachtzig groß, grau gewordene, widerborstige Haare, ein von Wind und Wetter gegerbtes Gesicht, ungewöhnlich schmale und langgliedrige Hände – die Hände eines Pianisten. Ja, das Klavier und der frühe Beat aus New Orleans. Ich erinnerte mich an einen Sonntagnachmittag, als er unvermittelt aufgestanden war, sich auf den Hocker vor dem Instrument gesetzt hatte, sich geräuspert, zur Decke geblickt und dann mit dem „Basinstreet Blues" losgefegt hatte.

Weshalb hatte ich ihn damals eigentlich besucht? – Ja, richtig, ich hatte mich für Windenergie interessiert, für diese faszinierenden Flügelräder auf den westwärts geneigten Hängen der Eifel, wo sie die Winde vom Atlantik her besonders gut auffangen. Jakob Driesch war ein leidenschaftlicher Verfechter dieser Art von Energiegewinnung gewesen. Er hatte mit vibrierendem Bass gedonnert: „Die Windräder sind keine Reklame für Mercedes, sie sind eine verdammt gute Möglichkeit, mit relativ kleinem Aufwand an Strom zu kommen. Aber diese Scheißmanager der großen Stromversorger haben was dagegen." Eine seiner hübschen Töchter hatte daraufhin gemahnt: „Papa, du wirst ausfällig!", und er hatte gegrinst: „Du hast Recht,

Mädchen, aber Gott ist mit mir, denn er schickt den Westwind!“ Und seine Frau Anna hatte ihn liebevoll angeblickt und so ausgesehen, als wollte sie ihn erst umarmen und dann sofort mit ihm ins Bett. Eine bemerkenswerte Familie um einen bemerkenswerten Mann.

Politisch hatte Driesch die Christlichen vertreten. Er hatte einmal geäußert: „Ich bin altmodisch, ich verlasse mich immer wieder auf meinen Herrgott.“ Er war allerdings, wenn ich das richtig beurteile, immer ein Stachel im Fleisch dieser Christlichen gewesen. Er hatte unumwunden eine stille Liebe zu den Grünen gepflegt und auch dazu gestanden: „Ein chaotischer, liebevoller Haufen, der sich kindlich naiv darüber aufregt, dass andere schon gehandelt haben, während man selbst noch wild diskutiert.“ Besonders zur grünsten aller Grünen hatte er eine deutliche Zuneigung gefasst – Wilma Bruns aus Stadtkyll. Die Zuneigung war durchaus erwidert worden. Wilma hatte mir mal kichernd zugemurmelt: „Also, wenn er nicht so toll verheiratet wäre und ein bisschen weniger katholisch, würde ich ihm einen unsittlichen Antrag machen.“

Und nun war Jakob Driesch tot, ein toter Politiker. Ich ging in das Haus und holte mir das rot gestreifte Buch der Bundestagsabgeordneten aus dem Regal. 52 Jahre war er alt geworden, nicht mehr als 52 Jahre. Mir fiel der Satz ein: Wen die Götter lieben, den holen sie früh zu sich. Die Götter waren im Fall des Jakob Driesch arg ungeduldig gewesen. Aber wer hatte den Göttern geholfen und diesen Mann erschossen?

Ich hätte eigentlich dringend Wilma Bruns anrufen müssen. Wahrscheinlich hockte sie weinend zu Hause und betrank sich. Sie hatte einen Freund verloren – vielleicht mehr als das.

Ich stopfte mir die helle Olivenholzpfeife aus Malta und ging zurück in den Garten. Die drei Kater hatten sich mittlerweile auf meiner Liege breit gemacht und schliefen so fest, dass sie nicht einmal blinzelten, als ich mich beschwerte. Ich nahm die Liege hoch und schüttelte sie herunter. „Das ist ja wohl die Höhe! Ich bin euer

Ernährer, verhaltet euch gefälligst entsprechend." Sie nahmen mich nicht ernst, krochen unter die Liege und setzten ihren Schlaf fort.

Klein Fritzchen, der kleinste der Goldfische, der immer noch nicht länger als drei Zentimeter war, lag in einem Bett aus Grünalgen in fünf Zentimeter tiefem Wasser und schlief ebenfalls. Ich stupste ihn mit einem langen Grashalm. Widerwillig bewegte er sich, um dann weiterzuträumen. Es war eben ein träger Tag, und ich hoffte auf ein kühlendes Gewitter.

Wer wohl für den Fall zuständig war? Die Kripo aus dem dreißig Kilometer entfernten Aachen wahrscheinlich. Und wahrscheinlich würden sich irgendwelche zuständigen und nicht zuständigen Geheimdienste um diesen brutalen Tod kümmern. Mit Sicherheit der tatsächlich zuständige Verfassungsschutz sowie der Militärische Abschirmdienst, weil Driesch mit der Bundeswehr zu tun gehabt hatte. Vermutlich auch der BND, weil man einen Bundestagsabgeordneten nicht erschießen kann, ohne diesen Nachrichtendienst aufzuscheuchen.

Die Zeitungsausschnitte, die mir mein Kollege Hubert gefaxt hatte und die mich so ins Grübeln gebracht hatten, stammten von Dienstag. Heute war Mittwoch, der Tod des Jakob Driesch lag also drei Tage zurück, und inzwischen gab es vermutlich von Aachen bis Trier, von Monschau bis Daun kein anderes Gesprächsthema mehr.

Ich holte mir den *Trierischen Volksfreund*, um nachzulesen, was die schrieben. Niemand hatte eine Ahnung, weshalb Driesch überhaupt in Monschau gewesen war. Seine Frau hatte ausgesagt, er habe entgegen seiner sonst üblichen peniblen Art nur erwähnt, er würde einige Bekannte treffen, sei aber in einer Stunde wieder daheim. Das war am Sonntagabend gegen 19 Uhr gewesen. Sie habe keine Idee, wen ihr Mann getroffen haben könnte. Er sei gewesen, wie er immer war: gut gelaunt und begierig darauf, sein neues Büro in Berlin beziehen zu können. Nein, es sei ihr unvorstellbar, wie irgendein

Mensch hingehen und ihren Mann mit sechs Kugeln aus einer 44er-Winchester erschießen konnte. Sie kenne auch niemanden, der ein solches Gewehr besitze, und ihr Mann habe trotz seiner Kontakte zur Bundeswehr bekanntlich nie eine Waffe in die Hand genommen.

Dann stand dort noch etwas:

> Inzwischen ist klar, dass der Mörder alle Schüsse aus einer Entfernung von zwölf bis zwanzig Metern auf den durch das Wasser rennenden Bundestagsabgeordneten abgegeben hat. Und es gilt in Kreisen der Sonderkommission als sicher, dass der Mörder seinem Opfer in der Rur folgte und nicht etwa auf einer der beiden Brücken stand, wie anfänglich angenommen wurde. Kriminaloberrat Kischkewitz, der aus Wittlich hinzugezogene Leiter der Sonderkommission, antwortete auf die Frage, ob der Tod von Jakob Driesch etwas mit dessen politischer Tätigkeit zu tun haben könnte: „Das ist nicht wahrscheinlich. Driesch war nicht mit Geheimdingen beschäftigt, er war Spezialist für Landwirtschaft, Windenergie und hatte am Rande mit den in der Eifel stationierten Bundeswehreinheiten zu tun. Bisher können wir überhaupt kein Motiv erkennen. Daher bitten wir alle Monschauer und Touristen, die in der Nacht von Sonntag auf Montag irgendetwas Ungewöhnliches bemerkt haben, sich bei der Sonderkommission zu melden. Bis jetzt konnten wir noch keinen Menschen ausfindig machen, der Driesch am Sonntagabend vor seinem Tod in Monschau gesehen hat. Auch seinen Wagen, einen Mercedes, schwarz, Typ E 290, haben wir noch nicht finden können. Und wir haben keine Vorstellung davon, wie der Abgeordnete in den Fluss gelangt ist. Die nächste Möglichkeit, über eine normale Uferbefestigung in das Flussbett zu gelangen, befindet sich weit oberhalb der Stadt, was bedeutet, dass Driesch mehr als tausend Meter im Wasser gelaufen sein muss, ehe sein Mörder ihn erschoss. Alle sechs Kugeln, das ist inzwischen sicher, stammen aus derselben Waffe, einer klassischen 44er-Winchester, die ein hochbegehrtes Sammlerstück ist und auf dem schwarzen Markt, vor allem im benachbarten Belgien, angeboten wird. Wir bitten dringend um Hilfe. Die Sonderkommission ist im Aukloster zu erreichen."

Der Artikel wurde ergänzt durch einen fett gedruckten Hinweis, dass eine Belohnung von fünfhunderttausend Mark ausgesetzt worden sei.

Ich fasste einen Entschluss: Ich würde Wilma Bruns nicht anrufen, auch Anna nicht und schon gar nicht Kischkewitz, den ich kannte. Der Fall war nicht mein Bier. Vielleicht hatten sie den Täter auch schon …

Da schrillte mein Handy. Es war Emma, die Frau meines alten Freundes Rodenstock, der Kriminaloberrat im Ruhestand war. Sie selbst war stellvertretende Polizeipräsidentin der holländischen Stadt 's-Hertogenbosch. „Hör mal, ich bin in Frankfurt, gerade gelandet aus New York. Ich kann Rodenstock nicht erreichen. Ist er bei dir?"

„Nein. Ich hocke allein in meinem Garten, kein Rodenstock hier."

„Dann wird er bald auftauchen. Gestern hat er angedeutet, er wolle bei dir einfallen. Ich begebe mich jetzt nach 's-Hertogenbosch und komme wahrscheinlich morgen zu euch."

„Wie war es beim FBI?"

„Wie üblich. Sie bringen einem die neuesten Tricks der international arbeitenden Terroristen bei, kriegen die aber selbst nicht zu fassen. Das nennt man Fortbildung." Sie lachte. „Aber ich habe meine Tante Souza besuchen können. Und das war wirklich gut. Wie weit seid ihr denn in der Sache?"

„In welcher Sache, bitte schön?"

„Na ja, mit diesem erschossenen Bundestagsabgeordneten, wie hieß er doch gleich?"

„Jakob Driesch. Ich kümmere mich nicht darum, und von Rodenstock habe ich seit Tagen kein Sterbenswörtchen gehört. Was soll das?"

Sie machte eine Pause, ich hörte nur ihren Atem. „Er arbeitet aber dran, er hat sogar einen Auftrag."

„Er hat *was*?“

„Einen Auftrag vom Bundesnachrichtendienst. Das nennt man ‚Operation Splitting‘. Rodenstock soll gemütlich das Umfeld des Toten auseinander nehmen und sehen, was dabei herauskommt. Er wird sogar dafür bezahlt.“ Sie lachte wieder. „Ich muss weiter, mein Lieber. Hilf ihm, bitte, er war so aufgeregt wie ein Pennäler.“ Es klickte. Sie hatte das Gespräch beendet.

„Ja, ja“, murmelte ich in die Hitze. Wieso hatte sich der Dickkopf nicht bei mir gemeldet? Plante er einen Alleingang? Oder hatte der BND ihm geraten, allein zu arbeiten? Wie auch immer, mein alter Freund Rodenstock steckte bis zum Hals in dem Fall, und bald würde es mir wahrscheinlich genauso gehen.

Ich stiefelte ins Haus und suchte die Telefonnummer von Wilma Bruns aus der Kartei. Sie war daheim, ihre Stimme klang hohl. „Ihre Abgeordnete der Grünen im Landtag, Wilma Bruns, hier. Guten Tag.“

„Siggi Baumeister. Wie geht es dir?“

„Schlecht.“ Sie klang nach Reval und zu viel Schnaps.

„Haben sie dich schon auseinander genommen?“

„Und wie! Und schlecht wieder zusammengesetzt. Die Kripo, der Verfassungsschutz, der MAD, wirklich alle. Sag bloß nicht, du willst ein Interview!“

„Will ich nicht. Würdest du dann mit mir reden?“

„Keine Zeitung, die morgen mit dem Zeug erscheint?“

„Wilma!“

„Ja, ja, schon gut. Komm halt her, aber lass deinen Kugelschreiber zu Hause.“ Sie brach das Gespräch ab.

Ich versuchte Rodenstock über sein Handy zu erreichen, aber auch mir gelang es nicht. Also stopfte ich mir ein paar Pfeifen in die Weste, dazu den Tabaksbeutel und machte mich auf den Weg. Ich fuhr in schnellem Tempo über Dockweiler Richtung Daun, in Pelm hinauf zur Kasselburg, dann links an der Bahnlinie entlang. Ich achtete nicht auf Geschwindigkeitshinweise, fuhr einfach drauflos. Als ich in Jünkerath durch den Kreisverkehr rauschte und meine Reifen quietschten, wurde mir plötzlich bewusst: Was rase ich so? Macht das Driesch wieder lebendig?

Ich fuhr rechts ran, stopfte mir erst einmal die Dänische Pfanne von Stanwell und rauchte ein paar Züge bei offenem Fenster. Dann ließ ich es sanfter angehen. Von der schmalen Straße aus, über die man nach links zum Stausee fährt, um zu dem Restaurant zu kommen, das so schöne indische Gerichte im Tandoor zubereitet, geht rechter Hand ein schmaler, asphaltierter Wirtschaftsweg den Hang hinauf. Das war der Weg, der zu Wilma Bruns führte, zu ihrem großelterlichen Haus, einem eindrucksvollen alten Trierer Einhaus, das sie schon seit Jahren selbst restaurierte. Sie werkelte wirklich selbst, sie mauerte, legte die elektrischen Leitungen, lernte, wie ein Installateur arbeitet, lernte, das Dach zu decken und eine Heizung einzubauen. Und in den Zwischenzeiten opferte sie sich für die Grünen auf, die ihr selten dankten, sie aber wüst beschimpften, wenn etwas danebenging. Und immer wenn es wieder einmal so weit gekommen war, griff sich Wilma in ihrer Verzweiflung einen Kerl – todsicher jedes Mal den falschen, einen, der sie nur ausnutzte. Bis sie wach wurde, ihn wutschnaubend vom Hof jagte und die ganze Geschichte von vorne begann.

Die Haustür stand offen. Sie hatte die gute Stube abgedunkelt, schwere Vorhänge vor die Fenster gezogen. Nur eine grüne Schreibtischlampe verbreitete ein geradezu gespenstisches Licht.

Ich sah Wilma nicht. „Hallo?"

Da bewegte sich etwas auf dem altertümlichen, mit rotem Plüsch bezogenen Sofa. „Ich bin hier", sagte sie müde. „Oder das, was von mir übrig ist. Nimm dir ein Bier oder einen Wein oder was auch immer. Haben wir schönes Wetter?"

„Sehr schönes Wetter, fast zu heiß. Wie lange hockst du hier schon?"

„Na, seit Montagmorgen, als ich angerufen wurde."

„Wer hat dich angerufen?"

„Die Bullen, wer sonst? Wie geht es Anna?"

„Ich weiß es nicht, ich bin selbst eben erst eingestiegen. Wo steht die Kaffeemaschine?"

„Da vorn, neben der Küchentür. Was meinst du, kriegst du einen Kaffee hin?"

„Na sicher."

„Und die Zigaretten sind mir ausgegangen. Kannst du welche besorgen? Geld liegt da vor dem Fernseher. Reval, bitte."

Sie sah schlimm aus, wie eine alte Frau, dabei war sie erst Mitte dreißig. Ihr Gesicht war eingefallen und grau, ihr Haar, das normalerweise hennafarben wie Lohe brannte, war strähnig und schmierig.

Ich setzte den Kaffee auf und sagte dann: „Ich geh mal das Rauchzeug kaufen." Ihr Geld ließ ich liegen und fuhr den Weg hinunter bis zur nächsten Kneipe.

Als ich mit den Zigaretten zurückkam, war der Kaffee durchgelaufen, und Wilma murmelte: „Du bist ein Schätzchen. Danke." Sie riss die Packung auf und zündete sich eine an.

„Vielleicht solltest du duschen", sagte ich vorsichtig.

„Was?" Sie starrte mich aus runden Augen an. „Ach herrje! Ich stinke wahrscheinlich!" Sie lachte heiser und schüttelte sich.

Ein Schäferhundwelpe kam schwanzwedelnd hereingelaufen und fiepte. „Der heißt Cisco und ist mein Beschützer", stellte sie vor. „In der Küche muss irgendwo Hundefutter sein. Kannst du das übernehmen?"

Ich fand die Dosen, öffnete eine, und der kleine Hund sprang an mir hoch und bellte. Ich stellte ihm die Schüssel auf den Boden. Er legte sich flach davor und begann das Zeug zu schlabbern.

Mein Handy meldete sich, und Rodenstock fragte: „Wo bist du?"

„Ich bin bei Wilma Bruns."

„Da will ich auch hin. Beschreib mir mal den Weg."

Ich tat es, dann krachte es hinter mir. Wilma war auf die Dielenbretter geschlagen.

„Hilf mir", bat sie stöhnend. Unvermittelt begann sie leise zu weinen.

Ich hievte sie hoch. „Langsam, ganz langsam. Wo ist dein Badezimmer?"

„Oben, die Treppe rauf… Ich habe die Kontrolle verloren", erklärte sie seltsam klar. „Das darf nicht passieren!"

„Ist schon okay", sagte ich. „Langsam, nur nicht so hastig." Im Badezimmer herrschte peinliche Ordnung. „Ich lass dir Wasser ein. Warte hier, und halte dich an der Wand fest." Ich stöpselte die Wanne zu und öffnete den Warmwasserhahn.

„Er bedeutete sehr viel für mich, weißt du. Er war ein Mann, wie ich nie einen kriegen werde. Ich kriege immer nur den Schrott." Sie zog sich aus, griff nach meiner Hand und kicherte. „Ich alte Frau komme da nicht alleine rein."

„Ich helfe dir ja. Hoch das Bein, in Ordnung. Jetzt das zweite." Sie war eine schöne Frau, und ich wünschte, dass sie irgendwann einmal mehr Glück haben würde.

„Mein Gott, ich stinke wirklich. Wenn mich nicht alles täuscht, habe ich 48 Stunden lang nur gesoffen, geraucht und geheult. Blöde Zicke, die ich bin. Kannst du mir die Zigaretten und einen Kaffee bringen, bitte? Und viel Zucker und etwas Milch. Ja, und ich hatte neues Mundwasser gekauft. Das muss irgendwo in der Küche stehen…"

Ich stieg die Treppe wieder hinunter, nahm ein Tablett und stellte alles darauf, was sie wollte. Und weil sie mir so Leid tat, griff ich in einen Strauß Sonnenblumen, brach eine unter dem Kopf ab und legte sie mitten auf das Tablett. Es sah hübsch aus, zeigte aber keine Wirkung, denn Wilma war inzwischen eingeschlafen.

Ich suchte unter ihren CDs etwas, was sie vielleicht aufmuntern würde. Es war ein wenig zynisch, aber ich entschied mich für Satchmos „What a wonderful world“ und ließ es ordentlich dröhnen. Tatsächlich reagierte Wilma.

„Mach das Ding aus!“, schrie sie hysterisch.

Das tat ich nicht, stattdessen beugte ich ihren Kopf nach vorn und massierte ihr kräftig die Schulterpartie. „Du wirst jetzt zu dir kommen.“ Sie wollte maulen, doch ich fuhr fort: „Kannst du mir vielleicht die Frage beantworten, warum Driesch in die Rur gestiegen und durch das Wasser gelaufen ist?“

„Kann ich nicht.“

„Hatte er Freunde in Monschau?“

„Er hatte überall Freunde. Das weißt du doch.“

„Wirkte er in der letzten Zeit irgendwie verändert?“

„Ja. Er war verändert. Aber nicht..., nicht negativ. Er war nur stiller, nachdenklicher.“

„Seit wann?“

„Seit ein paar Monaten.“

„Traf er irgendwelche Leute, die er früher nicht getroffen hat?“

„Das weiß ich nicht, ich habe schließlich nicht mit ihm gelebt. O Gott, das tut weh, Baumeister.“

„Das soll es auch. Gab es vielleicht Zoff mit den Leuten, die Windräder aufstellen, oder mit den Leuten, die gegen Windräder sind?“

„Nur das Übliche, nichts Besonderes. Noch vor einer Woche sagte er, kein Mensch kann die Windräder auf Dauer verhindern. Glaubst du, Anna wird mit mir reden?“

Ich war verblüfft. „Warum sollte sie das nicht tun?“

„Weil sie vielleicht denkt, ich hätte was mit Jakob gehabt.“

„Hattest du was mit ihm?“

Sie schüttelte den Kopf und begann zu weinen. „Nein. Albert hat das geglaubt, aber Albert glaubt alles Miese, wenn es gegen Jakob geht.“

„Und wer, bitte, ist Albert?“

„Albert ist unser Wasserspezialist. Er ist für Natur pur, er findet Windräder furchtbar, er sagt, wir sollen die Bachläufe und Flüsse nutzen und Wasser zur Stromerzeugung einsetzen. Er ist der Ansicht, Windräder verschandeln die Natur. Ich habe keinen Beweis dafür, aber ich wette, er war es, der das Windrad oben vor Losheim umgelegt hat. Damals vor acht Monaten."

„Was macht dieser Albert denn im normalen Leben so?"

„Schafskäse und Ziegenkäse und Honig und Kräuterbutter, ein Ökobauer eben. Albert ist verheiratet, hat vier Kinder und ist ein geiler Bock. Er hat Jakob mal als katholisches Niederwild beschimpft, das man zum Abschuss freigeben sollte. Dabei hatte er fast Schaum vor dem Maul."

„Oha!", sagte ich. „Wo finde ich diesen Albert?"

„Er hat einen Einsiedlerhof oben am Weißen Stein. Aber sei vorsichtig, der Kerl ist irre und außerdem ein Waffennarr." Sie hatte nun ganz schmale Lippen, rauchte nervös und sog den Rauch tief ein. „Wenn du mich fragst, ob er eine Winchester hat, muss ich antworten: Könnte durchaus sein. O Gott, wir haben oft gesagt, wenn Albert durchknallt, steckt er die Eifel in Brand."

„Wie heißt er eigentlich? Ich meine, Albert reicht mir nicht."

„Albert Tenhoven."

Eine Männerstimme rief: „Hallo? Ist hier jemand?"

„Komm rauf!", rief ich. „Hier oben!"

Rodenstock tauchte auf, erschrak leicht beim Anblick der Badenden, fing sich und sagte heiter: „Das ist doch mal ein guter Empfang." Dabei grinste er wie ein Haifisch. „Rodenstock ist mein Name. Ich bin ein Freund von Baumeister."

„Das ist gut." Wilma nickte. „Dann darf ich euch bitten, mal rauszugehen. Ich ziehe mir rasch was an. Schließlich ist das hier keine gute Konferenzsituation."

„Da stimme ich zu", meinte Rodenstock.

Wir gingen hinaus, und noch auf der Treppe legte ich los: „Ich habe ein Problem mit dir, mein Freund. Warum sagst du nichts und fängst heimlich an, den Fall zu recherchieren? Weil der edle Bundesnachrichtendienst dich gebeten hat, mich rauszuhalten?"

„Du bist sauer, nicht wahr?"

„Ich bin stinksauer", bestätigte ich. „Und du musst dir schon was Gutes einfallen lassen, um das zu ändern. Emma ist übrigens wieder zurück. Sie wollte erst nach 's-Hertogenbosch und dann hierher."

Vor dem Haus stand eine Bank mit einem Tisch. Wir setzten uns. Rechts von mir wuchs ein kleiner Malvenbusch, das Rosa strahlte in der Sonne.

„Na gut", murmelte er und sah mich nicht an, „sie haben mich gebeten, das für sie zu erledigen. Und sie wussten, dass wir beide in der Regel zusammenarbeiten und dass du häufig für Magazine schreibst. Also haben sie gesagt: ‚Halt den Baumeister aus deinen Recherchen raus!' "

„Ich bin also ein Unsicherheitsfaktor", stellte ich bitter fest.

„Nun mach mal Pause", begann er zu schimpfen. „Du weißt genau, dass der Fall Jakob Driesch eine große Story wert ist. Du bist Journalist. Wie oft haben wir beide zusammengearbeitet, und du hast dich auf mich und mein Fachwissen berufen? Nun will dieses Fachwissen mal der Bundesnachrichtendienst nutzen – gegen Bezahlung. Und er fordert: ‚Den Baumeister halten Sie aber schön raus.' ‚Gut', sage ich, ‚ist gebongt.' Was ist dagegen einzuwenden?"

„Nicht viel", sagte ich nach einer Weile. „Nicht viel. Nur, dass du unsere Freundschaft verraten hast, Rodenstock. Das finde ich schäbig."

„Ich bin Beamter, ich habe mich auch nach der Pensionierung an solche Weisungen zu halten." Rodenstocks Stimme klang hohl.

„Dann hast du ein Problem mit mir", warf ich ein.

„Leck mich doch!", sagte er heftig, erhob sich und ging zu seinem Wagen hinüber. Er stieg ein, wendete und prallte dabei mit der

Stoßstange gegen das Heck meines Autos. Dann gab er Gas und preschte den Hügel hinunter, als würde er verfolgt.

„Blöder Beamter!", fluchte ich überflüssigerweise. Ich fühlte mich elend.

„Will dein Freund nicht hier bleiben?", fragte Wilma hinter mir. Sie sah nun ausgesprochen hübsch aus und schien wieder etwas Mut gefasst zu haben.

„Nein, er muss erst etwas anderes erledigen. Wollen wir über diesen Driesch reden?"

„Ja." Sie nickte. „Und dann will ich zu Anna fahren. Aber zuerst muss ich ein paar Telefonate erledigen."

„Tu das, ich warte hier." Ich starrte in das Tal hinunter und dachte an Rodenstock, der sich auf die Flucht begeben hatte.

Wilma kam nach kurzer Zeit wieder zu mir heraus und setzte sich neben mich. Sie fragte: „Dir geht es beschissen, was?"

„Ja. Aber das geht vorbei. Erzähl mir von Jakob Driesch – was war er für ein Mann?"

„Ziemlich ungewöhnlich für einen Politiker. Er hatte keine Begabung zur Lüge. Er war das, was Jugendliche heute cool nennen."

„Hast du je erlebt, dass einer seiner Gegner ausflippte, sodass er – wie hast du das genannt? – Schaum vor dem Mund hatte?"

„Nein, aber ich weiß, dass einer aus der Riege ihn regelrecht gehasst hat. Er ist Anwalt und sitzt in Roetgen. Seit zwei Legislaturperioden will er Drieschs Platz übernehmen. Dr. Ludger Bensen. Der Mann ist übrigens Fachanwalt für Immobilien."

„Hat er irgendwie mit Waffen zu tun?"

„Weiß ich nicht. Das ist so ein Weißer-Kragen-Typ, er würde schießen lassen, niemals selbst schießen."

„Und wie kam es zu diesem Hass gegen Driesch?"

„Dieser Bensen ist ein absoluter Karrieremann. Er hat irgendwann mit 18 Jahren beschlossen, in eine Partei zu gehen und Politik zu machen. Er hat in Bonn studiert. Dann hat er die Tochter eines sehr reichen belgischen Bauunternehmers aus Malmedy geheiratet, sie haben zwei Kinder. Ein Paar wie aus dem Bilderbuch, strahlend jung und schön. Sie verkehren in der besten Gesellschaft Aachens. Grässliche Leute. Die Frau hat mir mal auf einem Stehempfang gesagt, sie sei froh, wenn er aus dem Haus ist, und Eheleben sei gut, solange die Dauerwelle nicht leidet. Ich frage mich, wie die zwei Kinder zeugen konnten. Und Hass? Na ja, der Mann hat versucht, Driesch mittels übler Nachrede aus der Politik zu drängen. Er hat behauptet, Driesch habe eine heimliche Geliebte. Das ist übrigens noch nicht lange her, ein Jahr oder so."

„Und Driesch hatte keine heimliche Geliebte?"

„Der doch nicht!" Wilma schnaufte entsetzt. „Der hatte doch Anna und die Kinder. Er meinte mal zu mir, er werde langsam misstrauisch angesichts all des Glücks in der Familie. Er sagte wörtlich: ‚Ich warte auf einen Knall.' "

„Ich komme mit diesem Tatort nicht klar. Schließlich ist es kein Wohnzimmer, keine Straße, kein Auto, kein Parkplatz. Es ist ein Fluss mitten in einer kleinen Stadt. Kannst du das erklären?"

„Nein", sagte sie und zündete sich eine Zigarette an. „Niemand hat eine Idee, wie Jakob in den Fluss kam und vor allem, warum."

„Hat man denn Geschosshülsen gefunden?"

„Nein, nicht eine. Und dann die Sache mit seinem Geldbeutel."

„Geldbeutel? Wieso Geldbeutel? Davon stand nichts in der Zeitung."

„Er lag mit den Beinen im Wasser, mit dem Oberkörper auf einer der gemauerten Flächen, in die Kanaldeckel eingelassen sind. Die Abwasserleitung folgt nämlich genau dem Fluss. Unterhalb von Jakob, vielleicht zwanzig Meter entfernt, lag sein Geldbeutel in einem Grasbüschel. Es ist möglich, dass er mit dem Wasser dorthin getrieben ist. Es kann aber auch sein, dass Jakob ihn an der Stelle verloren hat, während er flussaufwärts hetzte. Weißt du, was ich denke?"

„Sag es mir."

„Er saß irgendwo. In einem Raum, auf einer Bank draußen. Dann tauchte jemand auf, von dem er sofort wusste, dass er ihn töten wollte. Er geriet in Panik und rannte los, er wusste nicht, wohin. Irgendwie schaffte er es, in den Fluss zu kommen. Er rannte um sein Leben. Und er hatte keine Chance."

„Da muss ich heftig widersprechen. Es gibt hunderte Winkel und Ecken, Innenhöfe, Hauseingänge, Durchlässe, um Schüssen auszuweichen. Warum flüchtete er in den Fluss? Dieser Fluss liegt drei Meter tiefer als die Stadt, an manchen Stellen mehr. Der Fluss ist der schlechteste aller Fluchtwege. Deshalb ist er vollkommen unlogisch."

Wir schwiegen eine Weile, dann nickte sie. „Du hast Recht, der Fluss ist der schlechteste aller Wege. Aber wir können Jakob nicht mehr fragen, warum." Sie weinte wieder.

„Hast du ihn geliebt?"

Sie nickte, musste nicht überlegen. „Auf eine gewisse Weise, ja. Es war ein sauberes Verhältnis."

„Wie war seine finanzielle Lage?"

„Wir haben das Thema kaum berührt. Nur einmal, als ich einen Typ hatte, der mein Bankkonto geplündert hat, da habe ich mich bei ihm ausgeheult. Er tröstete mich und sagte: ‚Wenn es hart auf hart kommt, schmeißt du ihn raus, ich gebe dir einen Scheck, du bringst deine Sachen in Ordnung, und wir reden nicht mehr darüber.' Ich habe den besten Freund meines Lebens verloren. Und er ist nicht ersetzbar, verstehst du? Als die Sache mit Albert war, hat er mich auch rausgehauen. Verdammt noch mal, warum bin ich bloß so eine unsolide Frau?"

„Meinst du den Albert vom Weißen Stein, der möglicherweise eine Winchester haben könnte?"

„Genau den." Sie schwieg eine Weile. „Wenn ich dir das erzähle, Baumeister, musst du aber den Mund halten, hörst du?"

„Ich sage zu niemandem etwas, versprochen. Ich bin nicht an

Indiskretionen interessiert. Ich will den Tag beschreiben, nicht die Farbe deiner Unterwäsche."

Sie kicherte. „Die ist schwarz. Also, die Sache mit dem Albert Tenhoven passierte vor drei Jahren. Er war gerade da oben am Weißen Stein in den Hof gezogen. Wir fragten uns: Was will der da? Außer wilder Natur gibt es da doch nichts. Er wohnte zunächst allein dort, niemand wusste von seiner Frau und den Kindern. Abends tauchte er in unseren Kneipen auf, ein verrückter Macho, aber irgendwie liebenswert, jedenfalls ein starker Typ mit grauem Bart und Händen wie Bratpfannen. Und irgendwie befand ich mich in einer Phase, in der ich so eine Stärke brauchte. Jedenfalls habe ich ihn mitgenommen. Nicht hierher, nein. Wir sind nach Nideggen gefahren, haben uns ein Hotelzimmer genommen." Sie war ganz versunken in diese Geschichte. „Wir fingen die Sache an wie eine ..., na ja, irgendwie wie eine geschäftliche Beziehung. Du erledigst meine Bedürfnisse, ich erledige deine. Das fand ich damals ganz toll. Das war so schön unverbindlich. Es blieb nicht bei dem einen Mal. Wir fuhren nach Aachen, wir fuhren nach Heimbach, immer Hotelzimmer. Irgendwann nahm ich ihn mit in dieses Haus. Ich träumte von einer Zukunft mit ihm. Doch dann entdeckte ich, dass er verheiratet ist und Kinder hat. Na klar, wieso sollte ich auch mal Glück haben? Ich wollte ihn rauswerfen, aber er ließ sich nicht rauswerfen, er besetzte sozusagen meine Küche, grinste und blieb sitzen. Da kam Jakob Driesch, um mich abzuholen, es ging um Windräder in Ormont. Und Tenhoven wurde sofort pampig. Auf die ganz unangenehme Art. Er brüllte rum, wieso ich mir einen zweiten Kerl holte, ob er vielleicht nicht ausreiche. Er verlor die Kontrolle, verstehst du? Auf dem Tisch stand eine volle Thermoskanne mit Kaffee. Driesch nahm sie und schmetterte sie Tenhoven auf den Kopf, einfach so und ohne Vorwarnung. Tenhoven fiel vom Stuhl, wurde aber schnell wieder lebendig und wollte auf Driesch los. Doch der nahm einen Küchenstuhl und haute

Tenhoven um. Dann packte er Tenhoven und schmiss ihn vor die Tür. Er prügelte ihn regelrecht den Berg runter. Als er zurückkehrte, sagte er nur: ‚Lass uns fahren, wir sind spät dran.'" Wilma seufzte. „Mein Gott, warum baue ich immer so einen Mist?"

„Aber damit hatte Driesch einen Feind fürs Leben."

„Ja." Sie nickte, zog die Unterlippe ein und kaute darauf herum. „Diese Männergeschichten bringen mir immer nur Schwierigkeiten, Baumeister. Als moderne Frau ist es in der Eifel manchmal nur schwer auszuhalten. Aber ich liebe das Haus und das Land…, na ja, du weißt schon."

„Ich liebe es ja auch. Sollen wir zu Anna fahren?"

„Ja", murmelte sie. „Ich mache nur das Haus dicht." Sie stand auf und ging ins Haus. Ich hörte, dass sie eine Nummer wählte, dass sie sagte: „Ach, Anna. Guten Tag. – Ja, meine Liebe, das ist – Baumeister ist hier, wir wollen rüberkommen zu dir. – Wie bitte? Das ist nicht wahr! Sag, dass das nicht wahr ist…"

Als Wilma wieder in der Tür erschien, war sie weiß im Gesicht. Tonlos teilte sie mir mit: „Annette von Hülsdonk ist tot. Sie wurde erschossen. Sie haben sie vor zwei Stunden gefunden. Das kann doch alles nicht wahr sein!"

„Wer ist denn das?"

„Die Tochter von Manfred von Hülsdonk. Du weißt schon, der Hotel- und Kneipenbetreiber. Annette gehörte zu unserer Clique, und sie war für Windräder."

„Lass uns fahren. Wo ist es denn passiert?"

„In Hellenthal. Mein Gott, sie war höchstens 27! Rennt da ein Irrer rum?"

Von der anschließenden Fahrt von Stadtkyll nach Hellenthal weiß ich nicht mehr viel. Ich erinnere mich, dass ich Richtung Hallschlag raste und dann erschrak, als Wilma brüllte: „Rechts hoch, rechts hoch!"

Es ist zweifellos eine der schönsten Strecken im Naturpark

Nordeifel, aber ich hatte genug damit zu tun, die Kleinlaster von Handwerkern und die Steinlaster zu überholen. Oberhalb von Hellenthal schossen wir auf die B 265. Im Kreisel standen zwei Frauen und unterhielten sich. Ich stoppte den Wagen neben ihnen.

„Wo ist denn das mit der Annette passiert?“, fragte Wilma sie.

„Dort oben. Sie soll dort ausgeritten sein. Tut sie ja öfter. Hinter der Jugendherberge. Da ist auch Polizei und so was. Aber man kann nicht hin, sie haben alles abgesperrt. Sie müssen da rauf, Richtung Hollerath, dann rechts. Oben ist ein Schild. Sie soll ja sofort tot gewesen sein und …“

Ich hatte schon wieder Gas gegeben.

Es gab einen schmalen Weg zur Jugendherberge hin, der als asphaltierter Wirtschaftsweg endete. Jetzt sahen wir sie – zwei Streifenwagen, ein dunkelblauer Kleinbus, zwei Privatfahrzeuge. Vor einer Gruppe Menschen stand ein Uniformierter. Hinter ihm entdeckte ich Kischkewitz im Gespräch mit einem Polizeibeamten.

Ich parkte den Wagen auf dem Grasstreifen und ging mit Wilma um die Menschentraube herum. Kischkewitz bemerkte uns und winkte.

In Verlängerung des Wirtschaftsweges kreiste eine Gruppe Männer um etwas, was auf der Straße lag. Das Etwas war schneeweiß. Die Tote trug wohl eine weiße Bluse.

„Tag, Siggi“, sagte Kischkewitz. „Ich habe gleich Zeit für euch. Moment noch.“ Er sprach eindringlich auf den Uniformierten ein, der dann fortging. „So. Wir haben noch nicht viel tun können. Ich leite die Sonderkommission in Monschau und wollte sehen, ob das eventuell etwas mit Jakob Driesch zu tun haben könnte.“ Er sah mich fragend an.

„Wilma Bruns“, stellte ich vor. „Sitzt im Landtag für die Grünen, enge Freundin von Jakob Driesch. Sie sagt, die beiden Toten verbindet die Windenergie.“

Kischkewitz nickte düster und reichte Wilma die Hand. „Wir

kennen uns schon. Und Sie kannten die junge Dame da vermutlich auch?"

„O ja, schon seit Jahren."

„Gehen Sie lieber nicht hin. Siggi, du kannst Fotos machen, aber nicht zur Veröffentlichung. Mich immer vorher fragen. Ist das klar?"

„Natürlich", sagte ich. „Was ist hier genau passiert?"

„Ein direkter Schuss aus geringer Entfernung. 80-Gramm-Rehposten, also ziemlich schwerer Schrot. Ihr Gesicht ist so gut wie nicht mehr vorhanden. Sie war sofort tot. Der Schütze muss gewusst haben, dass sie da vorne aus dem Wald herauskommen würde. Er hat sie nah rankommen lassen, er befand sich in guter Deckung. Entfernung ungefähr fünf bis sechs Meter. Jetzt entschuldigt mich, ich muss weitermachen."

„Ich sehe mir das mal an", sagte ich. „Wann ist es geschehen?"

„Vor rund fünf Stunden", antwortete Kischkewitz. „Heller Vormittag, elf Uhr wahrscheinlich. Sie ist ziemlich spät gefunden worden, weil niemand hier entlangfuhr. Ihr Pferd ist übrigens durchgegangen."

Annette von Hülsdonk lag auf dem Rücken mitten auf dem Wirtschaftsweg. Rechts über ihr stand ein Fotograf und richtete eine Kamera auf einem Stativ ein.

„Das ist ja furchtbar", hauchte Wilma hinter mir.

Ich fotografierte Annette von Hülsdonk etwa zehnmal, dann kehrte ich um. Ich wollte zu meinem Auto.

Rodenstock kam mir entgegen. Er wirkte verschlossen. „Wie ist es gemacht worden?"

„Mit Schrot. Aus kurzer Entfernung."

„Dreht da einer durch?"

„Sieht so aus", pflichtete ich ihm bei.

Er war schon an mir vorbei. Jetzt drehte er sich halb herum und sagte mit einer leichten Handbewegung: „Wir sollten vielleicht noch mal miteinander reden."

„Das sollten wir. Privat."

Er nickte. Dann fragte er: „Weißt du etwas?"

„Ja. Laut Wilma sollten wir wenigstens zwei Leute durchtesten. Der eine ist Rechtsanwalt in Roetgen und heißt Dr. Ludger Bensen, der andere ist ein gewisser Albert Tenhoven, Landwirt, Imker, Ökofreak oben am Weißen Stein."

„Richtig, das sind Zielpersonen", erwiderte er. „Doch der Anwalt hatte am Montagmorgen ein Verfahren vor dem Düsseldorfer Landgericht und übernachtete im Marriott-Hotel in Düsseldorf. Albert Tenhoven hat keinerlei Alibi für die Tatnacht, was uns aber nicht weiterhilft. Er ist nämlich seit Montagabend verschwunden. Seine Frau behauptet, sie wisse nicht, wo er sich aufhält. Er besitzt übrigens eine 44er-Winchester, aber aus der wurde nicht geschossen."

„Was glaubst du, wie Jakob Driesch in den Fluss gelangte?"

Er sah mich an. „Das weiß ich nicht, Baumeister. Das Wasser ist nicht der Punkt. Sein Auto ist weg. Das ist ein Punkt. Und der zweite und viel wichtigere Punkt ist: Wo war er, bevor er in das Wasser hinabstieg oder reingeschubst wurde? Er ist gegen sieben Uhr abends an dem Sonntag mit der Bemerkung weggefahren, er treffe eben mal Bekannte und sei in etwa einer Stunde wieder da. Danach ist er spurlos verschwunden. Bis jetzt ist kein Zeuge aufgetaucht, der ihn oder auch nur sein Auto an diesem Abend gesehen hat. Getötet wurde er um vier Uhr morgens. Uns fehlen neun Stunden seines Lebens."

Wilma kam heran und schüttelte den Kopf, dass ihre roten Haare flogen. „Das kann doch nur ein Irrer sein, oder?", flüsterte sie.

„Wilma Bruns", sagte Rodenstock leise und eindringlich, „ich glaube, wir sind uns einig, dass möglicherweise die Windräder eine Rolle spielen, nicht wahr? Wenn das so ist und wenn jemand ausgeflippt ist – weshalb? Gibt es ein großes Projekt, einen neuen Windpark, an dem sich in letzter Zeit die Gemüter erhitzt haben?"

Wilma kniff die Lippen zusammen. „Das gibt es, aber es wird

noch geheim gehalten. Ein Windpark, der mit einer Wahnsinnsleistung arbeiten soll. Strom für ganz Aachen, wenn ihr so wollt. Das Terrain gehört einer Waldbesitzergemeinschaft."

„Über wie viel Geld reden wir denn? Wie viel muss investiert werden, bis die Windräder stehen und Strom erzeugen?", kam Rodenstock zum Kern der Sache.

„Rund hundertdreißig Millionen", erklärte Wilma.

„Und was spielte Annette von Hülsdonk für eine Rolle in dem Spiel?", wollte ich wissen.

„Na ja, sie hatte die Rolle der Safeknackerin. Wir haben ihr diesen Spitznamen gegeben. Sie ist von Haus zu Haus marschiert und hat die Besitzer überzeugt, die Waldbesitzer. Sie hat verdammt gute Arbeit geleistet, sie hat sie alle unter einen Hut gebracht, und das gilt in der Eifel als Königsschuss."

Es herrschte Schweigen.

Wilma starrte uns an. „Warum sollte einer dieser Leute, die von dem Projekt wussten, Driesch töten? Und Annette? Das ist doch verrückt."

Rodenstock zeichnete mit der Spitze seines Schuhs einen Kreis. „Aber gegen die Windenergie gibt es heftige Gegner, oder? Ohne Driesch und ohne Annette ist das Problem vom Tisch, weil die Gruppe ihre Köpfe verloren hat. Sehe ich das richtig?"

„Könnte sein." Wilmas Blick verlor sich in der Ferne. „Aber trotzdem ist das verrückt, das bringt doch alles nichts. Windräder sind nicht mehr aufzuhalten."

„Sie, liebe Wilma, sind auf eine sanfte Weise auch verrückt", sagte Rodenstock mild. „Sie stehen nur auf der anderen Seite des Zauns. Was, meinen Sie, könnte jetzt passieren?"

Wilma schaute ihn an, ohne ihn zu sehen. „Sagen Sie es mir."

„Jemand könnte sich fragen, ob es nicht sicherer wäre, auch Sie zu töten. Der Volksmund sagt: Aller guten Dinge sind drei!"

ZWEITES KAPITEL

„Das kann nicht Ihr Ernst sein." Wilmas Stimme brach mit einem hohen Kiekser.

„Das ist sein Ernst", erklärte ich. „Du redest selbst dauernd davon, dass der Mörder irre sein muss. Irre verfolgen eine eigenartige Logik, aber eine, die in sich funktioniert. Also kannst du Nummer drei sein."

Sie musterte den Asphalt zu ihren Füßen. „Ich werde mal diesen Kischkewitz fragen, was er denkt."

„Das Gleiche", erklärte Rodenstock. „Wann sollte denn mit dem Bau dieser Windanlage begonnen werden?"

„In zwei Jahren", antwortete sie. „Es gibt jede Menge Auflagen. Der Wald muss gerodet werden, eine Riesenfläche. Und wahrscheinlich wird sich ein Verein auftun, der gegen die Anlage kämpft. Wahrscheinlich wird auch der BUND vor Gericht marschieren und so weiter."

„War Jakob Driesch persönlich beteiligt? Ich meine, hat er Geld in das Projekt gesteckt?" Rodenstock beobachtete den Waldrand.

„Dazu war es zu früh, das war noch gar nicht möglich." Sie warf die Haare zurück. „Und Sie glauben wirklich, dass ich auf der Liste stehen könnte?"

„Ja", bestätigte Rodenstock. „Aber besprechen Sie das mit meinem Kollegen Kischkewitz. Er wird das Notwendige veranlassen."

Etwa hundert Leute bevölkerten die triste Szene. Ihre Köpfe ruckten wie auf einen scharfen Befehl herum, als ein schwerer Toyota Landcruiser von der Bundesstraße her mit viel zu viel Gas den schmalen Weg heraufkam.

„Ihr Vater!", sagte Wilma tonlos. Der Mann raste auf die Zuschauer an der Absperrung zu. Die Neugierigen spritzten zur Seite, der Wagen schlingerte ein wenig. Erst jetzt, so hatte es den Anschein, kam der Mann hinter dem Steuer zu sich. Er ließ den Wagen quer in ein Stoppelfeld rollen und stieg schwankend aus.

„Abfangen!“, zischte Kischkewitz scharf. Ein paar seiner Leute gingen dem Mann entgegen.

„Ich will sie sehen!“, sagte Manfred von Hülsdonk heiser. „Ich will Annette sehen!“

„Das geht nicht“, widersprach Kischkewitz entschieden.

„Ich …, sie ist meine Tochter“, beharrte der Mann.

„Es geht trotzdem nicht“, wiederholte Kischkewitz. „Das müssen Sie verstehen. Es ist ein Tatort. Sie müssen in gehöriger Entfernung bleiben. Sie können sie sehen, wenn wir mit der Untersuchung fertig sind.“

Der Mann stand da und strich sich über die Stirn, als weigere sich sein Gehirn, die Realität aufzunehmen. „Was ist denn passiert?“

„Auf sie wurde geschossen“, sagte Kischkewitz.

„Ich war nicht hier“, stammelte Manfred von Hülsdonk. „Wenn ich hier gewesen wäre …“

„Das hätte nichts geändert.“ Kischkewitz’ Stimme war sanft, aber eindringlich. Er machte ein paar Schritte auf Annettes Vater zu und fasste ihn am Arm.

„Ja“, murmelte von Hülsdonk verwirrt. „Sie war nicht mehr zu retten?“

„Leider nein.“

„Hat sie, ich meine, hat sie …“

„Sie hat nicht gelitten“, gab Kischkewitz Auskunft. „Wenn Sie das meinen.“

„Ich muss noch nach Monschau“, sagte Rodenstock. Er wandte sich an mich. „Wir sehen uns.“

„Ja, gut“, sagte ich. „Ich fahre jetzt heim. Wilma, du solltest mit Kischkewitz abklären, was zu tun ist.“

„Na klar“, murmelte Wilma mehr zu sich selbst.

Es MUSS gegen sieben Uhr abends gewesen sein, als ich müde auf meinen Hof rollte und zufrieden feststellte, dass meine kleine Welt noch in Ordnung war. Meine drei Kater standen vor der Haustür und miauten um die Wette, drückten sich an meine Beine und taten so, als seien sie kurz davor zu verhungern. Ich ging ins Haus, legte eine CD des Jazzgeigers Stephane Grapelli auf und ließ es ordentlich dröhnen.

Auf das Tonband des Telefons hatten vier verschiedene Redakteure gesprochen, die anfragten, ob ich etwas über den Tod des Bundestagsabgeordneten Jakob Driesch machen könnte. Ich rief sie der Reihe nach zurück und sagte zu, dass ich am nächsten Tag einen Text schreiben würde.

Meine Steuerberaterin bemerkte auf dem Anrufbeantworter mit berechtigter Ungeduld: „Sie sollten bei mir vorbeikommen, dem Finanzamt fehlen immer noch gewisse Angaben." Emma teilte mit, sie fahre nach Absprache mit Rodenstock erst einmal in ihre Wohnung an der Mosel. Und dann noch einmal Emma mit dem spitzen Satz: „Ihr zwei seid wirklich wie Kinder ohne Hirn." Zuletzt meine Bank mit dem Hinweis, mein Kontostand sei ins Bodenlose gesunken.

Alles in allem fand ich also nichts Besonderes vor, entschied mich gegen jede Form von Arbeit, schnappte mir ein paar Kissen für die Liege und richtete mich unter dem Eifelhimmel ein. Es war jetzt acht Uhr, ich wollte den Tag gemütlich ausklingen lassen, vielleicht ein wenig über Jakob Driesch nachdenken, über Annette von Hülsdonk, über Windräder, über Menschen, die vom Wind lebten, und über die, die dagegen waren, dass andere vom Wind lebten. Wieso war dieser Ökobauer namens Tenhoven verschwunden? Und wohin? Und wo war das Auto des Bundestagsabgeordneten? Rodenstock hatte Recht: Es war nicht wichtig, wie Driesch in die Rur geraten war, wir mussten herausfinden, wo er die neun Stunden verbracht hatte, bis ihn jemand getötet hatte.

Rodenstock mochte ich nicht sprechen, also rief ich Kischkewitz an. „Ich muss stören, wenn ich mitdenken will. Was ist mit Drieschs Auto?“

„Wir haben es“, antwortete er mit einem kleinen Triumph in der Stimme. „Abgeschlossen, unversehrt, kein Kratzer dran.“

„Und wo, bitte?“

„In Heidgen, der Siedlung an der Stelle, wo die Umgehungsstraße beginnt und später zur B 399 wird, steil über Monschau. Wenn du dort parkst, hast du drei Möglichkeiten, in die Stadt zu laufen. Über den Unteren Mühlenberg, den Oberen Mühlenberg und das Sträßchen Auf den Planken. Wenn Driesch in die Stadt hineinwollte, ohne gesehen zu werden, dann war das eine gute Parkplatzwahl.“

„Irgendwelche Spuren am Fahrzeug?“

„Die erste Untersuchung hat absolut nichts ergeben.“

„Wie geht es denn deiner Seele?“

Er zögerte. „Ehrlich gestanden, beschissen. Wir haben absolut nichts, was uns eine echte Spur beschert. Ich weiß immer noch nicht, was einer der bekanntesten Männer dieser Region neun Stunden lang getan hat. Wir haben Fotos von dem Wagen gemacht und reichen sie herum wie saures Bier.“

„Kannst du mir eins faxen?“

„Kommt sofort. Was hältst denn du von der Windenergiegeschichte?“

„Ziemlich viel“, antwortete ich. „Da steckt verdammt viel Geld drin. Europäische Gelder, Gelder des Landes, Gelder des Bundes, weiß der Himmel, viel, viel Geld. Und es gibt immer Zoff. Es gibt schon Zoff, wenn sie einen Wald abholzen müssen. Und diesmal ist es gleich ein Riesenwald und ausgerechnet in der stillen Heimat deutscher Wanderer. Verlass dich drauf, da gibt es Motive wie Sand am Meer.“

Er wurde aggressiv. „Verdammt noch mal, dann nenn mir ein einziges Motiv. Nenn es mir!“

„Also gut. Nimm mal an, ich besitze ein Stück Wald, ein Grundstück in der Mitte der geplanten Windkraftanlage. Wenn ich nicht verkaufe, können die das Ding nicht durchziehen. Verstanden?"

„Verstanden. Und weiter?"

„Jemand kommt zu mir und sagt: Ich möchte deinen Wald kaufen. Ich gebe zu verstehen, dass der bereits einem anderen versprochen ist. Macht nichts, sagt der Käufer. Ich zahle das Doppelte, egal, was der andere Interessent zu zahlen bereit ist. Kannst du dir vorstellen, was dieser Käufer will?"

„Einfluss gewinnen auf die Anlage, politischen Einfluss."

„Möglich. Er kann genauso gut der Vertreter eines bisher nicht involvierten Herstellers von Windrädern sein. Vielleicht will er aber auch die Windenergieanlage verhindern. Und noch etwas ist denkbar: Leute, die nach außen hin die Anlage begrüßen, kaufen sich heimlich ein und verhindern sie – gegen zehn oder zwanzig Prozent der Kaufsumme des gesamten Geländes – schwarz natürlich."

„Jetzt fängt der Journalist aber an zu spinnen."

„Es geht noch weiter", beharrte ich. „Nehmen wir an, Driesch war pleite und die kleine Annette von Hülsdonk auch. Sie lassen sich mit einem der großen Stromerzeuger ein und sagen: Für eine Million killen wir das gesamte Windanlagenprojekt. Und mir fällt noch eine Variante ein: Nehmen wir an, der Hersteller der Windräder will auf Nummer Sicher gehen und plant den Windpark zweimal. Einmal im schönen Deutschland und ein zweites Mal im schönen Belgien, ein paar tausend Meter weiter. Er wartet, wer ihm die besseren Bedingungen und die besseren Subventionsgelder besorgt. Sieh es als Denkspiel, Kischkewitz. Motive wie Sand am Meer, weil unheimlich viel Geld im Spiel ist."

„Ja", sagte er etwas unglücklich, widersprach aber nicht mehr. „Das wird ja ein chaotisches Puzzle. Weißt du eigentlich irgendetwas über das private Leben dieser Annette von Hülsdonk?"

„Nicht das Geringste. Habt ihr denn schon was ausgegraben?"

„Wir sind noch dabei", antwortete er vorsichtig. „Scheint kein Kind von Traurigkeit gewesen zu sein."

„Das hoffe ich doch", sagte ich knapp. „Ich komme morgen mal nach Monschau. Was machen meine Kollegen von den Medien?"

„Die saugen sich die wildesten Storys aus den Fingern und haben nicht die geringste Mühe, die auch noch zu verkaufen."

„Da gibt es doch in Roetgen diesen Rechtsanwalt, diesen ..."

„Dr. Ludger Bensen. Unangenehmer Typ. So viel Arroganz auf einmal lässt mich am Abendland zweifeln. Es ist aber nicht erkennbar, dass er irgendwie drinhängt."

„Er hat einmal das Gerücht in die Welt gesetzt, Jakob Driesch habe eine Geliebte."

„Weiß ich, Baumeister. Aber er sagt, er habe das nur mal ins Blaue hinein behauptet, weil er so sauer auf Driesch war. Driesch war Bensens Karrierestopp. Noch was, mein Lieber?"

Plötzlich fiel mir etwas ein: „Wo ist diese Windanlage eigentlich projektiert worden?"

„In Hollerath an der B 265", erklärte Kischkewitz. „Kurz vor dem Weißen Stein. Und ich kann die Gegner verstehen. Da habe ich früher Wanderungen mit meiner Frau gemacht, dort habe ich sie gefragt, ob sie mich heiraten will, und vermutlich haben wir da meine älteste Tochter gezeugt. Du siehst, ich bin ein echter Eifler, ich war wirklich im Heu." Er lachte.

„Moment mal, in der Gegend ist doch auch der Tenhoven zu Hause, der verschwundene Ökobauer."

„Richtig. Aber das eine muss mit dem anderen nichts zu tun haben. Na ja, ich muss weitermachen."

„Mach's gut", sagte ich und legte auf.

Wer konnte etwas über Annette von Hülsdonk wissen? Wer wohnte in der Nähe, zu wem hatte ich einen guten Draht? Jürgen Hermann Buch in Stadtkyll fiel mir ein, Journalist, die gleiche Altersklasse wie Annette. Ich rief ihn an.

„Was kann ich für dich tun?“, fragte er.

„Annette von Hülsdonk“, gab ich ihm das Stichwort.

Er atmete scharf ein. „Die Redaktion in Trier hat beschlossen, dass wir morgen eine ganze Doppelseite ausschließlich über Driesch und von Hülsdonk machen. Ich habe Fotos von ihr gesehen. Mein lieber Mann!“

„Ich habe das Original gesehen. Was hat sie so getrieben, als sie noch lebte?“

„Ich würde mal sagen, sie war kein Kind von Traurigkeit.“

„Das habe ich heute schon einmal gehört, aber das reicht mir nicht.“

„Das kann ich verstehen. Für wen willst du das? Für Hamburg, für München?“, fragte er.

„Auf keinen Fall etwas Schnelles. Also, keine Sorge.“

„Ich mach mir keine Sorgen“, erwiderte er. „Ich will mich nur darauf einstellen. Kannst du das Gespräch mitschneiden?“

„Kann ich.“

„Dann los. Ich richte mich hier nach meinen Notizen. Also, sie war 27, als sie heute Morgen starb. Sie war so eine Art bunter Vogel, nicht nach moralischen Maßstäben, sondern im sympathischen Sinne.“

„Wo wurde sie geboren?“

„Hier in Hellenthal. Ihre Mutter ist vor sechs Jahren gestorben. Krebs. Ein tragischer Fall. Annette brach ihre Ausbildung im Ausland ab und kam nach Hause zu ihrem Vater zurück. Daran erkennt man, was für ein Mensch sie war. Sie war ein echtes Eifelkind, keine Einzelgängerin und ziemlich wild. Ich glaube, ihre Eltern verdanken ihr manches graue Haar.“ Er lachte leise. „Ich kann mich an die Zeit erinnern, als wir alle so 16 bis 18 waren, kurz vor dem Abi. Es gab, glaube ich, keinen im Dreieck Blankenheim, Schleiden, Prüm, der nicht davon träumte, mit dem Mädchen ins Heu zu gehen. Und wir entwickelten eine Art Sport. Der Sport hieß: ‚Gehen wir bei Manni ein Bier trinken.‘ Als ich das heute Morgen hörte, war ich richtig persönlich betroffen. Scheiße!“ Er machte eine Pause.

„Ich will dich nicht quälen, aber war sie hübsch?“

„Ja, sie war sehr hübsch, so eine Mischung aus Romy Schneider und Audrey Hepburn, wenn du weißt, was ich meine. Eine Seite romantisches, edles Mädchen, die andere vom Lande, deftig, richtig schön. Und sie konnte so herrlich lachen …“

„Und was war das mit dem Biertrinken?“

„Ach so, ja. Also, ihr Vater heißt Manfred von Hülsdonk. Und der hat nahe bei seinem Hotel in Hellenthal eine richtig schöne alte Kneipe. Annette half manchmal in der Kneipe aus. Deswegen gingen wir bei Manni ein Bier trinken. Oft war es dann so, dass ich mein ganzes Monatstaschengeld an zwei Abenden in Mannis Kneipe ließ, Annette aber nicht einmal gesehen hatte, weil sie gar nicht auftauchte.“ Er lachte.

„Und wer hat sie letztlich gekriegt?“

„Das ist ja das Verrückte: keiner! Außer dem irren Bastian. Aber der zählt nicht.“

„Wer ist das nun schon wieder?“

„Bastian heißt eigentlich Sebastian, ist der Sohn eines Installateurs. Ist als Vierzehnjähriger in einem Neubau zwei Stockwerke tief gefallen. Er hat seitdem einen Schaden, nicht schlimm, aber deutlich. Und ausgerechnet der wurde Annettes bester Freund, ihr Vertrauter. Was immer sie ihm sagte, er tat es; was immer sie wollte, er besorgte es; was immer sie plante, er richtete es ein, dass alles klappte. Er hat einen Sprachfehler und eine leichte Lähmung auf der linken Seite, aber sonst ist er körperlich topfit. Er hat das Aussehen eines Engels, und er kann niemandem ein Haar krümmen, sagen die Leute. Aber ich befürchte, wenn er erfährt, dass seine Annette tot ist, wird er ausrasten.“

Wir schwiegen eine Weile, bis ich fragte: „Sie hat doch das Leben offensichtlich geliebt, nicht wahr?“

„Hat sie", bestätigte er.

„Dann ist es unvorstellbar, dass sie keinen Freund hatte."

„So war sie eben. Und ich hab ja auch nicht behauptet, dass sie sich auf niemanden einließ. Sie meinte mal zu mir, in der Eifel würde zu viel geredet, zu viele Gerüchte. Und ihre Ausbildung hat sie ja im Ausland gemacht, und dort hatte sie Freunde und manchmal auch einen Mann fürs Bett. Ich habe selbst die Sache in Wales erlebt. Das war herb." Er überlegte. „Du wirst eh nachfragen, also erzähle ich es dir gleich. Wir sind vom Verein aus nach Großbritannien gefahren, 14 Tage die Küste abgetingelt. Ich weiß nicht mehr, wie das Städtchen hieß, aber es gab dort ein edles Hotel. Und da arbeitete unsere Annette am Empfang. Ich habe sie nicht wieder erkannt, jedenfalls nicht auf den ersten Blick. Offenes, langes Haar, ein Ausschnitt, dass dir die Augen übergingen, ein superknapper Rock. Sie genoss es, angestarrt zu werden, und eindeutig hatte sie was mit mindestens zwei Kellnern. Komisch, es hat mich enttäuscht. Sie wirkte irgendwie billig. Aber als sie nach dem Tod der Mutter zurückkehrte, war sie wieder die alte Annette. Zurückhaltend, seriös und so weiter. Und sie verfolgte ihren alten Plan."

„Was war das?"

„Sie wollte immer ein eigenes Hotel haben. Sie sagte: Ich will ein Hotel, in dem sich Verliebte verkriechen können. Keine Namen, nur Zimmernummern und endlos Luxus. Ihr Vater wollte ihr dabei helfen."

„Kannst du dir einen Grund vorstellen, warum jemand sie erschossen hat?"

„Ja und nein", erwiderte er tonlos. „Bei den Windrädern fallen mir gleich mehrere ein. Es gibt Leute, die sind auf hundertachtzig, wenn sie nur das Wort Windkraft hören. Und nun kommt Annette daher, plant eine Rodung und mindestens vierzig Windräder. Und sie zieht die Waldbesitzer auf ihre Seite. Das muss Hass erzeugen."

„Du meinst also, dass jemand, der Natur pur will und alles hasst, was nicht dazugehört, sie erschossen haben könnte?“

„Richtig. Es gibt nun mal Leute, die sich als Naturschützer ausgeben und dabei so fanatisch sind, dass sie ..., na ja, über Leichen gehen.“

„Noch was anderes: Wie gut kanntest du Jakob Driesch?“

„Wir waren Freunde. Schon lange. Ich habe mich immer geweigert, über ihn zu schreiben. Jetzt muss ich eine Doppelseite über seinen und Annettes Tod machen.“ Er schwieg eine Weile. „Da ist etwas ... Das wird sowieso rauskommen, aber das wird Driesch schwer belasten. Ich will, dass du das weißt.“ Er schwieg wieder, ich hörte, dass er sich eine Zigarette anzündete. „Bist du noch da, Siggi?“

„Natürlich. Also, was ist los?“

„Jakob war vor acht Monaten auf Mallorca. Allein. Er hat dort eine Finca gekauft, so ein mallorquinisches Bauernhaus mit ein paar tausend Quadratmeter Grund drum herum. Er hat bar gezahlt, Siggi. Eine Million Mark.“

„Wie hast du davon erfahren?“

„Ich war gerade in seinem Büro in Schleiden. Da rutschte ihm Papierkram aus einem Kuvert. Ich bückte mich und hob das Zeug auf. Die Geschichte war eindeutig: Kauf eines Hauses in Sowieso auf Mallorca/Spanien, alles auf Spanisch, aber es gab zu jeder Seite eine deutsche Übersetzung. Vielleicht wollte Driesch das Haus ja Anna schenken, wahrscheinlich war das eine stinknormale Sache. Doch da gab es ein Blatt mit vier Zeilen, auf Spanisch und auf Deutsch. *Wir bestätigen,* hieß es da, *den Betrag von 1000000 DM bar erhalten zu haben.* Unterschrift: Dr. Sowieso. Driesch war blass geworden und bat: ‚Schweig bitte darüber. Das ist für ganz schlimme Zeiten.‘ Und er wiederholte die Bitte, als wir später im Café saßen.“

„Du hast ein mieses Gefühl dabei, stimmt's?“

„Ja, das habe ich. Todsicher wird jemand aus unserer Branche auf die Idee kommen zu behaupten, Driesch habe sich bestechen lassen."

„Weiß sonst noch jemand davon?"

„Nein, glaube ich nicht."

„Wie sind überhaupt die finanziellen Verhältnisse der Familie?"

Er antwortete, ohne zu zögern. „Solide."

„Ich muss dich darauf aufmerksam machen, dass ich die Sache mit der Million weitergeben muss. Erstens an meinen Freund Rodenstock, der ehemaliger Kripomann ist und jetzt für den Bundesnachrichtendienst die Untersuchung beobachtet. Und zweitens an Kischkewitz, den du ja kennst. Ich garantiere, dass die mit diesem Wissen vorsichtig umgehen werden. Doch je eher sie davon wissen, desto schneller bekommen wir Klarheit. Einverstanden?"

„Einverstanden", antwortete er. Dann legte er auf.

Ich schob eine CD ein, die in der letzten Zeit mein Favorit war: „The Streets of New Orleans". Das war einfach fröhliche Musik, wenngleich ich Fröhlichkeit nicht suchte. Ich stopfte mir die Spitfire von Lorenzo und schmauchte vor mich hin.

Der Abend war gekommen, das Licht ein wenig dunstig, die Hitze des Tages wich allmählich. Ich schlurfte im Haus herum, gab den Katzen etwas zu fressen, hockte mich wieder an den Teich und entdeckte sieben oder acht winzige Goldfische im Flachwasser, nicht einmal einen halben Zentimeter lang. Eine große blaue Königslibelle zog ihre schnellen Kreise, setzte sich auf den alten Baumstumpf im Wasser, bohrte scheinbar den Hinterleib ins Holz und bildete einen prächtig schillernden Bogen. Zwei Mauersegler stürzten vom Kirchturm her auf die Wasserfläche hinab, glitten darüber hinweg, nahmen einen Schnabel voll Wasser auf und verschwanden wieder. Die beiden fetten Koikarpfen knabberten an der Englischen Minze herum, die in voller malvenfarbener Blüte stand. Dann jagten sich die Fische um einen Busch wilden Reis, verschwanden in der Tiefe, um irgendwo aufzutauchen und die

Jagd von vorn zu beginnen. Und die Goldbrasse zog gemächlich hinterher wie eine Gouvernante.

In der Luft lag ein Hauch von Herbst. Wahrscheinlich würde am nächsten Morgen Tau auf dem Gras liegen, und in den scharf eingeschnittenen Tälern würde Nebel wie ein Tuch das Land bedecken. Hätte irgendjemand gesagt, in dieser Nacht werde etwas Entscheidendes geschehen, hätte ich mit Sicherheit gegrinst und keinen Gedanken daran verschwendet. Nein, ich war nicht im Geringsten vorbereitet, die Ankunft einer Katastrophe erschien mir gänzlich unmöglich.

Gegen 23 Uhr war es dunkel, und ich wollte ins Haus zurückgehen, um noch einige Passagen einer Reportage zu korrigieren. Doch das Handy fiepte, und schon ehe ich das Gespräch angenommen hatte, war ich mir sicher, dass es Emma war.

„Hör mal, ihr müsst miteinander reden. Rodenstock hat es nicht so gemeint, er misstraut dir nicht, im Gegenteil. Und du weißt das. Jetzt hockt er hier, und es geht ihm beschissen."

„Ich kann nichts dafür. Das war wie eine Ohrfeige für mich. Er hat zwei Tage recherchiert, ohne ein Wort zu sagen, und er hat anderen versprochen, mich nicht einzubinden. Verdammte Hacke, Emma, warum akzeptiert er, dass der BND aus mir einen Unsicherheitsfaktor macht?"

„Du bist eifersüchtig, Baumeister."

„Das bin ich nicht. Und du solltest nicht als Kuppelmutter fungieren, das passt nicht zu dir."

„Baumeister, du solltest mir zuhören. Und unterbrich mich nicht, ich erzähle das nicht zweimal. Rodenstock hat mal gesagt, dass er es furchtbar findet, ganz langsam im Morast des Altseins zu versacken. Und die Dinge, die wir mit dir treiben, sind sein Leben, ein sehr lebendiges Leben. Wir sind doch so was wie eine Familie ..."

„Und in einer Familie, wie ich sie verstehe, verlässt man sich aufeinander!", brüllte ich. „Verdammt, entschuldige, ich hab dich unterbrochen."

„Rodenstock hat immer davon geträumt, dass sich irgendwer noch einmal an sein Gehirn erinnert. Jetzt stirbt dieser Driesch, und was geschieht? Jemand erinnert sich an Rodenstocks Gehirn. Du kannst dir nicht vorstellen, wie aufgeregt er war. Da ruft der BND-Chef an und sagt: ‚Ich brauche dich!' Weißt du, was passiert ist? Rodenstock hat mich mitten aus einer Vorlesung herausholen lassen, in der FBI-Akademie. Er sagte: ‚Es ist passiert, Liebling, sie brauchen mich.' Das war viel mehr wert als Orden und Ehrenzeichen, das war die absolute Krönung seines Lebens. Und als sie verlangten: ‚Lassen Sie den Baumeister aus dem Spiel!', hat er ‚Jawoll' gesagt, weil ihm in diesen Sekunden alles andere egal war. Kannst du das nicht verstehen, Baumeister? Und nun hockt er da und findet keine Worte."

„Und wie soll das, bitte schön, jetzt weitergehen?" Ich war noch immer zutiefst sauer.

„Redet miteinander, räumt das aus. Und geht an die Arbeit. Kischkewitz braucht euch doch auch, er kann jeden gebrauchen."

Ich überlegte eine Weile. „Sag Rodenstock, wir sehen uns morgen früh. Entweder hier oder bei euch. Und sag ihm noch etwas. Jakob Driesch ist vor ein paar Monaten nach Mallorca geflogen und hat ein spanisches Bauernhaus gekauft. Für eine Million Mark, die er bar auf den Tisch gelegt hat."

„Das ist nicht wahr!"

„Doch, das ist es. Und Rodenstock soll das an Kischkewitz weitergeben."

„Gut. Und ich sage ihm, dass du verstehst, was da bei ihm abgelaufen ist."

„Du bist eine Gaunerin!", schimpfte ich und unterbrach die Verbindung.

Endlich ging ich ins Haus, schaltete den Computer ein, stopfte ein paar Pfeifen, bereitete mir einen Tee und begann mit der Arbeit.

Später rekonstruierten wir mithilfe des Computers, dass es exakt um 1.23 Uhr begann. Wie beschreibt man eine Katastrophe?

Ich versuchte gerade, einen Satz in zwei Sätze aufzuteilen, um einen Gedanken verständlicher zu machen, als ich plötzlich im Dunkeln saß. Der Computer knackte und war aus. Heute erinnere ich mich, dass ein oder zwei Minuten vorher alle drei Katzen, die hinter mir im Zimmer auf dem Teppich gelegen hatten, blitzschnell verschwunden waren.

Ich stand auf. Von irgendwoher kam ein Lichtschimmer. Ich tastete mich vorsichtig aus dem Raum durch die offene Tür in das Treppenhaus. Der Lichtschimmer kam von unten. Ich ging die Treppe hinunter. Merkwürdigerweise brannte in der Küche noch Licht.

Dann hörte ich ein leises Knallen, das immer heftiger wurde. Und ich roch den Rauch. Automatisch dachte ich: Da brennt etwas auf dem Dachboden, nahm einen Plastikeimer und ließ ihn voll Wasser laufen. Mit dem Eimer in der Hand lief ich die Treppe wieder hinauf. Ich öffnete die Tür zum Dachboden und versuchte, das Licht einzuschalten. Es funktionierte nicht.

Etwa zwei Meter vor mir brannte auf dem Fußboden ein kleines, lustig flackerndes Feuer. Ich goss das Wasser darauf. Eine Wolke stinkenden Qualms stieg auf, und ich bekam keine Luft mehr. Taumelnd bewegte ich mich zurück in die Richtung, in der ich die Tür vermutete. Ich ertastete den neu eingebauten Schaltkasten des Hauses, dann den Türrahmen. Und als ich mich herumdrehte, sah ich, dass hoch über mir der Firstbalken brannte – lichterloh.

Intuitiv rannte ich hinunter, so schnell das in der Dunkelheit möglich war. Nun war auch in der Küche das Licht aus. Ich weiß nicht mehr genau, ob ich erst nach links zu Andrea und Günther Froom rannte oder nach rechts zu Maria und Rudi Latten. Ich weiß nur, ich klopfte bei beiden an Fenster und Türen und schrie: „Ich brauche die Feuerwehr!“

Und noch eines ist mir deutlich in Erinnerung geblieben: Ich nahm das alles nicht sonderlich ernst. Das würde irgendwie in den Griff zu kriegen sein. Katastrophen treffen bekanntlich immer nur andere Menschen, niemals einen selbst.

Ich lief wieder zurück ins Haus. Mein Verhalten folgte keinen Überlegungen. Weder wollte ich den Computer herausholen, was angesichts der gespeicherten Texte vernünftig gewesen wäre, noch wollte ich irgendwelche wichtigen Unterlagen und Papiere retten. Tage später habe ich mit meinen Freunden diskutiert, was man in so einem Fall wirklich in Sicherheit bringen muss. Sie wussten es genauso wenig wie ich. „Man schafft die Kinder raus. Der Rest ist scheißegal“, sagte Günther kurz angebunden.

Da erschienen junge Männer in Feuerwehruniformen im Flur und auf der Treppe. Jemand sagte: „Auf den Dachboden kommen wir nicht mehr.“ Ein anderer legte mir eine Hand auf die Schulter und fragte: „Was muss raus? Schnell!“ Ich konnte nicht antworten. Dann war ein älterer Mann an meiner Seite, der ganz gemütlich wie bei einem Kaffeeklatsch sagte: „Also, Jung, nun musst du hier aber mal raus und uns machen lassen.“ Männer kamen an mir vorbei, die etwas trugen. Meinen Computer, einen Arm voll Aktenordner, Bücher. Als würde ich aus einer Ohnmacht erwachen, nahm ich nun neben dem Knallen des Feuers auch das Rauschen des Wassers wahr, das durch die schweren Rohre der Feuerwehren gepumpt wurde. „Wir haben höchstens noch fünf Minuten!“, rief jemand. „Dann ist zappenduster!“

Ich ging auf den Hof und stellte mich zu den anderen Zuschauern. Wir starrten auf das Dach und beobachteten, wie die Glut sich wie eine Blase hochblähte, wie zwischen den Dachpfannen grellrote Flammen sichtbar wurden.

Von den folgenden vier Stunden, in denen wohl an die fünfzig Feuerwehrmänner mit Kran und schwerem Gerät ein scheinbares Durcheinander schufen, blieben nur bestimmte Sekunden haften. Wortfetzen, ein Fluch, der Ruf nach Wasser, Befehle, die ich nicht verstand. Ich hatte das Gefühl, auf einer Insel zu stehen und zu niemandem zu gehören. Langsam kroch Entsetzen in meine Seele, machte sich breit wie eine Kältewelle.

„Andreas und Günthers Haus hat zwar auch Feuer gefangen, aber das können wir retten!", hörte ich jemanden zuversichtlich sagen. „Baumeisters Haus ist im Eimer."

Der Arzt Detlef Horch, der als Notarzt des Deutschen Roten Kreuzes mit einem Krankenwagen hergekommen war, sprach mich an: „Komisch. Heute Mittag wollte ich dich noch besuchen, um ein Schwätzchen zu halten. Und jetzt das." Dabei legte er den Arm um meine Schultern. Das half.

Irgendwann begann ich zu frieren und wollte ins Haus gehen, um mir einen Pullover zu holen. Da fiel mir ein: Pullover habe ich keine mehr.

Langsam kam der Tag, der Schimmer im Osten war kitschig rosa. Ich hatte keine Pfeife und keinen Tabak eingesteckt, ich pumpte mir eine Zigarette von einem Feuerwehrmann, der gerade eine Pause machte.

„Das Haus ist hinüber", erklärte er ruhig. „Die Decken müssen raus, du musst das ganze Ding entkernen. Du musst dir eine Wohnung suchen. Das dauert bestimmt ein Jahr, bis das wieder steht. Sei froh, dass du nicht geschlafen hast. Da wärst du kaum rausgekommen."

„Ja." Ich nickte.

Ein junger Feuerwehrmann trat zu uns. „Siggi, da vorne sind die Bullen. Die wollen mit dir reden."

Sie saßen in grellgelben Schutzanzügen im hinteren Bereich eines Löschfahrzeuges. Der Mann, der mich verhörte, war jung und sprach mit mir, als wäre ich ein verwirrter Insasse eines Altersheims. „Erzählen Sie mir doch mal, wie das war."

„Ich habe es nicht angezündet", murmelte ich. Es dauerte eine halbe Stunde, aber ich wusste nicht viel zu erzählen. Der Polizist schrieb eifrig mit und entließ mich dann. „Wir kommen wieder auf Sie zu.“

Ich schaute auf die Szenerie: die Löschfahrzeuge, der Kran, die erschöpften Feuerwehrleute, das immer noch brennende Haus, die kreisenden Blaulichter, die vielen Zuschauer. Ich dachte daran, dass jetzt die Zeit war, zu der meine Katzen auf die Jagd gingen. Wo waren die Katzen?

Ich drückte mich an ein paar Feuerwehrmännern vorbei in meinen Garten. Hinter dem Haus beobachtete ich Männer, die Schläuche auf Andreas Dach gerichtet hielten; andere kühlten die Flüssiggastanks. Ich malte mir aus, wie es gewesen wäre, wenn die beiden Tanks der Nachbarn hochgegangen wären. Tote, Verletzte, zerstörte Häuserzeilen – eine schlimme Vorstellung.

Mein Teich lag unberührt im Morgenlicht. Eine rote Teichrose war aufgegangen, die erste, seit es den Teich gab. Die Fische zogen ungerührt ihre Bahnen. Zwischen meinem zerstörten Haus und diesem Idyll lagen nicht mehr als 15 Meter.

Die Katzen hatten sich für einen sicheren Beobachtungsposten entschieden. Sie hockten nebeneinander unter der Buschbirke und blickten über das Wasser hinweg auf das Haus. Sie wirkten nicht sonderlich angespannt, blinzelten und warteten wahrscheinlich darauf, dass alle diese blöden fremden Leute endlich verschwanden, damit sie durch den Keller ins Haus schleichen konnten, um zu ihren Fressnäpfen zu gelangen.

„Macht euch keine Sorgen“, sagte ich. „Ich bin ja noch da.“

Da kamen sie und rieben sich maunzend an meinen Beinen, um schnell wieder unter der Birke zu verschwinden.

Ein Teil der Zuschauer hatte sich verzogen, die ersten Löschzüge rückten nun ab, der Tag war angebrochen. Vom Dachstuhl waren nur noch verkohlte Reste übrig geblieben.

Ich betrat mein Haus. Es stank entsetzlich. In meinem Arbeitszimmer im ersten Stock schwammen etwa hundertdreißig Pfeifen im Löschwasser, meine Sammlung von John le Carré war ein Sumpf, die Sammlung aller Maigrets konnte ich ebenfalls abschreiben. Endlich heulte ich ein wenig, suchte nach einem Papiertaschentuch und fand keines.

Plötzlich realisierte ich, dass das ganze Haus schon wieder voller Leute war, die pausenlos irgendetwas herausschleppten und dabei unverschämt gute Laune hatten. Eine Frau bemerkte spitz: „Nee, nee, wie kann man nur so viele Bücher haben."

Emma bahnte sich ihren Weg die Treppe hinauf. Tränen liefen über ihr Gesicht, und atemlos sagte sie: „Es ist so, als wäre es mein Haus."

„Na ja, irgendwie war es das ja auch", antwortete ich und nahm sie in den Arm.

Rodenstock stolperte hinter ihr her. „Scheiße ist das!", polterte er. „Wie ist denn das passiert?"

„Sie haben was gesagt von Überhitzung am Firstbalken und von Kurzschluss. Die Götter sind gegen mich, das ist nicht mein Jahr."

Rodenstock sah mich an. „Dann bauen wir es eben wieder auf. Aufbauen macht Spaß."

„Ihr seid ekelhaft positiv", stellte ich fest. „Wie habt ihr überhaupt davon erfahren?"

„Kischkewitz rief uns an. Er hat die laufenden Polizeimeldungen gelesen und uns alarmiert. Willst du bei uns wohnen?" Er schaute sich um. „Das hier kann dauern."

„Ich gehöre in die Eifel, nicht an die Mosel. Irgendeine Lösung werde ich finden."

Andrea schrie: „Dein Handy bimmelt!"

„Wo ist denn das?"

„Na hier, ich habe es in der Küche gefunden, als die noch nicht abgesoffen war."

Alwin Ixfeld, ein Kollege aus Deudesfeld, war am anderen Ende. „Hör mal", begann er vorsichtig, „zufällig steht die Wohnung über uns leer. Du könntest sie haben, sie würde erst mal reichen."

Deudesfeld? Warum nicht Deudesfeld?

„Okay. Wurscht, was sie kostet, ich nehm sie."

Es befanden sich immer noch eine Menge Leute hier. Eine Hilfstruppe lud meine Bücher in einen Hänger. Auf einmal ertönte ein merkwürdiges Quietschen. Maria Latten kam die Straße herauf und schob einen Teewagen vor sich her, bepackt mit Broten, Kaffee und Wasser. Leicht keuchend sagte sie: „Iss erst mal was. Dann sieht die Welt schon wieder etwas besser aus."

Ich lachte, bis mir die Tränen kamen.

DRITTES KAPITEL

Irgendwann schlief ich auf Andreas Sofa ein, und irgendwann wurde ich wieder wach. Es war dunkel, das Haus war unheimlich ruhig. Ich rekonstruierte, dass es die Nacht von Donnerstag auf Freitag sein musste, und verspürte eine enorme Unrast. Ich zog mich an, tastete mich durch den Flur, umrundete das Haus, um auf meinen Hof zu gelangen. Die Haustür stand offen.

Sofort waren meine Katzen bei mir. Ich beruhigte sie, streichelte ihre Rücken und sprach mit ihnen. Der Dreck war unbeschreiblich, das Wasser stand zehn bis fünfzehn Zentimeter hoch in jedem Raum.

In meinem Arbeitszimmer begann ich die Pfeifen einzusammeln. Das dauerte eine gute halbe Stunde. Und erst jetzt schaute ich auf die Uhr. Es war sechs Uhr, und draußen zog Nebel auf. Ich fand Tabaksdosen, in denen der Tabak trocken geblieben war, nahm die langstielige Jeantet und putzte sie an der Hose ab. Dann stopfte ich sie und zündete sie an. Es war ein Genuss. Adieu, Jakob Driesch, adieu, Annette von Hülsdonk. Keine Zeit mehr für eure

Leichen und euer Leben. Ich bin abgebrannt und muss mich kümmern.

Ich ging hinunter in die Küche, suchte eine große Schale und packte sie voll mit Katzenfutter.

„Ihr dürft in meinem Zimmer fressen!“, versprach ich. Und sie begleiteten mich und machten sich dann über ihren Fraß her. Sie schnurrten.

„Wir bauen diese Hütte wieder auf!“, erklärte ich ihnen. „Und es wird schöner, als es je war. Ich errichte euch das Katzenparadies.“

Ich hatte nicht viel Zeit, mich von dem Haus zu verabschieden, das einmal meines gewesen war. Die Versicherungen meldeten sich, und damit traten Sachverständige in mein Leben, die mich 24 Stunden lang misstrauisch beäugten, sich aber durchaus als vernunftbegabte Wesen erwiesen und in Grenzen bereit waren, mir entgegenzukommen. Ganz nebenbei besichtigte ich die Wohnung über der von Ute und Alwin in Deudesfeld, befand sie für gut und bezog sie, soweit ich mit dem Rest meiner Existenz umziehen konnte. Rund siebentausend Bücher waren dahin, und als ich sie in den Container beförderte, standen mir Tränen in den Augen.

Am Samstag wollte ich dann so richtig loslegen, meine neue Wohnung ausmessen, Regale anbringen, provisorische Lampen aufhängen, über einen neuen Computer nachdenken und dergleichen Kleinigkeiten mehr. Aber Rodenstock hatte entschieden etwas gegen derartige Formen von Egoismus. Morgens um neun Uhr warf er mich aus meinem frisch gekauften Pfuhl, und seine Stimme hatte etwas von den Glocken des Jüngsten Gerichts. „Ich denke, wir haben zumindest den Mörder von Annette von Hülsdonk. Und jetzt schwing dich in deine Karre, und komm hierher. Du musst durch Hellenthal in Richtung Wildpark. Auf der rechten Seite geht von einem Parkplatz aus ein Waldweg hinauf. Du erreichst ein Plateau. Dort steht ein kleines Haus. Und da sind wir. Kischkewitz und ich und ein paar seiner Leute. Der Junge hat sich dort verschanzt mit einem Haufen Waffen. Also, komm schon."

„Lass mich raten. Es ist dieser Bastian."

„Woher weißt du das?"

„Ein Kollege erzählte von ihm. Ich komme."

Ich sagte also meiner frisch bezogenen Wohnung ade und fand die Aussicht, das Chaos wenigstens vorübergehend zu vergessen, sehr angenehm. Was mich jetzt allerdings erheblich störte, war die Tatsache, dass ich stank. Man soll nach einem Brand zumindest versuchen, unter eine Dusche zu kommen. Ich trug seit mindestens drei Tagen und Nächten dieselbe Kleidung. Was macht man in Zeiten akuter Jeansnot und geradezu hochpeinlichen Mangels an frischen Unterhosen?

Ich fuhr schnell, auf den Straßen war es leer. Als ich aus dem Wald hinaus auf die Hochfläche gelangte, sah ich rechts hinter den ersten Bäumen die Autos stehen und fuhr dorthin.

Kischkewitz und Rodenstock saßen auf zwei alten Baumstümpfen. „Er hat keine Chance", erklärte Kischkewitz und wies hinaus auf die Wiesenfläche, die sehr groß war. Inmitten dieser Fläche stand ein kleines Haus. Eigentlich war es kein richtiges Haus, es hatte wohl mal als Scheune gedient, und jemand hatte Fensteröffnungen hineingebrochen und sich das Gemäuer eingerichtet. Es gab keinerlei Deckung auf dem Weg dorthin, nur die Wiese, und die war gemäht.

„Und was ist hinter dem Haus?", fragte ich.

„Wiese", sagte Rodenstock. „Da liegen Leute von uns auf dem Bauch. Rechts und links auch. Ein Beamter hat schon einen satten Streifschuss abbekommen. Der Junge schießt sehr präzise."

„Was hat er für Waffen?"

„Das wissen wir nicht genau. Mit Sicherheit ein Gewehr, wahrscheinlich eine Schrotbüchse und zwei oder drei Revolver und möglicherweise sogar eine Maschinenpistole."

„Woher wisst ihr das alles?“

„Von dem Bauern, dem die Scheune ursprünglich gehörte. Er hat sie dem Vater des Jungen verkauft. Und der hat seinem Sohn erlaubt, sich das Häuschen auszubauen. Der Bauer hat den Jungen mehrere Male dabei beobachtet, wie er mit verschiedenen Waffen Schießübungen veranstaltet hat.“

„Und warum sollte er Annette umgebracht haben?“

Eine Weile herrschte Schweigen.

Dann riskierte Rodenstock eine Überlegung: „Ich denke, Annette und er waren fast ein Leben lang eng befreundet. Sie haben sich oft in diesem Haus getroffen, Kerzen angezündet, Wein getrunken; das erzählt der Bauer, und es gibt daran keinen Zweifel. Ich denke, Bastian hat in der letzten Zeit damit leben müssen, dass ihm diese Frau entglitt. Sein Vater hat uns heute Morgen erklärt, dass Bastian nicht damit fertig wurde, dass Annette sich zunehmend mit Dingen beschäftigte, die er nicht verstand – Windkraftanlagen, die Gründung eines eigenen Hotels. Und Bastian gönnte Annette keinem anderen. Als Annette ihm gesagt hat, sie habe in Zukunft nicht mehr so viel Zeit für ihn, da ist wohl seine Welt zusammengebrochen. Also hat er sie erschossen. Er hat sie bestraft, verstehst du?“

„Das ist eine Möglichkeit. Aber was ist mit Driesch?“

„Ich habe darüber nachgedacht“, meinte Kischkewitz. „Bastian kann sehr wohl auch hier der Täter gewesen sein. Er muss erleben, dass Driesch und Annette an diesem Windradprojekt arbeiten. Er ist ausgeschlossen. Driesch ist also ein Feind. Bastian beginnt Driesch zu hassen. Und er jagt ihn, bis er ihn erschießen kann.“

„Aber wie soll dieser Junge nach Monschau gekommen sein?“, fragte ich und schloss sofort an: „Wie alt ist er überhaupt?“

„Er ist 28“, gab Kischkewitz Auskunft. „Er hat einen Führerschein und besitzt einen kleinen Opel und ein Motorrad.“

„Warum bist du denn mit deinen Leuten hierher gekommen? Hat dich jemand geholt?“

Kischkewitz schüttelte den Kopf. „Ich wollte ihn wegen Annette verhören. Zu Hause war er nicht, sein Vater sagte, er sei wahrscheinlich hier. Hätte er gewartet, bis er uns in Kimme und Korn hatte, wären zwei von uns schon tot gewesen, ehe wir überhaupt geschnallt hätten, was hier läuft. Er hat einen Warnschuss abgegeben. Als wir nicht sofort reagierten, hat er einen meiner Männer am Oberschenkel getroffen."

„Warum holt ihr nicht den Vater?", fragte ich.

„Unmöglich", sagte Rodenstock langsam. „Ganz unmöglich. Der Mann würde wahrscheinlich durchdrehen und auf das Haus zulaufen. Und sein Sohn würde möglicherweise schießen. Sicher sogar, denn er glaubt, dass sein Leben jetzt sinnlos ist. Annette, seine Annette, ist tot."

„Und wenn er sich selbst tötet?"

Kischkewitz ließ ein Stöhnen hören. „Genau das macht uns Sorgen. Er wird versuchen, ein paar von uns zu erwischen und sich dann selbst richten."

„Das befürchte ich auch", pflichtete Rodenstock bei.

„Ganz allein gegen die Welt", murmelte ich.

Kischkewitz hielt ein Walkie-Talkie vor den Mund und sagte: „Ganz ruhig, Leute. Und wenn jemand eine Idee hat, dann her damit."

Niemand antwortete. Kischkewitz zündete sich einen langen, dünnen Zigarillo an und erzählte weiter: „Bastian war zwei Jahre in psychiatrischer Behandlung, damals nach dem schweren Unfall. Er musste über die Behinderung hinwegkommen, wieder sprechen lernen, mit den Lähmungserscheinungen fertig werden. Er wurde im Laufe der Jahre zum Einzelgänger, manchmal ist er aggressiv, er benimmt sich wie ein Angstbeißer. Nur Annette kam an ihn heran."

Aus dem Walkie-Talkie tönte plötzlich plärrend die Stimme einer Frau: „Die einfachste Möglichkeit ist die Bundeswehr." Ein trockenes Lachen folgte. „Wir setzen uns in einen Panzer und walzen die

Hütte platt." Pause. „Nein, nein, so brutal meine ich das nicht, aber wir könnten dann am Haus in jeden toten Winkel kommen. Auf jeden Fall denke ich, wir sollten anfangen, mit ihm zu reden, sonst schaukelt sich sein Erregungszustand immer weiter hoch. Wir sind jetzt fast zweieinhalb Stunden hier."

„Gar nicht dumm", meinte Kischkewitz. „Aber meiner Erfahrung nach würde ein solcher Einsatz viel zu lange dauern, weil niemand die Entscheidung treffen will, uns zu helfen. Die Bundeswehr ist schließlich auch ein Opfer der Bürokratie. Das können wir uns abschminken."

„Wer immer die Frau ist, sie hat in einem Punkt Recht: Ihr müsst mit ihm reden", sagte ich.

Die Frau lachte wieder, und Kischkewitz stellte sie vor: „Vera Kaufmann, Mitglied der Sonderkommission, abgestellt vom LKA Mainz, 31 Jahre alt, ledig. Ein wendiges Mädchen."

„Was ist mit einem Hubschrauber, Chef?", fragte jemand. „Der kann senkrecht von oben kommen."

„Ein Wahnsinnsaufwand." Kischkewitz war nervös.

„Wir haben nicht mehr viel Zeit", überlegte Rodenstock. „Wenn das Dorf erfährt, was hier gespielt wird, bekommen wir Zuschauer. Dann kann die Situation sehr schnell außer Kontrolle geraten."

„Ich gehe zu ihm", erklärte ich.

Kischkewitz wurde wütend. „Hier ist alles voller Kriminalisten, und du als Außenstehender willst freiwillig in seine Schusslinie laufen. Nee, Baumeister, wirklich nicht."

„Ich gehe", murmelte Rodenstock.

„Ist ja witzig", polterte Kischkewitz. „Ausgerechnet der Rentner! Rodenstock, das geht nicht."

„Das ist ja irre!", rief die Frau begeistert. „Und wenn ich sage: Ich versuche es?"

Nun musste Kischkewitz lachen. „Dann haben wir eine Inflation. Aber das Problem ist doch: Wie kommen wir über diese verdammten zweihundert Meter Wiese, ohne erschossen zu werden?“

„Wo befindet sich der längste Anmarschweg?“, fragte ich ihn.

„Auf der anderen Seite. Mindestens dreihundert Meter freie Fläche.“

„Dann gehe ich von dort aus“, sagte ich. „Und fluch jetzt nicht rum, ich gehe. Ich bin sowieso abgebrannt.“

„Ich gehe mit“, entschied Rodenstock. „So ein bisschen abgebrannt bin ich schließlich auch.“

„Ihr seid meschugge!“, stellte Kischkewitz seufzend fest.

„Das ist unser Vorteil.“ Ich grinste. „Ich habe noch einen Vorschlag. Wir sollten uns sehen lassen. Auf allen vier Seiten. Ganz offen auf der Wiese stehen und warten. Und keine Waffen zeigen. Er muss wissen, dass wir nicht feindselig sind.“

„Das ist gut“, sagte die Frau. „Chef, das könnte gehen.“

„Diese Sonderkommission steht im Licht der Öffentlichkeit“, sagte Kischkewitz müde. „Wenn die *Bild* berichtet, dass ein Journalist und ein Polizeirentner das Ding für uns übernommen haben, werde ich nach Labrador versetzt und darf Parksündern am Polarkreis Verwarnungen an die Scheibe kleben.“

Rodenstock lächelte matt. „Dann wollen wir mal.“ Er nickte mir zu, stand von seinem Baumstamm auf und ging parallel zum Wiesenrand in den Wald hinein. Ich folgte ihm.

„Habt ihr euch schon über die eine Million Mark in bar erkundigt?“, fragte ich, als ich ihn eingeholt hatte.

„Haben wir. Drieschs Banken wissen nichts davon. Seine Frau Anna auch nicht.“

„Aber der Vorgang an sich ist verifiziert?“

„Ja, Driesch ist tatsächlich nach Mallorca geflogen und hat dort eine Million für den Kauf eines Hauses hingeblättert. Was glaubst du, wird er schießen?“

„Ich weiß es nicht. Vielleicht sollten wir vorsichtshalber ein Heftpflaster mitnehmen.“

Der Tannenwald endete an einem alten Weg und ging dann in Mischwald über. Die Sonnenflecken auf dem Boden ließen die Farne leuchten. Das kleine Haus mit dem jungen Mann darin lag jetzt links von uns.

„Es kommt darauf an, was er aus unserer Körperhaltung liest", murmelte der kluge Rodenstock.

„Richtig." Ich nickte. „Ich sollte dir noch sagen, dass ich dich jetzt verstehe."

Er sah mich von der Seite an. „Das ist gut. Ich gebe zu, ich war wie vernagelt. Es tut mir Leid."

„Erledigt", sagte ich.

Links von uns hockte ein Mann hinter einer Buschbirke. Er hatte einen Revolver in der rechten Hand und hob die linke, um uns zu grüßen.

„Wir haben immer noch keine Ahnung, was Jakob Driesch neun Stunden lang getrieben hat." Rodenstock wandte sich jetzt nach links, kam aus dem Wald heraus und ging in die Wiese hinein. Von diesem Punkt aus war das kleine Haus sicher mehr als dreihundert Meter entfernt. Wir konnten nur das Dach sehen, weil wir uns in einer Geländefalte befanden.

„Aha, die Dame namens Vera", sagte ich.

Die Frau saß im Gras hinter einem krüppeligen Weißdorn. Sie hatte eine Waffe neben sich liegen, daneben eine Schachtel Marlboro mit einem Feuerzeug und ein Päckchen Kaugummi.

„Hallo", sagte sie. „Nehmen Sie Platz. Kann ich Ihnen etwas anbieten? Tee? Kaffee? Ein paar belegte Brote vielleicht?"

„Kaviar mit gehackten harten Eiern", sagte ich. „Und bitte einen Chablis dazu."

„Kommt sofort", erwiderte sie lächelnd.

Sie war schlank, vielleicht 170 Zentimeter groß, und hatte die dunkelbraunen Haare zu einem Dutt geformt. Ihr Gesicht war schmal; sie trug eine Brille mit großen Gläsern und wirkte sachlich. Ihre Kleidung bestand aus einem T-Shirt in Weiß mit irgendeinem nicht erkennbaren Aufdruck, einer leichten Jeansjacke, hellblauen Jeans über weißen Turnschuhen – sehr zweckmäßig das Ganze. Ihre Stimme war angenehm, kein Hauch von Make-up – ein großes, sympathisches Mädchen.

„Ich denke, ich gehe mit“, erklärte sie. „Einer von uns muss mit. Das wäre Punkt Nummer eins. Punkt Nummer zwei ist, dass wir vielleicht in einem seitlichen Abstand von etwa zwei Metern gehen. Wenn er schießt, muss er die Waffe bewegen, um zu einem zweiten Schuss zu kommen. Einverstanden?“

Rodenstock nickte.

Sie zog ein Walkie-Talkie aus der Brusttasche ihrer Jeansjacke. Sie sagte: „Chef, wir haben beschlossen, ich gehe mit.“

„Sind wir schon so weit, dass Untergebene einfach selbst entscheiden, ob sie Selbstmord begehen wollen?“ Kischkewitz lachte unterdrückt. „Okay, geh mit ihnen, Mädchen. Und Nerven behalten.“

„Danke“, meinte sie. „Soll ich die Waffe mitnehmen?“

„Nein“, sagte Rodenstock. „Keine Waffen.“

Wir standen auf. Vera ging in der Mitte, Rodenstock links, ich rechts von ihr. Wir hatten etwa dreihundert Meter vor uns.

„Wenn er schießt, wird er es ab etwa hundert Meter Distanz tun“, sagte Rodenstock seltsam heiter.

Ich wurde etwas langsamer, nahm aus der einen Tasche meinen Tabaksbeutel und aus der anderen eine Pfeife. Ich stopfte sie und zündete sie gründlich an.

„Das ist eine gute Idee“, sagte Vera links von mir. Ich konnte den Schweiß auf ihrem Gesicht sehen. Ihre Handbewegungen waren fahrig, als sie eine Zigarettenschachtel aus der Tasche zog und sich eine anzündete.

„Ich habe leider keine Zigarre bei mir“, brummte Rodenstock. „Ausgerechnet heute wollte ich mal gesund leben.“

„Es ist nie zu spät“, murmelte ich. „Wer fängt denn an?“

„Lass mich das machen“, antwortete Rodenstock. „Ich bin der Typ gütiger Großvater. Wenn ich stehen bleibe, bleibt ihr auch stehen. Und bloß nicht verkrampfen. Wir sind jetzt etwa auf zweihundert Meter, wir gehen weiter bis auf die Hälfte der Distanz, sodass er einen sicheren Schuss landen könnte. Das macht ihn selbstsicher, das gibt ihm mehr Macht.“

„Gute Idee“, wiederholte Vera. „Nur hoffe ich sehr, dass Bastian das auch honoriert. Ich habe eine Scheißangst um mein junges, blühendes Leben. Ich besaufe mich, wenn ich das hier überlebe.“

„Ich schließe mich an“, erklärte Rodenstock. „Ich bemerke gerade, dass er, von hier aus gesehen, am linken Fenster steht. Er hat ein Fernglas vor den Augen. Seht ihr es?“

„Ja“, bestätigte Vera.

„Aufpassen jetzt, wir sollten stehen bleiben.“ Rodenstock hielt inne. Vera sog nervös an ihrer Zigarette und sah zu mir herüber.

„Bastian!“, sagte Rodenstock laut. „Mein Name ist Rodenstock, und ich könnte dein Großvater sein. Wir wollen dich bitten, mit uns zu reden. Kannst du mich verstehen?“

Keine Antwort. Totenstille.

„Wir sind nicht bewaffnet, Bastian. Die junge Frau rechts von mir ist Vera, eine Kriminalbeamtin. Der Mann neben ihr heißt Baumeister und ist ein Journalist. Tust du uns den Gefallen und redest mit uns?“

Keine Antwort.

„Du kannst mit uns dreien reden. Oder mit einem von uns.“

Um Gottes willen, Rodenstock, erwähne die Tote nicht!

„Willst du mit Vera reden, Bastian?“

Keine Antwort. Es war so still, dass wir den sanften Wind in den weit entfernten Bäumen hören konnten.

Rodenstock wurde sauer. „Ich habe angenommen, dass du wenigstens höflich genug bist zu antworten. Du machst hier einen

Narren aus mir, und das habe ich nicht verdient. Ich warte, Bastian. Aber ich warte nicht mehr lange."

„Und was passiert, wenn du lange genug gewartet hast?" Die Stimme klang voll und nicht im Geringsten unsicher.

„Dann gehen wir wieder, und dann…, na ja, dann wird ein Panzer der Bundeswehr kommen. Ein Räumpanzer. Der räumt dich und dein Haus weg, als hätte es das nie gegeben."

„Ich kann das Haus auch selbst abfackeln, ich brauche es sowieso nicht mehr."

„Warum denn das?", fragte Rodenstock.

„Ich dachte, der hat einen Sprachfehler", murmelte ich.

„Nur noch, wenn er erregt ist", flüsterte Vera. „Und im Augenblick ist er die Ruhe selbst."

Wieder herrschte eine Weile Schweigen.

„Das ist eine andere Geschichte", antwortete er endlich. „Ihr könnt euch das Maul fusselig reden, ich komme hier nicht raus. Und jeder, der reinkommt, ist tot." Das kam sehr sachlich daher, und niemand zweifelte an seinen Worten.

„Das ist doch Scheiße!", brüllte ich wütend. „Du hast keine Ahnung, wie sehr deine Eltern zittern! Sie sorgen sich um dich, sie haben sich um dich gesorgt, seit du lebst. Und du Arschloch glaubst, du bist der Mittelpunkt der Welt!"

„Glaube ich nicht", sagte er ruhig. „Ich bin ziemlich unwichtig, ich bin sogar vollkommen unwichtig, nach mir kräht kein Hahn."

„Er will sich umbringen", hauchte Vera. „O Gott, das können wir nicht zulassen!"

Rodenstock sah zu mir herüber. „Heiz ihm ein, verschweige nichts. Es hat ohnehin kaum noch Sinn." Er sprach so lässig, als wäre diese Krise gar nicht vorhanden.

„Also, hör zu", begann ich. „Da ist eine Menge zu klären. Ja, ich kann mir vorstellen, dass du dich als den einsamen Helden siehst, der gegen die ganze Welt vorgehen muss. Wahrscheinlich willst du dich selbst umbringen und kommst dir dabei auch wie ein Held vor. Du machst mich wütend."

Er sagte nichts.

„Und jetzt Annette!", flüsterte Vera scharf.

Sollte ich die Wahrheit sagen, oder brachte ich besser einen Bluff? Ich entschloss mich zu dem Bluff. „Reden wir von Annette, reden wir von deiner Heiligen. Ich will dich verstehen lernen, kapierst du das? Ich weiß, dass du in einem Black-out gehandelt hast. Aber spiel doch jetzt nicht den Coolen. Und mach uns vor allem nicht vor, dass das alles geplant war. Nichts war geplant, gar nichts."

Ich machte eine Pause, dehnte sie bis zur Unerträglichkeit.

„Ich weiß auch, dass sie dich in der letzten Zeit schäbig behandelt hat. Würdest du bitte so höflich sein und mir wenigstens über Annette Auskunft geben? Dann verschwinde ich wieder, ich will nur die Wahrheit. Ich werde dich nicht einmal daran hindern, dich selbst umzulegen."

Keine Reaktion.

Ich wollte gerade fortfahren, da sagte er: „Du kannst reinkommen. Aber allein und nur fünf Minuten. Und dann gehst du wieder."

„Dann gehe ich wieder", versicherte ich.

„Viel Glück", sagte Vera leise. „Das ist schon mal die halbe Miete."

„Geh liebevoll mit ihm um", gab mir Rodenstock mit auf den Weg.

Ich ging los, und je näher ich dem Haus kam, umso mehr Furcht erfüllte mich. Bastian hatte nicht den geringsten Grund, mich zu schonen. Wahrscheinlich würde er mir all das sagen, was er sich seit vielen einsamen Stunden vorbetete. Dann würde er schießen.

Er machte die Tür einen Spaltbreit auf. „Komm rein."

Es roch nach Vanille. Räucherstäbchen. Hinter mir wurde die Tür geschlossen.

„Du kannst dich da an den Tisch setzen!", befahl er.

Es gab zwei Stühle. Ich setzte mich. Der Tisch war alt, braunes Holz, eng gemasert, Eiche. Darauf eine Vase mit wilden Wiesenblumen, frisch gepflückt. Rechts neben der Vase ein Aschenbecher, bis zum Rand voll mit Zigarettenkippen. Nahe der Tischmitte ein Holz, das ein brennendes Räucherstäbchen hielt. Der Rauch kräuselte sich gegen die Decke. Rechts, etwa zwei Meter entfernt, ein Bett, französische Maße, ein Anderthalbbett, wie man in der Eifel sagt. Daneben ein kleines Tischchen mit vielen angebrannten Kerzen. Vor den Fenstern jeweils ein breites Brett. Bücher standen darauf, Dosen für irgendwelchen Krimskrams. Unter dem Fenster gegenüber lag eine doppelläufige Schrotflinte. Rechts vor dem Fenster stand eine Winchester - ob es eine 44er war, konnte ich nicht entscheiden, ich verstehe nicht genug davon. Links vor dem Fenster lag eine schwere automatische Waffe. Es musste eine Maschinenpistole sein.

„Warum hast du so viele Waffen? Wirst du bedroht?“

„Ich habe sie mal gesammelt. Da war ich jünger. Du weißt ja, wie das ist, wenn man jünger ist.“ Seine Stimme klang angenehm.

„Ja, das weiß ich. Darf ich rauchen?“

„Ja klar, kein Problem. Was wollen die Bullen eigentlich?“

„Na ja, zuerst mal wollen sie mit dir sprechen. Rein informativ. Du kennst das ja. Das ist wie im Krimi. Du bist wichtig für sie, du hast Annette gut gekannt.“

„Ich bin der Einzige, der sie gut kannte.“ Das klang stolz. „Ich bin überhaupt der Einzige, mit dem sie gelebt hat. Das war hier.“ Er stand noch immer irgendwo hinter mir und rührte sich nicht.

„Wie lange ging das zwischen ihr und dir?“

„Jahre, viele Jahre. Kurz nach dem Unfall fing es an. Als ich aus der Reha kam.“

„Was war sie denn so für ein Mensch?“

„Sie war mein Mädchen.“ Das kam schnell. „Sie hat immer gesagt, das Haus hier wäre der einzige Platz auf der Welt, an dem sie träumen kann. Dein Tabak riecht gut. Wie heißt der?"

„Der hat keinen Namen, ich mische ihn selbst."

„Ich habe auch mal versucht, Pfeife zu rauchen. Das brannte so auf der Zunge, da habe ich es wieder gelassen."

„Die meisten machen den Fehler, die Pfeife heiß zu rauchen. Dann brennt es auf der Zunge. Was habt ihr denn für Träume geträumt?"

„Bist du wirklich ein Journalist? Warum hilfst du der Polizei?"

„Ich darf sie nur begleiten und dann drüber schreiben. Was waren das für Träume?"

„Was man so träumt. Piratenleben."

„Piratenleben?"

„Na ja, was man als Junge so träumt. Später waren es andere Träume, d-d-d-da waren wir älter." Irgendetwas regte ihn auf, er begann zu stottern. „S-S-Sie hat mir gezeigt ..., wie eine Frau aussieht und so."

„Du meinst, du hast sie nackt sehen dürfen?"

„Das meine ich."

„War es eine Liebesgeschichte?"

„Ja, das war es."

„Hat sie dich geküsst?"

„Ja, geküsst und alles."

„Miteinander geschlafen?"

„O nein, nein. Das wollten wir erst tun, wenn wir verheiratet sind. Später. Nur streicheln war."

„Sag mal, Bastian, ich meine, du bist ein netter Kerl. Kannst du dich nicht hier an den Tisch setzen?"

„Und wenn sie kommen?"

„Sie kommen nicht. Ich verspreche es dir. Keine Tricks." War er zurückgeblieben? Irgendwie debil? Ich fühlte mich hilflos.

Er kam langsam um den Tisch herum. Er hatte eine schwere Waffe in der Hand, blau schimmernd, langläufig.

„Was ist denn das für ein Ding?“

„Ein 9-Millimeter-Colt. Ziemlich selten. Magst du Waffen?“

„Nein“, antwortete ich. „Waffen töten, ich mag sie nicht.“

Er setzte sich, legte den Colt auf den Tisch. Er nahm eine Zigarettenschachtel aus der Brusttasche seines Hemdes und zündete sich eine an. Er hatte ein strenges, längliches Gesicht mit einer großen Narbe auf der linken Stirnseite. Seine Augen waren erstaunlich hell und wirkten unter den dunkelbraunen Haaren wie Leuchtpunkte.

„Ich mag Waffen eigentlich auch nicht. Aber ich muss mich verteidigen.“

„Wieso denn das?“

„Das weißt du doch. Du weißt doch, weshalb.“

„Kannst du mir erzählen, wie das ablief? Oder warte, lass mich erst was anderes wissen: Warum hast du Driesch erschossen?“ Friss es und erstick daran! Nein! Antworte!

„W-W-W-Wieso? Was… Ich meine, was fragst du? Ich? Den Driesch?“

Ich fühlte so etwas wie Erleichterung. „Siehst du, ich wusste doch, dass du nichts damit zu tun hast. Was hast du denn gedacht, als du gehört hast, dass Driesch erschossen worden ist?“

„Gedacht? Na ja, in der Rur erschossen in Monschau. Da war ich auch mal mit Annette. Na ja, ich hab gedacht: Endlich hat ihn Gottvater bestraft.“

Religiöser Wahn? „Weshalb soll Gottvater denn den Driesch bestraft haben?“

„Driesch machte doch diese Windrad-Dinge. Und er nahm Annette einfach mit. Hat mich nicht gefragt.“

„Was hat Annette denn darüber gesagt?“

„Sie hat gesagt, Driesch will, dass sie das tut. Deshalb tat sie es. Driesch ist der Hexer gewesen, Gottvater hat ihn bestraft.“

„So ist das“, sagte ich lahm. Ich war mit meinem Latein am Ende.

Er war liebenswert, aber er war verrückt. Er war ein Mörder und nicht von dieser Welt. „Hat Gottvater dir gesagt, du sollst es tun?"

„O nein. Aber ich …, ich weiß es nicht."

„Was weißt du nicht?" Ich musste die Spannung herausnehmen. Wie nimmt man die Spannung heraus? „Pumpst du mir eine Zigarette?"

„Klar doch. Nimm dir eine."

Ich nahm mir eine und zündete sie an. „An was kannst du dich erinnern?" Ich versuchte, locker zu sitzen, ihn ganz freundlich und lange anzuschauen.

„Ich weiß nichts mehr." Er hielt plötzlich die Hände vor sein Gesicht und betrachtete, wie sie zitterten. „Schreibst du über mich?"

„Das weiß ich nicht. Soll ich?"

Er lächelte. „Würde ich ganz witzig finden. Jetzt, wo ich bald auch in der Zeitung stehe."

„Warum wirst du in der Zeitung stehen?" Diesmal lasse ich dich nicht entkommen.

„Na ja, weil das mit Annette passiert ist."

„Was ist denn passiert?", fragte ich freundlich. „Willst du nicht endlich alles erzählen?"

„Ja, ja", sagte er eifrig. „Also, Driesch war tot. In Monschau. Und ich habe gesehen, dass Annette deswegen geweint hat. Und ich habe ihr gesagt, Driesch ist bestraft worden dafür, dass er dich weggerissen hat von mir. Sie hat mich angeschrien, ich hätte keine Ahnung, ich sei doch verrückt. Lauter solche Sachen." Er neigte den Kopf über den Tisch.

Lenk ihn ab, Baumeister. „Du hast vom Streicheln erzählt. Hat sie dich gestreichelt und du sie?"

Er strahlte mich plötzlich an. „Ja, so war das. Viele Male. Ich habe alles aufgeschrieben, ich habe ein Tagebuch. Ich habe sie auch fotografiert. Willst du mal sehen?"

„O ja, sehr gerne."

Er stand auf, er hatte vollkommen vergessen, dass draußen Kischkewitz mit seinen Leuten lauerte. Er hatte einen Zuhörer, endlich hörte jemand zu. Vor mir auf dem Tisch lag die blau schimmernde Waffe. Ich griff nicht danach, ich wollte nicht zu denen gehören, die ihn belogen.

Er kam mit einem grünen Leinenbuch zurück. „Mein Album!", erklärte er stolz. Er legte es vor mich hin. „Du darfst gucken. Du darfst das."

Ich blätterte das Buch auf. Auf der ersten Seite hatte er ihr Porträt in ein mit rotem Filzstift gezogenes Herz geklebt. Sie war eine hübsche Frau gewesen, eine mit einem entwaffnenden Lachen. Die nächsten Seiten zeigten Annette auf einer Decke auf der Wiese, Annette auf der Bank vor dem Haus. Annette im Bikini, Annette an diesem Tisch.

„Guck mal", sagte er und blätterte ein paar Seiten weiter. „Streichelbilder."

Sie nackt auf dem Bett, er nackt auf dem Bett. Dann Nahaufnahmen ihrer Scham, ihrer Brüste, ihres Mundes.

„Sie hat gesagt: ‚Fotografiere mich. Ich mag das.' "

„Und sie hat auch gesagt, sie wollte dich heiraten?"

„Hat sie immer gesagt. Damals."

„Und seit wann wollte sie das nicht mehr?"

„Seit letztem Sommer. Sie sagte: ‚Ich kann nicht mehr mit dir gehen.' Aber sie hat nicht gesagt, wieso. Dann kam diese Windrad-Geschichte, und sie war oft weg."

„Kannst du dich erinnern, wie sie aus dem Wald geritten kam?"

„Klar. Oben an der Jugendherberge. Da wollte ich mit ihr reden. Sie wollte nicht, sie schrie: ‚Hau ab!' " Er beugte wieder den Kopf nach vorn und weinte still.

„Bastian, erinnere dich …"

„Ich weiß nicht. Sie schrie irgendwas. Ja, sie schrie: ‚Hau ab! Du mit deinem blöden Gewehr!' Solche Sachen." Er verkrampfte sich, seine Hände schlossen sich zu Fäusten, wurden ganz weiß. Er stand auf. „Ich sagte: ‚Ich bin der Bastian.‘ Aber sie hörte nicht.“ Er machte ein paar Schritte zum Fenster hin. Da lag das Gewehr, das ich für eine Winchester hielt. Er nahm es und stellte es mit dem Kolben auf den Fußboden. Dann bückte er sich zu dem Lauf hinunter.

Ich zielte nicht, ich schoss einfach. Es klang mörderisch laut und schmetterte seinen Kopf gegen die Fensterscheibe. Ein Klirren, dann war es schrecklich still. Bastian fasste sich an den Hintern und stöhnte. Die Hand war blutig. Er fiel nach vorn auf sein Gesicht.

Hinter mir knallte die Tür auf, Vera stand da und hielt beidhändig ihre Waffe.

„Okay“, sagte ich matt. „Ich habe ihn in den Hintern geschossen, sonst nichts.“

Sie war mit zwei Sprüngen an mir vorbei und stand über Bastian. „Hat er es getan?“

„Ja, er hat es getan. Mein Gott, ich muss kotzen.“

„Hat er dich etwa erwischt?“

„Nein, nein, ich muss einfach immer kotzen, wenn ich jemanden in den Hintern schieße.“ Ich ging hinaus an die frische Luft. Mein Magen beruhigte sich wieder.

Rodenstock strich an mir vorbei. „War seine Aussage eindeutig?“

„Eindeutig“, erwiderte ich. „Die Schrotflinte ist die Tatwaffe. Irgendwo vor dem linken Fenster. Ist das eine 44er-Winchester vor dem anderen Fenster?“

„Nein. Eine Standardausführung. Hat er was über Driesch gesagt?“

„Ja. Er sagte, das habe Gottvater erledigt. Driesch, sagte er, war ein Hexer.“

„Meine Güte“, hauchte Vera. Sie kniete neben Bastian und fühlte seinen Puls an der Halsschlagader. „Er kommt gleich zu sich.“

Mir war das jetzt egal, ich wollte nach Hause, duschen, schlafen, möglichst weit weg von dem hier. Ich hockte mich auf die Bank vor dem Haus. Da war jetzt Schatten, der kühlte etwas.

Kischkewitz kam heran und sagte: „Danke."

„Hm", erwiderte ich. Ich stopfte mir die Bravo von Dr. Boston und schmauchte vor mich hin. Es schmeckte nicht, ich ließ es sein.

Dann ertönte ein unverkennbares Motorengeräusch. Emma nahte. Sie stieg aus und lief zu mir, dabei schrie sie: „Wieso macht ihr eine solche Schweinerei, ohne mir vorher Bescheid zu geben?"

„Worüber regst du dich auf?"

„Na ja, mein Mann ist schließlich nicht mehr der Jüngste. Und ich will den noch eine Weile haben."

Vera erschien in der Tür, hinter ihr tauchte Rodenstock auf. „Woher weißt du denn schon wieder, dass wir hier sind?"

„Schließlich habe ich Spitzel! Immer wenn ich euch allein lasse, macht ihr Unsinn."

„Kannste mal sehen!", kommentierte Rodenstock trocken. Dann musste er schallend lachen. Er lachte, bis auch Emma zu lachen begann. Ich war neidisch auf die beiden.

Es entstand der übliche Wirbel. Alle rannten mit ungeheuer ernsten und wichtigen Gesichtern herum, maßen irgendetwas aus, blätterten in Bastians Fotoalbum, untersuchten die Waffen, nahmen Fingerabdrücke, telefonierten unentwegt. Es gab nur einen ruhenden Punkt in der Szene: Baumeister und Bastian auf der Bank vor Bastians Haus. Er trug Handschellen und hockte friedlich und versunken in sich selbst im Schatten. Wenn er eine Zigarette wollte, zündete ich ihm eine an und steckte sie zwischen seine Lippen. Er hatte nur Unterhosen an und saß auf der linken Arschbacke, die rechte hatte ich ihm lädiert. „Das ist unbequem", sagte er. „Das tut weh."

Und ich wiederholte zum x-ten Mal: „Es tut mir Leid."

Endlich schwebte der Hubschrauber des ADAC ein, Bastians

Abtransport ging mit der gewohnten Routine vonstatten, alle Anwesenden bekamen einen Haufen Staub ins Gesicht.

„Das war's", bemerkte Kischkewitz. „Was macht dein Brandschaden?"

„Interessiert mich nicht."

„Du bist ziemlich fertig, nicht wahr?"

„Es könnte besser gehen."

„Vera fährt dich nach Hause und legt dich ins Bett."

Emma sah mich mit schmalen Augen an. „Du wirst widerstehen!", mahnte sie.

„Na sicher doch, Mama", versicherte ich.

Minuten später explodierte Vera in meinem Auto: „Die Zicke ist doch die Höhe. Was bildet die sich eigentlich ein? Dass ich dich heimbringe und – husch – mit dir ins Körbchen will? Wer ist das überhaupt?"

„Das ist die stellvertretende Polizeipräsidentin der holländischen Stadt 's-Hertogenbosch."

Sie trat kräftig auf die Bremse. Weil sie die Bremsen eines Rallyefahrzeugs nicht gewohnt war, ging das ein wenig schief. Der Wagen stand mit der Schnauze über einem Straßengraben.

„Sag, dass das nicht wahr ist."

„Es ist wahr. Sie ist Rodenstocks Ehefrau und meine Freundin. Und sie hat einen Scherz machen wollen, sonst nichts."

„Liefern wir an Holland aus?", fragte Vera, wartete nicht auf die Antwort, startete und gab Gas. Dann schlug sie begeistert auf das Lenkrad, brüllte „Jippieeehh!" und raste durch die Eifel, als hätte sie ihr Leben lang nichts anderes gemacht. „Die Karre ist gut", seufzte sie zufrieden. Sie gefiel mir, sie war gut drauf.

Misstrauen schlich sich ein, als wir auf den Hof in Deudesfeld rollten. Es standen unanständig viele Autos da.

„Was ist denn hier los?", wollte Vera wissen.

„Ich weiß nicht, ich wohne hier erst seit vorgestern."

„Aha, seit vorgestern.“ Sie glaubte mir kein Wort.

„Mein Haus ist abgebrannt, und irgendwo musste ich ja unterkommen. Unten wohnen Freunde, oben wohne ich.“

„Dein Haus ist abgebrannt, hä?“

„Ja, verdammt noch mal. Hier, nimm das Handy, ruf Kischkewitz an, frag ihn, ob ich Mist erzähle.“

Einen Teil der Autos kannte ich.

Vera rief tatsächlich an. „Chef, ich glaube, ich werde hier verarscht. Er behauptet, sein Haus sei abgebrannt und er wohne hier seit vorgestern. – Ach so, ach ja. Na denn.“ Sie gab mir mein Handy zurück. „Aber ein komischer Vogel bist du schon, oder?“

Wir stiegen aus und konnten mein Dachgeschoss nicht betreten, weil die Treppe vollkommen besetzt war. Rudi, Rainer, Werner, Petra, Maria, Andrea, Günther und viele Leute mehr strahlten uns an.

„Wir haben dir das gebracht, was noch zu verwenden war“, erklärte Rudi. „Du musst ja irgendwie klarkommen, haben wir gedacht. Aber wir sind schon wieder weg.“

Er sah Vera angelegentlich an und grinste. Es war wie ein Spuk. Ehe wir uns gefasst hatten, waren alle wieder vom Hof.

„War das eine Abordnung der nächstgelegenen psychiatrischen Klinik?“, fragte sie.

„Das waren meine Nachbarn“, sagte ich gerührt. „Sie haben mir geholfen, sie helfen mir immer.“ Es hätte nicht viel gefehlt, und ich hätte vor Rührung zu heulen begonnen.

„Das ist ein Irrenhaus!“, erklärte Vera bestimmt. Sie stolperte die letzten Stufen hinauf und betrat mein neues Reich.

Irgendetwas schien nicht in Ordnung zu sein. Sie rief mehrere Male „Huch!“, dann gab es einen lauten Krach, und sie brüllte: „Scheiße!“

Ich fragte sicherheitshalber nicht nach. Der Flur stand voller Dinge: Kisten, Kästen, Koffer, Regale, kleine Schränke, große

Schränke, Aktenschränke, Sofas, Liegen und ähnliche nützliche Sachen. Mittendrin lag Vera auf dem Rücken, auf ihrem Bauch ein Bügelbrett. Ihre Füße steckten in einer alten Eichentruhe, dort, wo normalerweise eine Schublade war.

„Das tut mir Leid", murmelte ich betreten.

Die Tränen liefen ihr über das Gesicht. Bis ich begriff, dass es Lachtränen waren, dauerte es einige Sekunden. „So ist das Leben", japste sie.

„Willst du einen Wein oder einen Schnaps?"

„Einen Schnaps", sagte sie. „Kann man hier auch irgendwo sitzen?"

Wir fanden eine Möglichkeit, uns gemütlich gegenüberzusetzen, indem wir die Beine hochnahmen und den Schneidersitz übten.

Ich holte die Schnapsflasche und für mich Wasser.

„Wieso trinkst du nicht? Das entspannt."

„Ich trinke nie."

„Du trinkst nie?" Sie glaubte mir schon wieder nicht.

„Willst du wieder telefonieren? Dieses Mal vielleicht mit Rodenstock?"

„Nein, nein, schon in Ordnung." Sie begann erneut vor Lachen zu prusten. Dann warf sie das Wasserglas mit dem Schnaps um, aber das machte schon gar nichts mehr, die Couch war sowieso hinüber und immer noch feucht vom Löschwasser. Das entdeckten wir aber erst, als die Feuchtigkeit durch unsere Jeans drang und die Hosen schon an den Hintern klebten, was erneut ein Grund war, fünf Minuten albern zu lachen.

Vera wurde unvermittelt ernst und fragte: „Wie hast du das mit diesem Bastian gemacht? Hast du eine besondere Methode?"

„Nein. Ich habe ihn nur ernst genommen."

„Was bist du für ein Journalist, dass du für die Bullen arbeitest? Wie kommst du damit zurecht?"

„Gut. Es gibt Bullen, die ich mag. Rodenstock oder Kischkewitz zum Beispiel. So kann ich besser über Polizeiarbeit schreiben. Und du? Bist du begeistert dabei?“

„Nicht bei allen Dingen, aber bei sehr vielen. Mit Krakeelern kann ich nicht. Gute Polizeiarbeit liebe ich. Deshalb war ich scharf auf diese Sonderkommission Driesch. Was glaubst du: Wer war es?“

„Keine Ahnung“, sagte ich. „Es kann gefährlich sein, seiner Phantasie freien Lauf zu lassen. Wir werden erleben, was dabei herauskommt. Hast du einen Favoriten?“

„Ich denke an Bestechung wegen der Windpark-Objekte. Das passt. Lebst du allein?“

„Ja.“

„Macht das Spaß?“

„Meistens ja. Manchmal nicht. Eigentlich bin ich nicht dazu geboren, allein zu leben. Irgendwann wird sich das wieder ändern. Und du?“

„Ich lebe allein. Ich habe eine üble Kiste hinter mir. War nicht schön. Ich glaube, ich sollte jetzt Kischkewitz anrufen. Er wollte mir einen Wagen schicken. Hast du morgen Programm?“

„Ja. Ich will Anna besuchen.“

„Die haben wir schon viele Male vor und zurück gehört.“

„Ich muss die Leute selbst hören. Nachrichten aus zweiter Hand taugen nichts.“

„Darf ich mitfahren? Ich meine, deine Art zu fragen würde mich interessieren ...“

„Darfst du, wenn du magst. Du kannst ja jetzt mein Auto mitnehmen und holst mich morgen früh hier ab. Passt das?“

„Das passt.“ Sie nickte. „Dann kannst du endlich ins Bett. Du siehst fertig aus.“

„Ich werde erst mal duschen, falls in der Dusche nicht auch ein Schrank oder so was steht. Und dann haue ich mich hin. Die Autoschlüssel liegen auf dem Regal im Flur.“

Sie stand auf und sagte: „Mach's gut. Das war sehr beeindruckend."

„Bis morgen", sagte ich.

Ich hörte, wie sie durch die Möbel stieg und dann die Treppe hinunterging. Die Haustür klackte zu.

Ich kämpfte mich zu dem winzigen Badezimmer durch und fand es in Ordnung und möbelfrei. Ich zog die alten, verdreckten Sachen aus und ließ mir lange heißes Wasser über den Kopf laufen.

Plötzlich stand sie vor mir, nackt, wie sie auf die Welt gekommen war. „Das ist unverschämt", meinte sie mit blassem Gesicht. „Aber ich dachte, wir könnten ja auch zusammen duschen. Und falls du ohnmächtig wirst, kann ich helfen."

„Das finde ich hervorragend", sagte ich. „Ich werde nämlich laufend ohnmächtig beim Duschen."

Sie grinste und bat: „Rutsch mal ein Stück."

VIERTES KAPITEL

Wenn zwei Singles aufeinander prallen, gibt es jene bedeutsamen Sekunden, in denen sich entscheidet, ob man mehr oder weniger wortlos auseinander geht oder aber gemeinsam gut gelaunt überlegt, wo man denn in einer chaotischen Situation ein Frühstück auftreiben kann. Es sind die Sekunden, in denen man aufwacht.

Vera hatte die Sportstätte bereits verlassen und stand als schmaler Schattenriss vor dem Fenster zum Garten. Sie rauchte.

„Guten Morgen. Was überlegst du?"

„Ich dachte über Bastian nach und über Jakob Driesch." Dann drehte sie sich herum und fragte: „War ich zu aufdringlich?"

„Um Gottes willen, nein. Es war schön."

„Aber du hättest nicht gefragt, oder?"

„Ich bin ziemlich erschöpft. Mein zerstörtes Haus, diese Wohnung hier, dieser Fall Driesch, Annette, Bastian. Nein, ich hätte dich nicht gefragt, aber ich bin dankbar, dass du es getan hast. Hast du heute Dienst?"

„Wir haben uns geeinigt, dass wir immer im Dienst sind, bis der Fall geklärt ist. Nimmst du mich nun noch mit zu Anna Driesch?"

„Natürlich. Aber woher bekommen wir ein Frühstück? Wir könnten uns in Daun im Dorint eines kaufen. Sonntag ohne Kaffee geht nicht. Wie oft habt ihr Anna vernommen?"

„Jeden Tag. Und sie ist sehr kooperativ. Aber sie hat keinen blassen Schimmer, wo ihr Mann gewesen sein kann." Vera begann zu lächeln. „Ich sollte aufhören nachzudenken. Mich macht die Geschichte vollkommen verrückt. Was ist jetzt mit Frühstück? Ich würde für mein Leben gern Erdbeermarmelade auf Toast essen. Wir machen uns fein und auf den Weg. Es ist Sonntag, Baumeister."

„Wann werdet ihr seine Leiche freigeben?"

„Bestenfalls in einer Woche. Da stehen noch chemische Untersuchungen an und bestimmte Muskelschnitte."

„Haben die Geheimdienste eigentlich etwas beisteuern können?"

„Nein. Im Gegenteil. Sie haben uns verrückt gemacht." Sie warf die Kippe in den Garten. „Es war schön, Baumeister. Du warst so schön albern."

„Ich hoffe bei Gott, dass Andrea an mich gedacht und Jeans und Unterhosen und Strümpfe und all das Zeug gerettet hat. Geh schon mal ins Bad."

Ich begab mich auf die Suche. In einem Raum, der bis zur Decke mit Möbeln, Bücherkisten und Regalen voll gestopft war, lag auf einer Tischplatte ein Zettel: *Falls du was zum Anziehen brauchst: in der Küche zwei Kisten. Schönes Wochenende. Andrea. PS: Du kannst zum Frühstück kommen!*

Als wir das Haus verließen, war es neun Uhr. Die Sonne schien, es würde wieder heiß werden. Ich fuhr, während Vera mit Kischkewitz telefonierte und dann mit einer Freundin, die sie darüber informierte, dass sie in der Eifel geschlafen habe und jetzt zu einem Frühstück unterwegs sei. Dass sie gute Laune habe und sich dafür entschuldigen wolle, dass sie in den vergangenen Tagen so mies drauf gewesen sei. „Jetzt geht das alles besser", schloss sie. „Und noch was: Die Eifel ist traumhaft, sage ich dir."

Als ich den Wagen in Brück auf den Hof rollen ließ, wurde sie blass. „Das ist ja furchtbar. Du hättest ja sterben können."

„Morgen kommen die Container, morgen wird aufgeräumt."

„Baust du es wieder auf?" Sie griff nach meiner Hand.

„Ich muss es aufbauen, meine Katzen haben das beschlossen. Genauso wie meine Nachbarn und meine Goldfische."

„Du bist verrückt."

„Ja, Gott sei Dank."

Wir frühstückten auf Andreas Terrasse, und es gab Erdbeermarmelade und Toast. Dann rief ich Anna an. „Hast du Zeit für mich?"

„Wenn du mich schonend behandelst."

„Ich komme nicht wegen eines Interviews."

„Dann komm her."

Wir fuhren über Hillesheim in das Ahrtal hinunter und dann Richtung Blankenheim. In Schleiden mussten wir an der Hauptkreuzung links abbiegen, und nach einem Kilometer ging es rechts den Hang hinauf. Das Haus lag in greller Sonne und schimmerte weiß.

Anna stand im Flur. Sie trug ein bodenlanges schwarzes Kleid, hatte die Haare zu einem Schwanz zusammengebunden und wirkte ganz ruhig. „Ach, Vera ist dabei. Kommt rein. Ich habe mir den Kamin angemacht, ich friere dauernd."

In dem großen Wohnzimmer herrschte eine höllische Temperatur. „Wollt ihr was essen?"

„Danke, wir haben schon", sagte ich.

„Dann Tee? Kaffee? Was anderes?“

„Wasser vielleicht“, sagte Vera. „Ich bin auch still, ich höre nur zu.“

„Wo sind die Kinder?“, fragte ich.

„Bei meinen Eltern in Schöneseiffen. Ich wollte sie von den Füßen haben, sie müssen das hier nicht alles mitkriegen. Aber wahrscheinlich kriegen sie sowieso alles mit. Wie geht es dir?“

„Ich bin abgebrannt.“

„Ich habe davon gehört.“ Sie kam mit einer Wasserflasche und Gläsern an den Tisch. „Zahlen die Versicherungen wenigstens?“

„Es sieht so aus.“

„Und dann? Bleibst du in der Eifel?“

„Aber ja, ich will hier beerdigt werden. Darf ich mir eine Pfeife ins Gesicht stecken?“

„Mach nur.“ Sie setzte sich in einen Sessel und starrte in das knisternde Feuer. „Ich weiß nicht, ob ich hier bleibe. Ich habe mich über ihn definiert. Und nun habe ich nicht die geringste Vorstellung davon, was wir machen sollen.“

„Aber du hast doch die Arbeit mit den Jugendlichen“, warf ich ein. Anna hatte in vier oder fünf Gemeinden Jugendhäuser gegründet, still und zurückhaltend, aber sehr wirkungsvoll.

Anna drehte sich zu Vera um. „Würden Sie mir eine Zigarette spendieren?“

„Selbstverständlich.“

„Ich rauche normalerweise nicht, aber in den letzten Tagen habe ich den Eindruck, dass das hilft. Sicher ist das dumm, aber meine Hände haben etwas zu tun.“ Sie ließ sich Feuer geben und paffte wie ein Schulmädchen. Dann fragte sie unvermittelt: „Sind Sie hier, um meine Aussagen noch mal zu überprüfen?“

Vera wurde augenblicklich nervös. „Nein. Ich habe nur gestern erlebt, wie Baumeister mit einem Mörder umgegangen ist. Und das hat mich neugierig gemacht. Ich habe ihn gefragt, ob ich hierher mitkommen darf… Also, wenn es Ihnen nicht recht ist, gehe ich und warte draußen."

„Ein Mörder? Was hast du getan, Baumeister?"

„Nichts Besonderes. Ich habe mich mit demjenigen unterhalten, der Annette von Hülsdonk erschossen hat. Das hängt übrigens mit ziemlicher Sicherheit überhaupt nicht mit Jakobs Tod zusammen."

Anna nickte und sagte zu Vera: „Sie können selbstverständlich hier bleiben. Ich werde nur zunehmend nervös, wenn ich jemanden von der Kripo sehe oder diese Typen von den Geheimdiensten. Tut mir Leid." Dann wandte sie sich mir zu. „Was willst du wissen, Baumeister?"

„Ich habe gehört, dass sich Jakob am Sonntagabend gegen 19 Uhr von dir verabschiedet und gesagt hat, er werde bald wieder zurück sein."

„So war das", bestätigte sie. „Aber er sagte nicht, wohin er wollte, und nicht, wen er treffen wollte. Normalerweise erzählte er mir das immer."

„Was passierte dann?"

„Nichts. Bis Montagmorgen die Polizei kam und mir mitteilte, was passiert war."

„Du warst hier mit den Kindern im Haus?"

„Nein. Ich bin zu Marlies runter. Du kennst sie. Eine gute Freundin. Wir haben geschwätzt. Bis Mitternacht ungefähr. Dann bin ich heim und habe mich ins Bett gelegt."

„War dein Mann in den letzten Wochen irgendwie verändert? War etwas an seinem Verhalten nicht wie üblich?"

Sie schüttelte den Kopf. „Er war abgearbeitet und erschöpft. Deswegen war er stiller, nicht mehr so hektisch. Aber eine drastische Veränderung gab es nicht."

„Aber schlägt nun nicht auch Panik über dir zusammen, wenn die Kripo kommt und erzählt, er habe auf Mallorca mit einer Million Mark in bar eine spanische Finca bezahlt?"

„Panik, Entsetzen, Unverständnis. Genau das.“ Verzweifelt wedelte Anna mit den Händen. „Ich kann mir das Ganze nur so erklären, dass er das Haus gekauft hat, um es uns anschließend zu schenken. Schließlich war er ein verrückter Typ. Er hat mir mal einen Volvo geschenkt. Der stand mit einer riesigen lila Schleife eines Morgens vor der Tür. Die Polizei denkt natürlich an Bestechung und Ähnliches. Aber eine Million? Allein der Gedanke ist hirnrissig. Ich habe versucht, Jakobs Reise nach Mallorca zu rekonstruieren, weil er uns schließlich nichts davon erzählt hat. Er ist von Berlin aus geflogen. Die Fraktion hatte eine stinknormale Arbeitswoche. Und er hat zwei Tage dazu benutzt, auf die Insel zu fliegen. Es waren zwei Tage, an denen er keine Sitzung hatte. Aber das Geld? Ist es denn nicht möglich, dass andere sich an dem Kauf beteiligt und ihm das Bargeld gegeben haben?“

Ich nickte. „Natürlich. Nur müssten wir diese anderen erst einmal finden. Wie waren seine Verbindungen zu den Herstellern dieser Windkrafträder?“

„Na gut, selbstverständlich. Er hat Freunde darunter. Doch die sind alle befragt worden, keiner von denen hat Jakob eine Million gegeben. Jedenfalls gibt es keiner zu. Und er hätte das Geld auch gar nicht genommen. Ich kenne ihn, das hätte er nie getan.“ Jetzt begann es um ihren Mund zu zucken. Tränen liefen über ihr Gesicht. „Mein Gott, Baumeister. Ich kann diese Fragen nicht beantworten, ich habe keine Antworten, verstehst du?“ Sie schniefte in ein Papiertaschentuch, richtete sich dann auf und sagte angriffslustig: „Nachts liege ich wach im Bett und denke über ihn nach. Na klar, dann frage ich mich, ob er vielleicht in Schwierigkeiten war und ich das nicht mitbekommen habe. Ich rede jetzt von finanziellen Schwierigkeiten. Kann aber nicht sein, denn ich war seine Buchhalterin, ich hätte das wissen müssen. Dann sage ich mir: Kann ja vielleicht doch illegales Geld gewesen sein. Ich habe also in heller Panik alle Leute angerufen, denen er zu Geld verholfen hat. Unternehmer in Sachen Windräder und andere Unternehmer hier aus der Region. Niemand weiß was, und jeder von denen sagt: Du flippst aus, das kann ich verstehen, aber so was hat er nicht gemacht! Ich habe gedacht: Vielleicht hat er Versicherungen zu Geld gemacht, kapitalisiert. Ich habe stundenlang mit allen möglichen Versicherungen telefoniert. Nichts, keine Spur. Auch bei den Banken keine Spur."

Das Feuer knisterte, die Flammen spiegelten sich auf den schönen antiken Möbelstücken, die Anna ihr Leben lang gesammelt und selbst restauriert hatte.

„Ich sitze hier und lege Bänder auf. Da spielt Jakob Klavier drauf. Ich höre ihm zu, und ich weiß, er ist gegangen."

Vera hockte verloren da und hielt die Hände vor ihr Gesicht.

Anna fragte: „Geben Sie mir noch eine Zigarette?"

Ich gab ihr Feuer. Ich war mit meinem Latein am Ende. „Tja, dann wollen wir mal wieder."

Wir sprachen nicht mehr. Vera und ich gaben Anna die Hand und gingen hinaus in die Sonne.

Im Wagen meinte Vera: „Sie ist eine starke Frau, die wird das packen. Kannst du mich zur Kommission fahren?"

„Selbstverständlich."

„Ich wollte dir noch sagen, Siggi, dass das keine Folgen haben wird."

„Was, bitte?"

„Na ja, heute Nacht."

„Was denn für Folgen?"

„Dass ich eine Wiederholung will und dir auf die Nerven gehe."

„Und wenn ich dir auf die Nerven gehen will?"

Sie schwieg eine Weile. „Dann würde mich das freuen. Ehrlich. Was treibst du heute noch?"

„Ich weiß es noch nicht. Ich rufe gleich mal Rodenstock an. Wahrscheinlich bleibe ich in Monschau und gehe spazieren. Wenn

Driesch sein Auto oben auf dem Berg geparkt hat, dann ist er in der Altstadt zu Fuß unterwegs gewesen. Ich will in ihn reinkriechen. Das bedeutet, dass ich die Monschauer fragen werde. Und zwar jeden, der mir begegnet."

Wir zockelten über die B 258 nach Schöneseiffen hinauf. Es ging schon auf 16 Uhr zu. Ich versuchte Rodenstock zu erreichen und erwischte ihn auch. „Ich bin unterwegs nach Monschau, ich will mir den Tatort und andere Dinge ansehen."

„Ich bin schon da", sagte er. „Mit Emma, also sind wir komplett. Komm einfach auf die evangelische Brücke."

Ich parkte auf dem Parkdeck vor dem Aukloster, der Betrieb war, wie immer am Wochenende, enorm.

Vera verabschiedete sich: „Also, bis demnächst."

„Es war schön", sagte ich.

„Das ist gut." Sie verschwand hinter der schönen hölzernen Tür. Wahrscheinlich würde sie bis tief in die Nacht hinein Berichte diktieren, Protokolle lesen, Hinweise vergleichen, telefonieren und zwischendurch eine kalt gewordene Pizza essen und entschieden zu viel Kaffee trinken.

Ich drängelte mich zwischen den Sonntagsbesuchern über den Markt, dann durch die enge Rurstraße auf die evangelische Brücke zu. Rodenstock und Emma lehnten an dem gusseisernen Geländer und schauten flussabwärts.

„Sind euch erhellende Ideen gekommen?" Jetzt bemerkte ich es auch. Die Polizei hatte den Tatort abgesperrt. Die rotweißen Plastikbänder flatterten noch im Flussbett. Auf der gemauerten Fläche um einen der Kanalisationsdeckel war mit weißer Kreide der Umriss eines Körpers aufgemalt. „Warum haben die das nicht längst weggemacht?"

„Du weißt doch, wie das ist", sagte Rodenstock behaglich. „Für das Aufräumen fühlt sich niemand zuständig." Dann räusperte er sich. „Wir wollten überprüfen, ob es tatsächlich unmöglich ist, an diesem Abschnitt der Rur ins Wasser zu gelangen, beziehungsweise den Fluss wieder zu verlassen. Und beides ist praktisch nicht möglich." Rodenstock seufzte.

„Habt ihr mal ausgerechnet, um wie viel Uhr er in Monschau sein konnte, wenn er um 19 Uhr von zu Hause wegfuhr?"

„Ja, klar. Er muss so um 19.40 Uhr hier gewesen sein. Also dort oben über der Stadt, wo er den Wagen geparkt hat. Wenn er es gemütlich angehen ließ, war er um 20 Uhr hier unten, vielleicht ein paar Minuten früher – aber das spielt keine Rolle. Es war Sonntagabend, und todsicher herrschte noch reger Betrieb, denn viele Touristen aus der unmittelbaren Umgebung essen hier oft noch zu Abend. Dass niemand ihn gesehen haben will, können wir nicht fassen. Hast du eine Idee?" Emma sah mich an und lächelte.

„Vielleicht war er irgendwo privat zu Gast?"

„Unwahrscheinlich", erklärte Rodenstock. „Wir haben eine ganze Polizeieinheit von Tür zu Tür geschickt. Mit Jakob Drieschs Foto. Niemand hat ihn gesehen, niemand."

„Ein anderes Problem", warf ich ein. „Gibt es eigentlich eine 44er-Winchester mit einem Schalldämpfer?"

„Vielleicht von einer Spezialfirma", sagte Rodenstock, „nicht direkt vom Hersteller."

„Sechs Schüsse in dieser Häuserschlucht. Das muss einen höllischen Lärm gemacht haben. Da sind Leute aufgeweckt worden. Warum melden die sich nicht?"

Emma nickte. „Gute Frage. Ich vermute, weil sie nicht in diese hochpolitische Sache verwickelt werden wollen. Bei so Sachen hält sich jeder gern raus."

„Von zehn Leuten sicherlich acht", überlegte Rodenstock. „Aber wo sind die restlichen zwei? Warum sollte eine alte Dame, die sowieso nicht schlafen kann, Angst davor haben, sich in dieser Sache zu melden? Nein, nein, ich glaube nicht an die unbedingte Ängstlichkeit aller Zeugen. Entweder haben wir bisher etwas übersehen, oder da kommt noch etwas auf uns zu, von dem wir heute noch keine Ahnung haben."

„Ich spendiere euch ein Eis", schlug ich vor. „Vielleicht kommt uns dann eine rettende Idee."

Wir marschierten ins Café Kaulard, stiegen die enge Stiege hinauf und fanden einen freien Tisch am Fenster. Eine rettende Idee kam uns allerdings nicht, im Gegenteil, wir kamen uns wie vernagelt vor, und Rodenstock bemerkte süffisant: „Vielleicht ist dies der Fall des Jahres, der niemals aufgeklärt wird."

„Nicht aufgeklärte Fälle dieser Art sind nicht vorstellbar", widersprach seine Gefährtin. „Wir fahren übrigens noch nach 's-Hertogenbosch. Heute Abend ist da ein Konzert, zu dem wir eingeladen sind."

„Der internationale Jetset", murmelte ich. „Ich werde Regale aufstellen, diese oder jene Lampe installieren und Bücherkisten auspacken. Ich bin ein Teil der arbeitenden Bevölkerung."

Als sie gefahren waren, rannte ich fast zum Parkdeck am Aukloster, denn mir war eine Idee gekommen, wie ich möglicherweise zur weiteren Aufklärung beitragen konnte. Mein Ziel hieß Albert Tenhoven, Ökobauer am Weißen Stein, der aus bisher unerfindlichen Gründen seit Montag, dem Tag des Mordes an Jakob Driesch, verschwunden war.

Deshalb fuhr ich zurück auf die B 258 bis Schöneseiffen, dann nach rechts auf Hellenthal zu, am Wildpark vorbei. Ab Hollerath über eine der schönsten Straßen der Eifel, immer eng an der Grenze zu Belgien entlang bis zum 690 Meter hohen Weißen Stein, oberhalb Udenbreth, Neuhaus und Schmidtheim. Eine Traumgegend, von der ich oft gedacht hatte, sie würde mir als Standort eines Holzhauses gut gefallen.

Es gab genügend Wanderer, die Parkplätze waren gut besucht, und ich hatte keine Mühe, einen Eingeborenen aufzutreiben, der mit einem Obststand einen der Parkplätze beherrschte und auf meine Frage, wo Tenhoven zu finden sei, antwortete: „Da nimmst du die Straße nach Neuhaus runter. Und gleich nach der ersten Linkskurve siehst du rechts den Hof am Hang liegen. Aber vorsichtig, der Sauhund hat höllisch scharfe Köter."

„Menschenfresser?"

„Na ja, reicht ja, wenn sie dich anknabbern", erwiderte er grinsend. Er hatte ein Gesicht so rot wie eine japanische Sonne, und hinter einem Berg rotbäckiger Äpfel stand eine Flasche ohne Etikett mit kristallklarer Flüssigkeit.

„Selbst gebrannt?", fragte ich.

„Aber sicher!" Er strahlte. „Satte 48 Prozent. Und so seidig sanft, dass dir die Tränen kommen."

„Verkaufst du mir eine Pulle?"

„Mach ich, aber nur, wenn du die Schnauze hältst!"

Das versprach ich, dachte an Rodenstock, der gerne die Edelbrände der Eifel genoss, und packte die Flasche in den Kofferraum.

Nach wenigen Minuten schon sah ich rechter Hand den Hof am Hang liegen. Ich fuhr eine schmale asphaltierte Piste hinauf und rollte vor das Wohnhaus. Es war der Hof eines Freaks, man sah es an jeder Kleinigkeit: wild wucherndes Unkraut, mindestens vier Traktoren, bei denen unklar war, ob sie zur Reparatur standen oder fahrfähig waren, eine Menge rostender Eggen und Pflüge, eine Heerschar neugieriger Katzen, vier tobende Hunde in einem Zwinger und mittendrin ein riesiger Küchentisch, mindestens vier Meter lang, an dem ein bunt gekleidetes Volk saß. Die Haustür war offen, auf der Schwelle dröhnte aus einem Gettoblaster ein John-Lennon-Song in die Eifel.

Ich stieg aus und schrie: „Hallo!"

Niemand reagierte, sie schienen alle fröhlich trunken. Ich überlegte, wer wohl die Hausherrin sein könnte. Von den hübschen Frauen erschien mir eine mit langen rötlichen Haaren, stämmiger Figur und Händen wie Schaufeln angesichts des fleischeslustigen

Albert Tenhoven eine geeignete Kandidatin. Ich tippte sie vorsichtig an die Schulter. „Frau Tenhoven? Kann ich einen Moment mit Ihnen sprechen?"

„Aber ja doch. Wenn Sie einen Schnaps mittrinken."

„Keine Erpressung, bitte", erwiderte ich grinsend. „Wohin können wir denn mal gehen?"

„In die Küche", entschied sie. Sie kletterte von der langen Bank und sagte: „Ich bin gleich wieder da, Kinners."

Dann ging sie vor mir her in das Haus und stieg über den brüllenden Gettoblaster hinweg. Die Küche sah aus wie der ganze Hof, ausgesprochen unordentlich und ausgesprochen liebevoll eingerichtet.

„Was willste denn?", fragte sie und setzte sich auf einen Stuhl. „Wir können uns duzen."

„Ich suche deinen Mann, den Albert Tenhoven. Ich bin Journalist und möchte mit ihm sprechen."

„Kommt dir wahrscheinlich komisch vor, aber mein Mann ist weg. Eine Woche schon." Sie war eine schöne Frau mit klugen Augen.

„Kann man ihn nicht telefonisch erreichen? Per Handy vielleicht?"

„Kann man nicht, er ist nicht für diese modernen Sachen. Da musst du schon wiederkommen, wenn er wieder da ist. Willst du wirklich keinen Schnaps?" Sie war gar nicht betrunken, sie war einfach gut gelaunt.

„Ich trinke keinen Alkohol. Hast du denn eine Ahnung, wie lange er noch wegbleibt?"

„Tenhoven kommt, Tenhoven geht, so ist der Kerl nun mal. Aber sei mal ehrlich, du willst was zu Jakob Drieschs Tod hören, nicht wahr?"

„Richtig. Die beiden kannten sich und mochten sich nicht. Deshalb will ich mit deinem Mann reden."

„Er würde dir sicher was sagen, aber er ist eben nicht hier. Vielleicht weiß ich ja was." Sie lächelte.

„Na schön. Dein Mann hat Waffen hier. Unter anderem eine 44er-Winchester. Das weiß ich. Braucht man hier denn Waffen?"

Sie kicherte. „Nein, aber Albert ist eben ein verrückter Kerl. Er meint: Falls mal jemand was von uns will, habe ich was für ihn. Und nebenan in Belgien kommst du ja ziemlich einfach an die Dinger, wenn du weißt, wen du fragen musst."

„Und Albert weiß, wen er fragen muss, nehme ich mal an. Glaubst du, er kann derjenige gewesen sein, der auf Driesch schoss?"

Sie wirkte erstaunt. „Das kann nicht dein Ernst sein. Albert ist ein wilder Lümmel, aber er kann der Fliege an der Wand nichts tun, er ist ein Sensibelchen. Wie kommst du denn auf diese Idee?"

„Das frage ich jeden, der mir über den Weg läuft", entgegnete ich lachend. „Schließlich hat er Driesch nicht gemocht, oder?"

„Ja, das stimmt schon. Aber nur wegen den Windkraftanlagen. Hundert von diesen Dingern, das musst du dir mal reintun. Da bin ich ganz auf Alberts Seite. Was zu viel ist, ist zu viel. Und dann auch noch in einem Quellgebiet. Da wird so viel Natur zerstört, das kann doch kein Mensch verantworten." Sie war jetzt sehr erregt, zog ein Päckchen Tabak aus einer Tasche und drehte sich eine Zigarette nur mit der rechten Hand. Es sah aus wie Zauberei. Sie bemerkte meinen Blick und lachte wieder. „Die Leute sind immer baff, wenn sie das sehen."

„Ist es möglich, dass dein Albert Sachen weiß, die andere nicht wissen? Er geht in die Kneipen, hört hier was und da was. Vielleicht hat er was gehört, was hilfreich sein könnte."

Bedächtig nickte sie. „Da müsstest du mit Albert persönlich reden. Für welches Käseblatt bist du denn unterwegs?"

„Unter anderem für eins aus Hamburg. Ich sprach heute übrigens mit Drieschs Frau. Die ist total am Boden."

Die Frau von Albert wurde nachdenklich. „Anna, ja. Die kenne ich schon fast so lange, wie ich mit den Kindern hier bin. Erst kam sie her, um Eier, Milch und Honig zu kaufen. Dann sind wir ins Schwätzen geraten, wie Frauen das so tun. Wir sind ja nicht so blöd wie ihr Mannsleute, die ihr euch anschweigt bis zum Umfallen. Na ja, und schließlich bekamen wir vor zwei Jahren Schwierigkeiten mit Eileen, unserer Ältesten. Damals war sie fünfzehn. Sie zog mit einem Jungen durch die Gegend, schlief mal hier, mal da. Sie ist so eine Hübsche, musst du wissen, so wild und romantisch. Aber dann klaut die im Tante-Emma-Laden nicht weit von hier Fressalien und Rauchzeug und Wein und Bier und solche Sachen. Das konnte so nicht weitergehen, und ich hab mich auf den Trecker gesetzt und bin nach Schleiden zu Anna gefahren. ‚Anna', habe ich gesagt, ‚ich brauche deine Hilfe.' Und Anna hilft, wenn sie kann. Irgendwie hat sie meine Tochter an der richtigen Stelle zu fassen bekommen. Die bewohnt jetzt ein kleines Apartment, ihr Freund darf sie da besuchen. Anna sagte: ‚Du kannst Liebe nicht verbieten. Wenn du Liebe verbietest, bist du grausam.' Sag mal, willst du einen Kaffee? Da ist noch einer."

„Ja", sagte ich dankbar.

Sie kramte irgendwo hinter mir herum und stellte mir dann eine Tasse Kaffee hin.

„Kannst du dir jemanden vorstellen, der hingegangen ist und Jakob Driesch in den Rücken geschossen hat?", fragte ich.

„Nein!", sagte sie hart. „Man kann ja andere Ansichten haben, aber ihn totschießen? Nein. Sogar mein Albert sagt, Driesch war immer ein ehrlicher Mann. Ist ja schon eine geheimnisvolle Geschichte, nicht wahr?"

Ich nickte und trank von dem Kaffee. „Und deshalb dachte ich, dass Albert vielleicht etwas mehr weiß oder gehört hat oder ahnt. Ist er mit dem Auto unterwegs?"

„Ja, mit unserem Rover Freelander. Vielleicht kannst du deine

Telefonnummer hier lassen? Dann kann er dich ja anrufen, wenn er wieder hier ist."

Ich schrieb meine Handynummer auf einen Zettel und legte ihn vor sie hin. Der Abend kam, man konnte die ersten Dunstschleier im Tal sehen, die laute Gesellschaft im Hof war leiser geworden.

„Gut, er soll sich melden, wenn er mal Zeit hat. Mach's gut und danke für den Kaffee." Ich ging hinaus, setzte mich in meinen Wagen und verließ den Hof. Ich fuhr talwärts bis Neuhaus, dann weiter nach Schmidtheim. Ich fand eine Kneipe, in der es ein gutes Wiener Schnitzel gab und wo ich draußen sitzen konnte.

Driesch, gib mir eine Antwort auf die Frage, wo du dich neun Stunden herumgetrieben hast. In diesem Land ist dein Gesicht bekannt. Wieso hat dich niemand gesehen? Und – zum fünfhundertsten Mal – aus welchem Grund bist du in die Rur gestiegen?

Mein Handy regte sich, jemand hatte vor, mir den Abend zu verderben. Ich meldete mich mit: „Hier ist das städtische Krematorium, Ofen sechs. Heizer Baumeister."

„Du bist total verrückt!" Vera lachte. „Wo steckst du?"

„In der Nordeifel", sagte ich vorsichtig.

„Du hast Angst vor dem Chaos in deiner neuen Bleibe, wetten?"

„Nein, habe ich eigentlich nicht. Ich trage das Chaos in mir, also liebe ich das Chaos. Und wie geht es dir?"

„Ich bin im Hotel und müde. Aber ich schiebe Nachtdienst, ich habe es Kischkewitz versprochen. Es war für ihn die einzige Chance, mal seine Familie in Wittlich zu besuchen. Ich bin nur hier, um neue Klamotten anzuziehen. Was Neues?"

„Nicht das Geringste. Und bei euch?"

„Ja, wir haben einen Zeugen beziehungsweise eine Zeugin. Sie wohnt in der Straße parallel zur Rur, in der Stadtstraße. Da gibt es viele Kneipen, und es war unglaublich, dass sich niemand meldete, der in der Nacht was Ungewöhnliches bemerkt hatte. Daher bin ich losgezogen und habe die Häuser abgeklappert. Klingel für Klingel. Und im dritten Haus stehe ich dann unterm Dach vor einer alten Dame, die ganz freundlich und schüchtern erklärt: ‚Natürlich, junge Frau, habe ich den Krach gehört, also das Knallen. Aber das ist doch nicht wichtig!' Ich kann dir sagen, ich hätte sie fast umgebracht."

„Was ist denn nun dabei herausgekommen?"

„Eine komische Sache. Als Driesch im Fluss starb, war es vier Uhr. Nun behauptet die alte Frau aber, es sei erst halb vier gewesen, als sie die ersten Schüsse hörte. Und zwar habe es nicht auf der Flussseite geknallt, sondern auf der Straßenseite. Und noch etwas: Sie hat sich einen großen Spiegel an der Dachtraufe anbringen lassen. So kann sie sehen, wer unten bei ihr schellt. Nun behauptet sie: Um halb vier rannte erst eine Person durch den Spiegel und dann eine zweite. Und es knallte, es knallte unüberhörbar. Ich habe mir den Spiegel angesehen. Neben dem Blickfeld steht eine Straßenlaterne. Die Frau könnte die Wahrheit sagen. Sie besteht darauf, dass beide Personen von rechts nach links liefen, also stromaufwärts und damit stadtauswärts. Ob es Männer oder Frauen waren, konnte die Dame allerdings nicht erkennen. Und dann, sagte sie, folgte noch eine dritte Person, ebenfalls von rechts nach links. Ungefähr zwei, drei Minuten später. Ich habe ihr eigentlich kein Wort geglaubt. Doch unten habe ich die Straße abgesucht. Uraltes Kopfsteinpflaster, anno Tobak. Und was fand ich dort? Eine Patronenhülse. Und die stammt aus einer 44er-Winchester, zweifelsfrei aus der Tatwaffe. Und ich habe noch drei weitere gefunden, also insgesamt vier. Alle aus der Tatwaffe."

„Und welche Rückschlüsse zieht ihr daraus?"

„Wir müssen total umdenken. Kischkewitz hat mich gelobt und gemeint: Das bedeutet, dass der Täter zwei Magazine verschoss. Jetzt sind die Kollegen gerade dabei, sich jeden Anwohner in der Straße noch mal vorzuknöpfen. Das alles ist jetzt noch unverständlicher. Wieso landete Driesch plötzlich in der Rur, wenn er noch eine halbe Stunde vorher die Straße entlangrannte? Es ist zum Verrücktwerden, Siggi."

„Weiß Rodenstock schon davon?"

„Natürlich. Was wirst du jetzt tun?"

„Nach Hause fahren und schlafen", log ich fröhlich. „Dem Junggesellen bleibt immer nur das einsame Bett."

„Ha, ha", raunzte sie und beendete das Gespräch.

Ich machte mich auf den Weg und fuhr wieder zurück über Neuhaus den Berg hinauf. Den Wagen parkte ich oberhalb des Hofes von Albert Tenhoven, nahm die Maglite und schlich am Waldrand entlang. Der Hof war von drei großen Bogenlampen gut sichtbar beleuchtet. Zunächst war es leicht begehbarer Tannenwald, der dann einem jungen Mischwald wich.

Dann entdeckte ich das erste Häuschen. Es kam in der Dunkelheit wie ein großes Viereck auf mich zu, und ich fragte mich, was das sein könnte. Plötzlich wusste ich es: Albert Tenhoven war unter anderem Imker, hier standen Bienenstöcke. Das Häuschen war stockdunkel, die Ein- und Ausfluglöcher waren aber gut erkennbar. Der Hof lag jetzt links von mir hangabwärts, er wirkte im gelben Schein der Bogenlampen wie eine friedliche Insel.

Ich erreichte das zweite Bienenhaus. Auf den ersten Blick wirkte es genauso klobig und schwarz wie das erste, aber es war doppelt so groß. Und ein weiterer Unterschied bestand darin, dass in diesem hier Licht brannte. Dann roch ich Tabak, unzweideutig ein starkes, scharfes Kraut.

Ich umrundete das Haus, um zu gucken, wo sich die Eingangstür befand. Sie schloss nicht dicht, es gab gelbe Streifen Licht.

Ich war unschlüssig. Albert Tenhoven war nicht ganz unkompliziert. Es konnte geschehen, dass er die falschen Schlüsse zog und eine Waffe zückte. Das Risiko musste ich allerdings eingehen.

Ich klopfte an die Tür. „Tenhoven? Kann ich Sie sprechen?"

Keine Antwort.

Ich wiederholte: „Herr Tenhoven, mein Name ist Siggi Baumeister. Ich bin Journalist. Ich weiß genau, dass Sie da drin sind. Kann ich Sie…“

Etwas traf mich an der linken Kopfseite, dann registrierte ich einen heftigen Schlag in meine Kniekehlen. Ich spürte, dass ich fiel, doch ich brachte die Arme nicht mehr vor mein Gesicht.

FÜNFTES KAPITEL

Als ich wach wurde, lag ich neben der Tür zu dem Bienenhaus. Die Tür stand weit offen, und Albert Tenhoven ragte wie ein Berg vor mir auf. Ich hatte massive Kopfschmerzen und fühlte mich so erledigt, als läge ich mit einer Viruserkrankung im Bett.

Tenhoven schaute auf mich herab. „Wieso schleichen Sie nachts auf meinem Grund und Boden rum? Was soll das?“

„Ich bin nicht geschlichen. Ich habe nur nicht geglaubt, dass Sie einfach verreist sind. Und wenn Sie so etwas wie ein Aspirin oder vielleicht besser fünf Aspirin hätten, wäre ich Ihnen sehr dankbar.“

„Wenn Sie verschwinden und nicht mehr zurückkehren, kriegen Sie eins. Aber nur dann.“ Er hatte eine tiefe, sehr gemütliche Stimme.

„Dann will ich keines. Verdammt, ich komme allein nicht hoch. Schlagen Sie immer die Leute zusammen, die nach Ihnen suchen?“

Ich musste ihn irgendwie erheitert haben, er lachte. „Ich habe gedacht, Sie sind wer vom Finanzamt.“

Dann bückte er sich, fasste mich unter den Achseln und stellte mich auf die Beine. Mir war schwindelig.

„Gehen Sie mal vor mir her, den Weg da runter.“

„Okay. Jetzt müssen Sie nur noch sagen: ‚Beim ersten Anzeichen von Flucht schieße ich sofort.‘ Wie lange wollten Sie denn verschwunden bleiben?“

„Für Freunde bin ich gar nicht weg gewesen. Und nun gehen Sie schon.“

„Irgendwo muss eine Stablampe rumliegen. An der hänge ich.“

„Die habe ich in der Hand. Jetzt aber ab.“

Wir gingen friedlich einen breiten, bequemen Weg zu Tal und sprachen erst einmal nicht mehr miteinander. Der Weg war kurz – dann lag sein Hof vor uns.

Als wir in das helle Licht des Strahlers gerieten, der über der Haustür angebracht war und den ganzen Hof in Helligkeit tauchte, rief seine Frau: „Wieso musst du die Leute immer gleich verprügeln?“

„Hat er gar nicht“, antwortete ich. „Im Gegenteil, er hat mich nur ganz schnell zusammengeschlagen.“ Dann drehte ich mich zur Seite, um Albert zu mustern, denn schließlich will man ja wissen, wer einen auf die Bretter geschickt hat.

Er war zwei Köpfe größer als ich und hatte dichtes graues Haar, das bis auf den Kragen seines dunkelblauen Pullovers fiel. Ein ziemlich wilder Bart bedeckte die untere Gesichtshälfte. Er trug abgetragene Jeans und schwere Arbeitsschuhe. Kurz gesagt: zwei Meter zum Fürchten und ein schwerwiegender Grund, keinen Streit anzufangen.

„Kann ich nicht doch ein Aspirin haben?“, fragte ich.

„Gib ihm ein paar“, sagte er mürrisch zu seiner Frau. „Was soll ich denn tun, wenn er nachts über unseren Grund und Boden schleicht?“

Tenhovens Frau grinste kurz und murmelte: „Du lernst es nie!“ Sie ging voraus ins Haus, und ein paar Sekunden später hockte ich an demselben Tisch, an dem ich vor kurzem schon mal gesessen hatte.

„Darf ich mal Ihre Papiere sehen?“

„Sicher.“ Ich reichte ihm die Ledermappe, und Albert machte sich darüber her.

„Sie sind ja aus der Eifel“, stellte er erstaunt fest.

„Das bin ich. Können Sie mir verraten, weshalb Sie sich verstecken?“

„Könnte ich, tue ich aber nicht.“

„Sie wissen, wie Driesch war. Und Sie haben enorm viel Ahnung von Windkraftanlagen. Schöne Grüße übrigens von Wilma Bruns. Machen Sie mir nicht vor, Sie hätten keine Ahnung. Vor wem laufen Sie weg?“

„Das geht Sie nichts an.“

Die Frau kam zurück und stellte mir ein Glas mit stark sprudelndem Wasser auf den Tisch. „Ich koch mal Kaffee“, sagte sie gleichmütig. Und dann, an Albert gewandt: „Er kennt Anna gut.“

„So? Tut er das?“, entgegnete er mürrisch.

Ich trank etwas und fühlte mich durch das kühle Wasser ein wenig besser.

„Sie sollten sich das Gesicht waschen“, riet die Frau sanft. „Sie haben etwas geblutet, da muss ein Pflaster drauf. Kommen Sie mal mit.“

Wir gingen ins Badezimmer. Ich betrachtete mich flüchtig im Spiegel. An der linken Augenbraue war ein schlimm aussehender Riss, dabei konnte ich mich gar nicht erinnern, dass Albert mich dort getroffen hatte. Sie tupfte mir mit lauwarmem Wasser das Gesicht ab, verstrich sanft etwas Hamamelissalbe und klebte ein Pflaster auf.

„Er ist ja gar nicht so“, sagte sie beschwichtigend. „Er hat es nur zurzeit etwas schwer.“

„Aha“, murmelte ich höflich.

„So, und jetzt können wir einen Kaffee trinken.“

In der Küche hockte Albert am Tisch und rauchte eine mächtige Zigarre. Ich dachte, dass er Rodenstock wahrscheinlich gefallen würde. Und wahrscheinlich war er alles in allem gar kein so übler Zeitgenosse.

„Was hat Ihnen Wilma denn erzählt?“, fragte er.

Ich stopfte mir eine stark gebogene Pfeife von Lorenzo. „Über Sie eigentlich nicht viel. Dass Sie neu hier sind, Ökobauer, Ziegenkäse, Schafskäse, Honig. Dass Sie ein Feind von Windkraftanlagen sind. Ja, und von ein oder zwei Erlebnissen mit Ihnen." Ich musste ihn darauf hinweisen, dass ich von seiner Affäre mit Wilma wusste. Und er kapierte augenblicklich, sein Mund wurde ganz schmal.

Der Kaffee war inzwischen durchgelaufen, und die Frau stellte Becher vor uns hin, goss ein und setzte sich.

„Also, das Schlüsselwort ist Windkraft." Ich überlegte einen Augenblick und spielte den Trumpf dann aus. „Passen Sie auf. Jakob Driesch war Ihr politischer Gegner, wenn ich das richtig verstehe. Er wollte Windkraft, und er hat sie durchgesetzt. Vor ein paar Monaten nun ist er für zwei Tage nach Mallorca geflogen und hat für ein spanisches Bauernhaus eine Million Mark in bar auf den Tisch gelegt. Und niemand, nicht einmal seine Frau, hat die geringste Ahnung, woher das Geld stammen könnte."

Es war, als ginge die Sonne auf. Alberts Gesicht strahlte. „Ich habe es immer geahnt, verdammt. Jeder ist käuflich, einfach jeder!"

„Vielleicht verstehen Sie jetzt, warum ich Ihr Wissen brauche", setzte ich drauf. „Ich brauche Ihre Hilfe."

Er stand auf und ging mit schweren Schritten zu einem uralten Küchenschrank. Er holte eine Flasche und Gläser heraus und drehte sich um. „Mensch, darauf gehört einfach ein anständiger Brand!" Er kehrte zum Tisch zurück, goss uns allen ein und gluckste vor unterdrücktem Lachen.

Ich musste ihm einen Dämpfer verpassen. „Moment, das Ganze kann sich als vollständig harmlos herausstellen."

„Harmlos?", fragte er verblüfft. „Wenn ein Bundestagsabgeordneter nach Mallorca fliegt und eine Million Bares über den Tisch schiebt? Erzähl das deiner Großmutter, Junge."

„Ich heiße Hermine", klärte seine Frau mich auf, als wir anstießen.

„Und ich Albert“, schloss er sich an.

„Siggi“, erwiderte ich brav. Und so traten wir denn in die nächste Phase unserer Beziehung ein.

„Es ist erklärbar“, beharrte ich. „Ein einfaches Beispiel: Er hat Freunde, die zusammenlegen und sich das spanische Bauernhaus kaufen wollen. Er tut seinen Anteil hinzu und fliegt los. So simpel könnte das gewesen sein. Nimm zehn Freunde, dann ist jeder mit hunderttausend dabei.“

Albert überlegte eine Weile. Dann schüttelte er nachdrücklich den Kopf. „Niemals. Wenn das so gelaufen wäre, dann hätte die Kripo den einen oder anderen der zehn längst ausfindig gemacht.“

„Du hast Recht“, gab ich zu. „Aber wie war's denn dann?“

Albert Tenhoven sah seine Frau an, und erneut ging ein Strahlen über sein Gesicht. „Quint!“, sagte er.

Seine Frau wiederholte bedächtig nickend: „Quint.“

„Wer ist Quint?“

„Also, Quint heißt Paul Quint und ist ein belgischer Industrieller. Ungefähr fünfzig und residiert in Faymonville. Wenn du am Losheimer Graben über die Grenze gehst und die Straße nach Büllingen, Bütgenbach nimmst, dann liegt Faymonville linker Hand. Quint macht in Öl, Erdgas, in russischem Gold, kanadischem Manganerz, und Quint macht in Immobilien im karibischen Raum.“ Der Bauer lächelte und setzte hinzu: „Er ist in diesem für Industrielle typischen Alter, in dem sie sich plötzlich für irgendeine Sache stark machen, den tropischen Regenwald, die Wale im Südpolarmeer. Quint entdeckte für sich die Windkraft. Das Dreieck, das Faymonville mit Möderscheid und Büllingen bildet, wäre der ideale Platz für eine Windkraftanlage. Niemand könnte sich beschweren, niemand würde gestört. Und Quint wollte dort eine Windkraftanlage hinstellen. Die Idee muss selbst ich als gut bezeichnen, denn dort ist es ökologisch vertretbar. Doch Quint bekam dafür keine EU-Gelder. Brüssel sagte: Die Planung von Hollerath ist einfach schon viel weiter gediehen. Aber vor etwa einem Jahr passierte es dann. Anfangs hat die Gruppe in Hollerath wirklich Gas gegeben, also Driesch, die arme Annette, Wilma und wie sie alle heißen. Sie haben sogar die Waldbesitzer auf ihre Seite ziehen können. Und dann, vor etwa einem Jahr, wurden sie plötzlich träge. Es kamen sogar schon Anfragen aus Brüssel, wo denn die Anträge auf Geldmittel blieben. Driesch antwortete ausweichend, die Projektgruppe würde in einem Arbeitsstau stecken. Und kurz vor Weihnachten im vorigen Jahr, also vor einem Dreivierteljahr, legte plötzlich Quint in Faymonville los. Er ließ sogar den inzwischen erworbenen Grund schon roden. Ich glaube, dass er einen Tipp aus Brüssel bekommen hat. Der Tipp kann nur gelautet haben: Bau dein Ding, die Konkurrenz schläft, der Zaster ist noch da. Gleichzeitig bedeutet das aber: Wenn Quint so etwas zu Ohren gekommen ist, dann muss das Projekt Hollerath aufgegeben worden sein."

„Also hat deiner Ansicht nach Driesch die Million von Quint kassiert und dann die Pläne für Hollerath langsam einschlafen lassen", sagte ich.

„Genau das!" Hermine nickte. „Die Million hat Quint in der Portokasse, das fällt bei dem überhaupt nicht auf. Alles passt zusammen."

Albert strahlte seine Hermine an. „Als ich hörte, dass Quint angefangen hat zu roden, bin ich hingerast. Das wollte ich selbst sehen. Und ich habe es gesehen. Inzwischen hat er schon die Fundamente fertig, die Anträge liegen in Brüssel, und niemand glaubt, dass das Ding noch schief gehen kann."

„Und Driesch hat Quint gekannt?"

„Sehr gut sogar. Quint hat einen Workshop besucht, den Driesch geleitet hat. Ich war selbst auch dabei."

„Allerdings gibt es nicht den geringsten Beweis für diese Theorie", sagte ich vorsichtshalber.

„Aber es ist eine verdammt heiße Spur", meinte Hermine.

„Das ist richtig. Doch mich stört, dass Wilma diesen Quint und sein Projekt nicht erwähnt hat."

„Ach, Wilma", sagte Tenhoven mit einem tiefen, leisen Lachen. „Du musst wissen, dass sie einen Traummann hatte. Und der hieß Driesch."

„Das weiß ich, das hat sie gesagt", bestätigte ich. „Aber für sie schien außer Frage zu stehen, dass die Anlage in Hollerath durchgezogen wird. Wenn Driesch im Bundestag in Berlin zu tun hatte, hat Wilma ihn hier vor Ort vertreten. Warum sollte sie irgendetwas nicht wissen? So unprofessionell kann Driesch doch nicht gewesen sein. Aber du setzt dich jetzt am besten in dein Auto und fährst nach Monschau zur Sonderkommission ins Aukloster. Und vorher wüsste ich gern, weshalb du dich versteckst."

„Also gut", murmelte Tenhoven. „Die Steuer sucht mich. Der Leiter der Behörde hat einen Haftbefehl durchgesetzt."

„Wir haben nämlich, seit wir hier wohnen, noch keinen Pfennig Steuern bezahlt", ergänzte Hermine. „Wir brauchten das auch nicht, wir würden befreit, weil bäuerliche Betriebe da gewisse Vorteile haben. Aber Albert hat die Anträge gar nicht erst gestellt, keine Umsätze gemeldet. Und irgendwann kam es dann zum Krach mit dem Finanzamtsleiter."

„Dieser Scheißkerl! Ich kann nicht zu deiner Kommission."

„Du musst", beharrte ich. „Du kannst ihnen deine Lage erklären, und sie können dir in Sachen Finanzamt helfen. Aber du musst ins Aukloster. Du hast möglicherweise den Fall gelöst. Und es ist eine Belohnung ausgesetzt, eine halbe Million."

„Was?", fragte er. „Eine halbe Million?"

„Ja, setz dich in deine Karre, und fahr hin."

„Es ist ein Uhr nachts. Ich bin nicht rasiert."

„Und du muffelst!", sagte Hermine streng.

„Die arbeiten rund um die Uhr. Du kannst schnell baden, dich rasieren. Okay?"

„Und … sie schicken mich nicht zum Finanzamt?“

„Das tun sie nicht“, versicherte ich. „Ich rufe an, du kannst zuhören.“

Ich wählte die Nummer der Kommission und verlangte Vera.

„Was treibst du mitten in der Nacht? Warum schläfst du nicht?“

„Weil ich den verschwundenen Albert Tenhoven aufgetrieben habe.“

Sie war überfordert. „Wen?“

„Den Ökobauern, den ihr vernehmen wolltet.“

„Und? Was sagt er?“

„Er kann wahrscheinlich die Million erklären, mit der Driesch nach Mallorca geflogen ist. Er hat von einem Mann namens Paul Quint erzählt. Tenhoven kommt gleich zu euch. Aber er hat ein Problem: Das Finanzamt will ihm an den Kragen. Kannst du ihm da helfen?“

„Oh, oh!“, machte Vera. „Das ist heikel. Mal sehen, was ich tun kann.“

„Du musst ihn retten“, mahnte ich. „Sonst kommt er nicht.“

„Du bist ein Schätzchen, Siggi.“ Sie lachte. „Na gut, sag ihm, ich helfe. Und er soll sich beeilen.“

„Habt ihr was Neues?“

„Ja. Zwei weitere Zeugen, die genau wie die alte Dame behaupten, dass es gegen halb vier in der Nacht auf der Straße einige Male geknallt hat. Also eine halbe Stunde, bevor Driesch starb.“

„Herzlichen Glückwunsch“, sagte ich. „Bis später.“

„Halt, warte. Was hältst du davon, übermorgen mit mir essen zu gehen? Du bist eingeladen.“

„Danke, ich melde mich.“

Ich wandte mich an Tenhoven. „Mach dich auf die Socken. Sie helfen dir in der Finanzamtssache. Ich muss jetzt, Leute. Es hat mich teilweise gefreut.“ Tenhoven wirkte verlegen und sah angelegentlich auf seinen Schnaps hinunter.

„Wenn du deinen Enkeln von deinem wilden Leben erzählst, dann vergiss uns nicht“, meinte die wunderbare Hermine.

Die Nacht war lauwarm, es machte Spaß, mit offenen Fenstern zu fahren. Da ich dachte, die Sache sei zu wichtig, rief ich Wilma Bruns an und schaltete den Freisprecher ein.

„Siggi hier. Ehrlich gestanden bin ich sauer auf dich. Warum hast du mir eigentlich die Konkurrenz in Faymonville verschwiegen?“

„Ich wollte dich mit diesen Mickrigkeiten nicht belasten.“

„Mickrigkeiten? Ich bitte dich! Und warum hat Driesch das Projekt verzögert?“

„Ich weiß es nicht. Vielleicht, weil er von Windkraft so langsam die Nase voll hatte. Jedenfalls hat er mir immer wieder gesagt: Mach dir keine Sorgen, wir bauen den Park, und Faymonville ist keine Konkurrenz. Zuletzt vor vierzehn Tagen.“

Nun war ich vollkommen verwirrt. „Darüber *müssen* wir reden. Warst du von dem Kerl so geblendet, dass du jedes seiner Worte geglaubt hast? Was läuft da bei dir ab? Wir müssen reden, Frau!“

„Kein Problem“, sagte sie munter. „Ich bin sowieso unter Bewachung. Vor dem Haus steht ein leibhaftiger Streifenwagen mit einem Zivilbeamten drin. Und jetzt besaufe ich mich langsam.“

„Tu das nicht!“, brauste ich zornig auf. „Du brauchst jetzt einen klaren Kopf.“

„Wozu denn? Der passt doch auf. Ich brauch doch gar keinen Kopf.“

Ich unterbrach die Verbindung und gab wieder Gas. Gegen halb drei war ich in Deudesfeld. Ich wunderte mich, dass im Flur keine Möbel mehr standen. Ute und Alwin hatten alles an seinen Platz gerückt. Auf einem Tisch stand ein Brett mit durch Folie abgedeckten belegten Broten, daneben eine Flasche Wasser und ein Zettel: *Wir haben es dir etwas angenehmer gemacht. Nun genieß dein Ersatzzuhause!*

Ich war zu müde, um gerührt zu sein, ließ die belegten Brote einfach im Kühlschrank verschwinden, legte mich aufs Bett, schaltete vorher den Radiowecker aus und schlief sofort ein.

Gegen elf Uhr, an einem sonnigen Montagmorgen, hatte die Welt mich wieder. Ich taumelte aus dem Bett und stolperte in die kleine Küche. Ute hatte mir ein Pfund Kaffee hingestellt mit einem Stapel Filter. Neben einer Kaffeemaschine lag ein Zettel.

> Da deine Maschine im Löschwasser ersoffen ist, haben wir uns gedacht, wir spendieren dir eine neue!
> Viel Spaß! Ute
>
> PS: Mittlerweile haben rund zwanzig Leute angerufen, wie es dir denn so geht. Und ich habe versprochen, du würdest sie zurückrufen. Hier ist die Liste mit den Namen: ...

Es folgten zwar nicht gerade zwanzig Namen, aber vierzehn. Ich hatte ein schlechtes Gewissen.

Während der Kaffee durchlief, unterzog ich mich einer andeutungsweisen Katzenwäsche. Dann hockte ich mich auf einen Sessel, den Andrea mir freundlicherweise gepumpt hatte, erinnerte mich an die belegten Brote, holte sie aus dem Kühlschrank, nahm einen Teller, von dem ich nicht wusste, wer ihn mir geliehen hatte, und wollte genüsslich frühstücken und dabei über den Lauf des Schicksals nachdenken. Zuerst fiel mir der Becher mit Kaffee um. Dann bekam ich Schwierigkeiten mit der Kunststofffolie, die über die belegten Brote gelegt war. Am Ende kullerten die Brote über den Teppich, von dem ich keine Ahnung hatte, wem der gehörte.

Das Telefon setzte den Schlusspunkt unter meinen Versuch, gemütlich zu frühstücken. Rodenstock sagte: „Ich brauche dich jetzt dringend."

„Wo?"

„In Mützenich, Hohes Venn. Wilma Bruns ist tot. In einem Moorweiher versackt. Vielleicht ertrunken, wir wissen es noch nicht genau."

„Ich komme“, stammelte ich. „Noch heute Nacht habe ich mit ihr telefoniert.“

„War was Besonderes?“

„Ja, eine erstaunliche Sache. Ich erzähle es dir, wenn ich da bin.“

„Gut. Du fährst durch Mützenich durch weiter auf der Straße nach Eupen. Kurz nach dem Ortsausgang ist rechter Hand ein Parkplatz. Dort parkst du und überquerst die Straße. Du kommst auf einen schmalen Pfad. Dann siehst du uns schon. Es sind belgische Kollegen da. Ich sage ihnen Bescheid, dass du kommst.“

„Sie hat heute Nacht gesagt, sie wolle sich besaufen.“

„Das hat sie. Wann hast du mit ihr telefoniert?“

„Das muss gegen zwei Uhr gewesen sein. Ich kam von Tenhoven.“

„Ich habe davon gehört. Großes Lob. Komm jetzt, wir müssen jedes Hirn einspannen, der Fall wird mir langsam unheimlich.“

Ein paar Minuten später startete ich, die Eifel lag immer noch unter einer heißen Sonne, und niemand hatte Kühlung versprochen.

Rodenstock hatte prophezeit: „Möglicherweise ist Wilma Bruns die Dritte.“ Nun war sie die Dritte. Wo war der Beamte geblieben, der sie hatte beschützen sollen? Wie war sie nach Mützenich in die traumhaft schöne Moorlandschaft geraten?

Es war nicht schwer, den Ort zu finden, denn die belgische Polizei hatte die Straße abgesperrt. Ich sagte, wer ich sei, berief mich auf Rodenstock und durfte weiterfahren. Ich parkte den Wagen, querte die Straße und war auf einem Pfad, der zu einer hölzernen Aussichtsplattform für Wanderer führt. Tafeln erklären, wie dieses Moor entstanden, dass es abgrundtief und lebensgefährlich ist. Der Pfad ist nur durch senkrecht stehende und quer gelegte dünne Fichtenstämme, die als Geländer dienen sollen, gesichert. Ich entdeckte zweihundert Meter weiter Rodenstock und Emma, die mit anderen zusammenstanden. Sie winkten. Ich ging langsam auf sie zu und stopfte mir dabei eine Pfeife. Wilma musste auch hier entlanggegangen sein. Hatte Nebel über dem Wasser gelegen, war sie unglücklich gewesen? Wollte sie sterben?

„Sie ist bis hierher gekommen“, sagte Emma. „Guten Morgen, Baumeister. Hier ist sie unter dem Geländer hergekrabbelt und dann einfach geradeaus gegangen. Sie ist maximal fünf Meter weit gekommen.“

„Wieso hat man sie gefunden? Ich denke, das Moor verschluckt alles.“

„Das ist richtig“, meinte Rodenstock. „Aber ihr rechter Schuh hatte sich an einer kleinen Weide festgehakt. Siehst du sie dort? Heute Morgen gegen acht Uhr ist ein Wildhüter hier entlanggekommen, Routinegang. Der hat ihren Schuh entdeckt.“

„Wo ist sie jetzt?“

„Auf der Straße weiter unten steht der Laborwagen. Die belgischen Kollegen machen erste Blut- und Flüssigkeitsuntersuchungen. Wir müssen wissen, ob wir Selbstmord ausschließen können, obwohl alles danach aussieht.“

„Keine weiteren Spuren? Ich meine, hat sie jemand begleitet?“

„Wir wissen es noch nicht genau“, sagte Emma. „Die Spurenleute müssen Wilmas Spuren mit vielen anderen vergleichen. Dieser Pfad ist immer sehr feucht. Was meinst du, Baumeister, wurde sie umgebracht?“

„Ja, ich glaube schon“, erwiderte ich. „Wahrscheinlich habe ich heute Nacht Wilma ganz ungewollt auf etwas aufmerksam gemacht, dessen Bedeutung sie erst begriff, als wir unser Gespräch beendet hatten. Und jetzt können wir sie nicht mehr fragen. Rodenstock, was ist deine Meinung?“

„Ich glaube auch, dass sie getötet wurde. Erzähl mal, was letzte Nacht los war!“

Ich versuchte, mich so kurz wie möglich zu fassen. „Da wird eine Windkraftanlage in Hollerath geplant. Solche Anlagen werden mit beträchtlichen Mitteln von der Europäischen Union, dem Bund

und den Ländern gefördert. Diese Gelder fließen jedoch erst, wenn die ersten Planungen abgeschlossen sind. Hier in Hollerath ist aus irgendeinem Grund am Ende etwas schief gegangen. Driesch und seine Arbeitsgruppe haben geschlampt. Dadurch konnte ein belgischer Finanzier aus Faymonville, Paul Quint, ins Geschäft kommen, der hier in Belgien eine Windkraftanlage auf die Beine stellen will. Es wird ihm gelingen, wenn das so weitergeht, Hollerath ist eigentlich schon aus dem Rennen. Ich habe Wilma zu verstehen gegeben, dass Driesch mit Hollerath gescheitert war. Und nun bin ich überzeugt davon, dass sie bei der Gelegenheit zum ersten Mal begriff, was da wirklich abgelaufen ist."

„Ob Wilma Bruns wohl hierher gekommen ist", fragte Rodenstock bedächtig, „um sich mit jemandem zu treffen, um mit dem über das Hollerath-Projekt zu sprechen?"

Ich nickte. „Das überlege ich auch gerade. Nehmen wir mal an, sie ist sich klar darüber geworden, dass Hollerath geplatzt ist. Das bedeutete für Wilma politisch eine große Niederlage. Vielleicht stellte das ihre Zukunft infrage. Denn so eine Anlage wird von Profis verwaltet und gesteuert. Und sie war ein Profi. Wenn sie, völlig berechtigt, später in die Geschäftsleitung einsteigen wollte, dann war dieser Traum jetzt ausgeträumt. Das kann sie in Panik versetzt haben. Wenn sie hier jemanden getroffen hat, dann war das also ebenfalls ein Profi auf dem Gebiet der Windkraft."

„Ja, du hast Recht", bestätigte Emma. „Und ihr Auto ist nicht hier. Das heißt, sie ist mit ihrem Auto von zu Hause weggefahren, aber sie hat unterwegs jemanden getroffen, zu dem sie in den Wagen gestiegen ist. Logisch?"

„Logisch!" Rodenstock nickte.

„Sie steigt zu jemandem ins Auto, sie fahren hierher. Wahrscheinlich haben sie diesen Ort gewählt, weil sie hier sicher sein konnten, absolut ungestört zu sein. Hier kann man reden, hier ist um diese Zeit niemand. Wann war heute Sonnenaufgang?"

„Etwa um sechs“, antwortete ich.

„Okay“, sagte Emma und schaute auf den matschigen Boden zu ihren Füßen. „Sie haben also genügend Licht, um ein paar Schritte spazieren zu gehen und das Problem zu besprechen, dass das gesamte Projekt Hollerath gestorben ist. Richtig? Richtig! Und was passiert dann?“ Sie starrte auf das Moor hinaus und erschauerte.

„Jetzt hast du dich ein wenig vergaloppiert, Liebling.“ Rodenstock war behutsam. „Wir wissen, dass der erste Alkoholtest ergeben hat, dass Wilma 1,9 Promille hatte. Und ich gehe jede Wette ein, dass der, den sie traf, das merkte. Und natürlich wollte der eine nüchterne Wilma, nicht eine betrunkene. Also ist der Spaziergang hier im Moor vermutlich eher als ein Mittel zu sehen, dass Wilma wieder zu sich kam.“

„Falsch!“, widersprach Emma scharf. „Jetzt ziehst du einen Schluss aus einem Schluss. Es ist genauso gut möglich, dass die Person, die Wilma traf, sofort begriffen hat, dass Wilma betrunken war, und sie bewusst hierher brachte, weil hier die Möglichkeit bestand, Wilma zu töten.“

„Einsame Spitze“, bekannte ich andächtig. „Wir haben zwar noch keinen Beweis, aber das alles zusammen ergibt ein Bild. Demnach hat jemand Driesch getötet, der ein massives Interesse daran hat, dass Belgien den Windpark baut und nicht die Bundesrepublik in Hollerath.“

„Das könnte stimmen“, sagte Rodenstock langsam. „Kann aber auch vollkommen falsch sein. Wenn es so ist, dass Driesch das Geld aus einer belgischen Quelle bezogen hat – warum musste er dann getötet werden? Das ergibt doch gar keinen Sinn. Er war aus dem Geschäft als Konkurrent eh raus.“

„Deine Gehirnwindungen funktionieren ziemlich ekelhaft…“ Ich überlegte beinahe hektisch. „Von der Troika, die Hollerath steuerte, lebt niemand mehr. Annette ist tot, Wilma ist tot, Jakob ist tot. Aber genau genommen hat der Belgier schon seit langem das

Rennen gemacht. Es ist daher aus seiner Sicht absolut unnötig, jemanden zu töten. Also … Ach verdammt, wir fangen an, uns im Kreis zu drehen. Wir müssen erst mal wissen, ob Wilma überhaupt umgebracht wurde oder nicht."

Vera kam den Pfad entlang auf uns zu, sie wirkte sehr zerbrechlich und lächelte verkniffen. „Seid ihr weitergekommen?"

„Nein", sagte Emma. „Ihr? Habt ihr Wilmas Auto?"

„Nein, noch nicht. Wir haben vier Streifenwagen losgeschickt, das kann noch Stunden dauern."

„Eine Frage", sagte ich. „Sie hatte einen Beamten als Wachhund. Wo ist der denn geblieben?"

„Das ist mehr als schlimm", antwortete Vera und sah niemanden von uns an. „Der Mann steckt in massiven persönlichen Schwierigkeiten. Ehekrise und so. Er hat sich nach Mitternacht sechs bis acht Flaschen Bier an den Hals gesetzt und war vollkommen außer Gefecht. Er war noch um zehn Uhr heute Morgen nicht ansprechbar. Das wird ihn den Job kosten. Die Medien werden uns zerreißen. Kischkewitz ist ungenießbar, weil er sofort vor den Minister zitiert wurde."

„Und was machen wir jetzt?", fragte ich.

Rodenstock sagte: „Du hast die Spur vom Belgier Quint aufgegriffen. Wir sollten versuchen, so schnell wie möglich mit dem zusammenzukommen. Wie weit ist dieses Faymonville von hier entfernt?"

„25 bis 30 Kilometer, schätze ich. Was willst du ihn fragen?"

„Ob er Driesch eine Million geschenkt hat, was sonst?", entgegnete Rodenstock lächelnd. „Damit ihm sofort der Arsch auf Grundeis geht, werde ich mich als BND-Agent anmelden."

„Darf ich mit?", fragte Emma scheinheilig. „Ich habe noch nie im Leben einen leibhaftigen Agenten bei der Arbeit gesehen. Du, Baumeister?"

„Noch nie. Vor allem noch nie diesen legendären Agenten –

wie war doch gleich sein Name? Rodenkirchen? Oder wie?“

„Ihr seid bloß neidisch“, entschied Rodenstock. „Ich gehe mal telefonieren.“ Er schlenderte den Pfad entlang.

„Ich muss wieder“, murmelte Vera.

„Warte mal einen Moment“, stoppte ich sie. „Wenn die Zeugen das richtig gesehen haben, ist Driesch doch anfänglich auf der Straße parallel zum Fluss flussaufwärts gelaufen, nicht wahr? Und anschließend, kurz bevor er getötet wurde, wieder flussabwärts.“

Vera nickte. „Richtig. Und nach ihm kam ein Verfolger. Und nach dem Verfolger noch eine dritte Person.“

„Haben die neuen Zeugen die dritte Person inzwischen auch bemerkt?“

„Ja, zweifelsfrei.“

„Und das waren mit Sicherheit alles Männer?“

„Na ja, da würde ich mal Misstrauen empfehlen. Das Licht um die Zeit war nicht ausreichend für eine einwandfreie Identifizierung.“

„Uns fehlen dann immer noch achteinhalb Stunden von seinem Leben“, stellte Emma fest.

„Aber wir haben jetzt eine Richtung“, dachte ich laut. „Driesch rennt die Straße flussaufwärts. Biegt dann aus unerfindlichen Gründen nach links ab, klettert irgendwo und irgendwie in den Fluss und rennt im Grunde den gleichen Weg wieder zurück. Mitgekommen? Er muss einen Grund gehabt haben, den gleichen Weg zurückzulaufen. Das kann heißen: Er hatte irgendwo jenseits der Brücken flussabwärts ein Ziel.“

„Gut gedacht“, meinte Emma.

Dann schwiegen wir und blickten über das Moor.

Eine Gruppe Spurenleute kam und begann vorsichtig an einer bestimmten Stelle relativ breite Bretter zur Wasserfläche hin auszulegen. Es waren drei Männer, die schweigend und konzentriert arbeiteten. Der kleinste und somit leichteste von ihnen ging vor bis an das jeweilige Ende des provisorischen Stegs und ließ sich ein Brett nachreichen, das er langsam auf das Moor vor sich legte. Nach fünf Brettern waren sie ungefähr sieben bis acht Meter weit gekommen, und einer von ihnen sagte: „Das reicht jetzt! Wir sind jetzt gut drei Meter weiter, als Frau Bruns gekommen ist. Ihr Schuh hing da rechts in der kleinen Weide. Falls sie etwas verloren hat, muss es hier auf dieser Linie liegen. Hardy, bitte leg dich mal flach auf das vorderste Brett. Vielleicht kannst du Erhebungen wahrnehmen, die wir von hier aus nicht sehen."

Kurz darauf lag Hardy mit dem Gesicht zum Ufer flach auf dem Brett.

Als er sagte: „Da ist was!", kam Bewegung in die Gruppe. Ein zweiter Mann schob sich Hardy entgegen, und der dritte sagte: „Wenn Rolli auf der Höhe dessen ist, was du siehst, gibst du ihm ein Zeichen."

„Komm, komm, komm!", dirigierte Hardy monoton, und der Mensch namens Rolli schob sich Zentimeter um Zentimeter voran.

„Jetzt ist rechts von deinem Ellenbogen ungefähr zwanzig Zentimeter querab ein kleiner Buckel", sagte Hardy. „Siehst du ihn?"

„Ich sehe ihn", bestätigte Rolli. „Und was tue ich jetzt?"

Der, der am Ufer geblieben war, überlegte: „Wenn du danach greifst, läufst du Gefahr, dass das Ding tiefer sinkt und verschwindet. Man müsste von der Seite drunterfassen können. Mit …, vielleicht mit einem schmalen Brett."

„Das könnte klappen. Besorg mal eins", meinte Hardy ruhig.

Der am Ufer ging mit raschen Schritten davon. Rolli, der dem Ufer näher war, sagte gemütlich: „Wenn er eine halbe Stunde braucht, bin ich braun, wie wenn ich auf Teneriffa gewesen wäre."

Hardy vor ihm entgegnete mit unendlicher Ruhe: „Ob du das glaubst oder nicht, mein Brett gleitet seitlich weg. Ich denke, ich habe noch sechzig Sekunden."

„Um Gottes willen“, hauchte Vera und griff meinen rechten Arm so fest, dass es schmerzte.

„Baumeister, tu was!“, befahl Emma kühl.

Ich überlegte laut: „Rolli, bleib liegen. Nicht bewegen. Du bist sicher. Kannst du etwas weiter auf Hardy zurutschen?“

„Ja, aber nur, wenn jemand die Brücke macht.“

„Genau“, sagte ich. „Los, Frau, du bist die Leine.“

Vera begriff sofort. Sie legte sich flach auf den Bauch und robbte auf das erste Brett. Sie bekam Rollis Füße zu fassen, ich hielt ihre Füße. Rolli hatte Hardys Füße gepackt.

„Ich fange jetzt an zu ziehen“, sagte ich. „Ihr müsst flach bleiben, nicht aufrichten. Klar?“

„Klar!“, sagte Hardy. „Wer bist du denn?“

„Presse“, sagte ich.

„Ach, du lieber Gott!“, stöhnte er.

Ich zog. Es ging so langsam, dass ich glaubte, wir hätten keine Chance. Das Brett, auf dem Hardy lag, bekam Schlagseite. Rollis Brett lag noch eben. Zum Teil bewegten sich die Bretter, zum Teil bewegten sich die Menschen auf ihnen, es war nicht genau zu unterscheiden. Um die Bretter herum hatte sich Wasser gesammelt, das jetzt auf die Holzflächen schwappte.

Hardys Brett glitt etwa zur Hälfte in den Morast. Und dann griff dieser Idiot in den Schlamm! Er tauchte mit dem linken Arm bis zur Achsel in die tödliche Brühe, zog ihn mit einem Ruck wieder heraus, hielt ihn hoch und stammelte: „Es ist ihr Handy, verdammt, ich hab ihr Handy!“

Endlich war Vera auf dem Trockenen, dann Rolli, dann Hardy. Sie keuchten alle drei. Etwa hundert Meter entfernt tauchte der dritte Spurenmann mit einem schmalen Brett in der Hand auf und rief: „Ich hab eins!“

„Schon gut, schon gut“, murmelte Hardy.

Rodenstock kehrte zurück und sagte: „Wir sollen um 21 Uhr

heute Abend in Faymonville bei Quint sein.“ Dann nahm er Vera wahr und fragte entgeistert: „Wo warst du denn, Mädchen?“

„Schlammbad“, gab sie Auskunft, und dann küsste sie Hardy auf die Stirn. Aber gleich wurde sie wieder sachlich und fragte: „Was ist, Vater Rodenstock, wenn ich darum bitte, zu diesem Belgier mitgenommen zu werden?“

„Wenn Kischkewitz dich freigibt, gerne“, stimmte er zu.

„Hast du Vater Rodenstock gesagt?“, fragte Emma.

„Wir nennen ihn so. Es ist ein Ehrentitel.“

„Bin ich dann Mutter Emma?“, fragte Emma.

„Nein“, sagte Hardy. „So weit gehen wir nicht.“

Wir lachten alle, und Emma war sichtlich stolz auf den Vater.

„Wann ist denn der Laborwagen mit den Ergebnissen so weit?“, fragte Vera. „Ich meine, entweder warte ich noch, oder ich fahre eben nach Monschau und ziehe mich um.“

„Fahr mal“, sagte Rodenstock. „Wir vergessen dich nicht.“

Wir übrigen lungerten herum, bis gegen 17 Uhr endlich die beiden Laborärzte aus dem Wagen kletterten und bleich und übel riechend verkündeten, sie könnten nun einiges über Wilma Bruns erzählen. Der Belgier begann, und wie alle Menschen aus dem Grenzgebiet sprach er ein leicht fehlerhaftes, aber fast akzentfreies Deutsch.

„Wir können der Kommission Folgendes mitteilen: Das Blut der Toten hatte einen Alkoholspiegel von 1,9 bis 2 Promille. Nach Angaben von Zeugen war sie an den Konsum von Alkohol gewöhnt. Wir nehmen daher an, sie war betrunken, konnte aber durchaus noch gehen. An dem Punkt, an dem der Wildhüter sie entdeckte, ist sie auch in das Moor gestiegen, indem sie sich unter dem Geländer hindurchbückte und dann einige Schritte tat. Wenn sie diese Schritte schnell getan hat, dann konnte sie durchaus den Punkt im Moor erreichen, an dem sie entdeckt wurde. Das war gegen acht Uhr am Morgen. Zu diesem Zeitpunkt war der Tod seit mindestens einer Stunde eingetreten. Wir weisen darauf hin, dass dies durch

Wasseransammlung in ihren beiden Lungenflügeln beweisbar erscheint. Nun wissen Sie, dass aus der Masse des in der Lunge angesammelten Wassers darauf geschlossen werden kann, in welchem Zustand sich die Frau befand, als sie in das Wasser eintauchte. Und da haben wir einen äußerst interessanten Befund. Sie können sich vorstellen, dass ein erheblicher Unterschied zwischen einem nüchternen Menschen, einem betrunkenen Menschen und einem nahezu oder vollständig bewusstlosen Menschen besteht. Der nüchterne, wache Mensch nimmt mit den Atemzügen erheblich mehr Wasser auf als zum Beispiel ein Bewusstloser. Klaus, machst du an der Stelle mal weiter?“

Klaus war der Deutsche. Er sagte spöttisch: „Du drückst dich vor dem interessantesten Punkt, du Belgier. Na gut, dann heimse eben ich die Meriten, Orden und Ehrenzeichen ein. Wir fanden heraus, dass Wilma Bruns mit hoher Wahrscheinlichkeit ohnmächtig war, als sie in das Wasser geriet. Die Wassermenge in ihrer Lunge war erstaunlich gering. Das lässt nur den Schluss zu, dass sie durch fremden Einfluss in das Moor geraten ist. Jemand muss sie getragen oder gestoßen haben. Nun gibt es natürlich ein Problem: Da ist eine ziemlich betrunken und spaziert am Rand eines Moores entlang. Auf keinen Fall wird sie getragen, denn sonst hätten die Spurenleute entsprechende Fußeindrücke finden müssen. Und plötzlich soll sie bewusstlos geworden sein. Wir stehen also vor einem Rätsel.“ Klaus grinste faunisch und sagte: „Mach weiter, René, du bist der Bessere.“

Die Zuhörer lachten, es war fast wie Theater.

Der Belgier kniff die Lippen zusammen und wurde ernst. „Nach Lage der Dinge ist Mord nicht auszuschließen. Das führten wir uns vor Augen. Und wir fanden dann den Einstich einer Kanüle im Oberschenkel rechts. Wir machten bestimmte Untersuchungen des Mageninhalts und überprüften noch einmal das Blut. Und wir konnten schließlich eindeutig Diazepam nachweisen, einen stark beruhigenden Wirkstoff. Jetzt wussten wir, warum die Frau plötzlich bewusstlos wurde. In Verbindung mit Alkohol kann die Einnahme eines Mittels, das Diazepam enthält, lebensgefährlich sein. Das bekannteste Mittel mit diesem Wirkstoff ist Valium. Ob der Frau tatsächlich Valium gespritzt wurde, ist so einfach nicht feststellbar und wird später im Laborversuch genau ermittelt. Unseren ausführlichen Bericht werden Sie in etwa drei bis vier Tagen auf dem Tisch haben. Nach unserer Überzeugung wurde sie getötet, also ermordet. Damit stehen wir vor der Frage: Wie gelangte sie in den Sumpf? Ihr Körper wurde vom festen Ufer aus etwa fünf Meter entfernt gefunden. Und jetzt kommt Charlie, unser Indianer, an die Reihe."

Es gab zwei oder drei Mitglieder der Kommission, die klatschten, die Leistung der beiden jungen Ärzte war hervorragend.

Charlie, der Indianer, wie sie ihn nannten, war schmal, nicht größer als einssechzig, ungefähr vierzig Jahre alt, mit dem faltigen Gesicht eines Magenkranken. Er bewegte sich nicht im Geringsten, als er zu sprechen begann, sah niemanden an und machte alles in allem den Eindruck, als sei es ihm wurscht, ob ihm jemand glaubte oder nicht.

„Ich musste mich fragen, wie die Tote fünf Meter weit in das Moor hineingeraten konnte. Wenn sie es selbst bewerkstelligt hätte, wäre es leicht erklärbar gewesen. Man muss nur, wie schon erwähnt, die ersten zwei, drei Schritte sehr schnell machen und sich dann nach vorne werfen. Anders sieht die Sache aus, wenn ein Zweiter dafür zu sorgen hatte. Wie kriegt man eine Bewusstlose so weit in das Moor? An der Stelle, an der das geschah, tritt die Moorkante, das heißt die flüssige Schicht, besonders nah an das Ufer heran. Ich habe das Geländer untersucht, die Stelle auch sofort gefunden. Der Mörder machte Folgendes: Er nahm einen stinknormalen Strick, wie ihn Landwirte benutzen, wenn sie Kühe anseilen. Den Strick legte er um den oberen Querholm des Geländers. Dann hob er Wilma Bruns so hoch wie möglich und stemmte sie mithilfe beider Arme so weit wie möglich Richtung Wasser. Er verließ sich darauf, dass der Strick hielt und er sich daran zurück auf das Land ziehen konnte. Ich habe die Stelle gefunden, wo er den Strick um den Holm gelegt und festgezurrt hat. Da ist eine Blankscheuerung des Holzes zu erkennen, und selbstverständlich waren da Mikrofasern, die von einem Strick stammten.“ Unvermittelt beendete er seine Rede und atmete ein paarmal durch, als sei er es leid, seinen Kollegen Auskunft zu erteilen.

„Dann war es ein kräftiger Mann?“, fragte Rodenstock.

„Was heißt da kräftig?“, fragte der missgelaunte Indianer. „Wenn du es lange genug übst, kannst du es auch.“ Damit hatte er die Lacher auf seiner Seite.

SECHSTES KAPITEL

Wir fuhren gegen acht Uhr abends mit Emmas Wagen los, Emma, Vera, Rodenstock und ich.

Hinter Höfen nahmen wir die schmale alte Landstraße nach Büllingen durch den endlosen Wald des belgischen Naturparks und folgten dann der Route Fagnes et Lacs nach Faymonville.

Das Anwesen hockte wie ein Haufen schneeweißer Klötze auf einem Hügel hinter dem Westende des Ortes. Als wir näher kamen, war zu erkennen, dass alle diese Klötze durch Gänge aus Glas miteinander verbunden waren. Ganz ohne Zweifel war es ein eindrucksvolles architektonisches Ensemble. Das gesamte Gelände umgab ein schwerer, drei Meter hoher Stahlzaun, auf dem alle zwanzig Meter eine Fernsehkamera installiert war.

„Wir wollen keine Unruhe stiften“, murmelte Rodenstock. „Die Waffen lassen wir im Kofferraum. Und nicht vergessen, der Mann empfängt uns freiwillig. Also äußerste Höflichkeit, bitte. Es ist ein rein informatives Gespräch, was immer er auch sagt.“

Das Tor glitt zu beiden Seiten weg, und wir folgten der Asphaltbahn, die in einem weiten Bogen vor den Haupteingang führte. Es gab keine Bodyguards, es gab nur einen mittelgroßen Mann um die fünfzig, der aus dem Eingang trat und uns anlachte. Er trug ein weißes, kurzärmeliges Hemd und eine einfache graue Hose zu Sommerslippern.

„Quint", sagte Rodenstock.

Wir stiegen aus, und Rodenstock stellte uns der Reihe nach vor. Quint reichte jedem die Hand und musterte uns dabei aufmerksam. Er sprach ausgezeichnet Deutsch und sagte: „Ich hoffe, ich kann Ihnen helfen."

Es ging durch eine Eingangshalle in einen sehr großen Raum mit einem Wollteppich in Grüntönen. Darauf stand eine Sitzgruppe, die sicherlich zwanzig Leuten Platz bot, aus typisch grünem Knautschleder, wie die Belgier sie gern haben. In der Mitte befanden sich drei kleine Tische, auf denen allerlei angerichtet war: Kaffee, Tee, Schüsseln mit Backwaren und Konfekt.

„Bedienen Sie sich bitte", sagte Quint freundlich. „Ich habe mein Personal weggeschickt, weil ich denke, dass die Themen, die wir zu besprechen haben, sehr heikel sind."

„Wir danken Ihnen", erwiderte Rodenstock höflich.

„Tja, mein Freund Jakob Driesch", begann Quint nachdenklich. „Es tut mir aufrichtig Leid um ihn. Und natürlich um seine wunderbare Frau Anna. Wie ich den Zeitungen entnehmen konnte, ist der Fall sehr kompliziert. Aber diese Annette von Hülsdonk ist nicht mehr als ein Teil des Falles zu betrachten?"

„Das ist richtig. Annette von Hülsdonk war das Opfer eines verwirrten jungen Mannes, den sie ihr ganzes Leben lang kannte. Bleiben Jakob Driesch und Wilma Bruns, immerhin zwei Abgeordnete, was dem Fall eine hohe Brisanz gibt. Darf ich fragen, wie Ihre Freundschaft zu Jakob Driesch aussah?"

„Selbstverständlich." Quint griff nach einem Riegel Schokolade.

„Wahrscheinlich sind Sie über meine unternehmerischen Aktivitäten informiert. Wenn ich mich recht erinnere, kam ich vor vier Jahren zum ersten Mal mit regenerativer Energie in Berührung. Mit Windkraftanlagen. Das war in Holland, und das faszinierte mich. Ich dachte, die Menschheit sollte mehr Möglichkeiten suchen, den Wind zu nutzen, um Strom zu erzeugen." Er lächelte. „Dann wurde ich auf das benachbarte Deutschland aufmerksam und damit auf Jakob Driesch. Er war der Mann mit den meisten Erfahrungen auf diesem Sektor. Ich bat ihn um ein Treffen, und er sagte sofort zu. Wir trafen uns bei ihm daheim und redeten einen ganzen Abend und die halbe Nacht. Ich bin, wie Sie sicherlich wissen, Kaufmann und Finanzier, und selbstverständlich handle ich nicht nur in der Absicht, die Menschheit zu beglücken. Ich dachte, da steckt ein gutes Geschäft drin. Driesch bestätigte das vorbehaltlos. Er besuchte mich hier, übrigens zusammen mit seiner ganzen Familie. Ich habe Jakob Driesch oft getroffen. Aber niemals heimlich." Er strich sich durch sein spärliches, langes graues Haar. „Ich sage Ihnen offen heraus: Ich habe ihm die eine Million Mark nicht gegeben. Ich würde es intelligenter machen, sodass niemand davon erfährt. Niemals in Mark, niemals in Europa, niemals in bar." Er seufzte. „Es hat tatsächlich etwas Beleidigendes zu hören, dass ich darin verwickelt sein soll."

„Aber Sie sind verwickelt", sagte ich höflich. Ich kannte diesen Typ des ungeheuer harten und cleveren Geschäftsmannes.

„Wie meinen Sie das?", fragte er ebenso höflich.

„Nun, Sie bauen doch jetzt hier in dieser Gegend eine Windkraftanlage, die eigentlich in Hollerath hätte gebaut werden sollen. Als cleverer Unternehmer haben Sie die Chance genutzt, als Driesch aus uns unbekannten Gründen plötzlich das Projekt in Hollerath nur noch halbherzig vorangetrieben hat."

„Haben Sie jemals versucht, ihm einen Gefallen zu tun?", fragte Rodenstock plötzlich.

Quint verstand nicht sofort, was Rodenstock meinte. Dann

lächelte er. „Sie meinen wahrscheinlich das, was man in Deutschland immer vorschnell als Bestechungsversuch deklariert. Oder?"

„Genau das", sagte Rodenstock erheitert.

„Ja, da gab es etwas. Im vorigen Sommer kreierte ein Freund von mir eine neue Möbellinie. Sie sitzen gerade darauf, meine Herrschaften. Ich kaufte ihm für einen Spottpreis die ganze erste Serie ab. Und ich schickte einen Lkw damit nach Schleiden und legte einen Brief bei: ‚Lieber Freund, hier habe ich was für Sie. Ich kann es nicht mehr gebrauchen, stellen Sie es auf, wo Sie mögen.'" Er lachte. „Und was passierte? Anna Driesch rief mich an und sagte, sie sei mir äußerst dankbar, dass ich für eines ihrer Jugendhäuser eine neue Sitzecke gespendet hätte. Und ob ich großzügig genug sei, ihr eine weitere Sitzecke zukommen zu lassen. Ich kann Ihnen versichern, dass das die teuerste Ledersitzecke ist, die je in einem Jugendhaus in Deutschland gestanden hat. Die Frau hat meine Hochachtung. Und ich habe ihr eine zweite Sitzecke bringen lassen. So viel zum Thema Bestechung."

Rodenstock räusperte sich. „Haben Sie Driesch gefragt, weshalb er das Projekt in Hollerath so schleppend betrieb?"

„Nein, das habe ich nicht. Ich war in Brüssel und habe dort mit unseren belgischen Vertretern geredet. Die sagten mir, Driesch habe die ihm zugesprochenen Mittel nicht abgerufen. Ich solle doch mal einen Antrag stellen. Ich stellte den Antrag, er wurde bewilligt, seitdem baue ich."

„Wie viele Windräder werden es?", fragte ich.

„112", sagte er, und es lag unverkennbar Stolz in seiner Stimme. „Es handelt sich um ein Volumen von ungefähr 150 Millionen Mark. Ich rechne mit etwa sechs Jahren Verlusten, dann werde ich voraussichtlich schwarze Zahlen schreiben. Und ich werde den Strom ins deutsche Netz einspeisen."

„Haben Sie Gegenwind?", fragte ich.

Quint lachte. „Ja, natürlich. Auch hier gibt es Naturschützer. Aber ich denke, ich kann mich mit ihnen einigen. Ich werde den Windpark zum Naturschutzgebiet erklären lassen und darüber hinaus alle möglichen Einrichtungen subventionieren, damit dort Biologen arbeiten können. Wir wollen Fauna und Flora erhalten. Und da Vögel und Glockenblumen nicht unter den Windgeräuschen der Räder leiden, wird das Ganze ein echter Naturpark werden."

„Kommen wir zu Jakob Driesch zurück", sagte Emma distanziert. „Mich würde interessieren, was Sie gedacht haben, als Sie von seiner Ermordung erfuhren."

Er wurde arrogant, offensichtlich mochte er Emma nicht. „Ich habe gedacht, was Sie wahrscheinlich auch dachten: Das kann nur ein Irrer gewesen sein. Das denke ich übrigens immer noch. Drieschs Tod ergibt keinen Sinn, ich sehe absolut kein Motiv. Ich habe aufmerksam die Geschichte mit dem Flug nach Mallorca verfolgt. Er war nicht der Typ, der sich mit Mallorca beschäftigt. Das alles kommt mir sehr unlogisch vor."

„Nun ist es aber eine Tatsache, dass er dorthin flog und für eine Million Mark ein spanisches Grundstück mit einem Bauernhaus kaufte, Logik hin, Logik her. Was könnten Sie sich denn vorstellen, wenn ich nach möglichen Lösungen frage?" Rodenstock wollte Quint keine Chance lassen, sich hinter höflichen Floskeln zu verstecken.

„Eine Möglichkeit ist, dass Driesch dieses Geld von jemand anders bekam und im Auftrag nach Mallorca flog."

„Moment mal", wandte ich ein, „er kam als Besitzer des Hauses zurück."

„Lieber Freund", erwiderte er und streifte mich mit einem Pokerblick. „Ein Auftrag kann durchaus so weit gehen, dass man sich als Besitzer eintragen lässt und als Strohmann fungiert, weil der wirkliche Besitzer nicht in Erscheinung treten will. Wenn Driesch den Eindruck hatte, dass dieser andere ein sauberes Geschäft machen wollte, dann kann es so abgelaufen sein."

Emma griff an: „Sie wissen mehr, Sie sagen es nur nicht. Seit etwa einem Jahr lässt Driesch Hollerath schluren, seit etwa einem Jahr stimmt bei ihm etwas nicht mehr. Nun ist mit Wilma Bruns eine Frau, die möglicherweise etwas wusste, mit Sicherheit etwas ahnte, ebenfalls getötet worden. Damit hat ein Mörder den letzten Informationsstrang zum Leben des Jakob Driesch durchgeschnitten."

Quint nickte ihr amüsiert zu. „Jetzt, meine Damen und Herren, geraten wir ans Eingemachte, wie die Deutschen und die Belgier sagen. Für mich ist Tatsache, dass da jemand ausgeflippt ist. Und es ist möglich, dass Driesch vollkommen ungewollt in eine Sache hineingeraten ist, die eigentlich nichts mit seinem Leben zu tun hatte, in der er plötzlich und unvorhersehbar zum Opfer wurde. Darf ich Ihnen das an einem Beispiel erläutern?"

Rodenstock nickte. „Wir würden uns freuen."

„Nun gut. Ich bin seit mehr als dreißig Jahren mit meiner Frau verheiratet, wir haben fünf Kinder, ich habe keine Affären. Dabei fällt mir ein, dass ich das auch an Jakob Driesch so mochte: keine Affären, eine richtig gute Ehe. Jedenfalls kam die Polizei vor drei Jahren zu mir und sagte, ich solle auf meine Familie achten, sie hätten Hinweise, dass der Name meiner Familie von internationalen Terrorgruppen auf einer Liste mit lohnenden Entführungen geführt werde. Ich brauche Ihnen nicht zu erzählen, dass ich jemand bin, der imstande ist, von einer Stunde auf die andere zwanzig Millionen Dollar und mehr hinzulegen, wenn tatsächlich so etwas geschehen sollte. Ich sollte meine Bodyguards verstärken; mittlerweile verfüge ich über acht. Ich sollte keine Auslandsbesuche machen, meine Familie möglichst nicht aus den Augen lassen und so weiter. Sollte mich im Übrigen jetzt einer von Ihnen bedrohen, hätte er keine Chance, dieses Haus lebend zu verlassen, denn ..."

„... die Schlitze in den Wänden", ergänzte Rodenstock gemütlich. „Ich habe sie bemerkt."

„Herzlichen Glückwunsch", sagte Quint trocken. „Passen Sie auf."

Er bewegte sich nicht, aber der ganze Raum schien sich plötzlich zu bewegen. Wandteile schwangen herum und boten nackte Metallflächen dar. Zwischen den Wandflächen klafften Lücken, und dahinter standen Männer mit Waffen im Anschlag. Die Männer grinsten, aber ich mochte mir nicht vorstellen, was sie im Ernstfall zu tun bereit waren. Dann wurde alles wieder zurückgefahren, und uns kam es so vor, als hätten wir schlecht geträumt.

„Sie können mir glauben, dass ich auf diese technische Spielerei und auf eine derartige Armada nicht stolz bin. Meine Frau hat sich einmal bitter beschwert, sie könne nicht einmal mehr in Ruhe mit mir schlafen, ohne dass jemand auf unser Bett stiert. Aber nun zu meinem Beispiel. Ich erhielt die Gelegenheit, Diamanten aus Russland zu kaufen. In London. Die Preise waren verlockend, ich wollte mir das Geschäft nicht entgehen lassen. Ich sagte zu niemandem ein Wort, flog Linie nach London und machte das Geschäft. Dann ging ich zu Fuß in mein Hotel zurück. Plötzlich sind hinter mir zwei junge Männer, wilde Gestalten, Irokesenhaarschnitt, militärische Tarnklamotten. Sie fassen mich rechts und links. Ich verfluchte mich, dass ich keinen meiner Beschützer mitgenommen hatte. Ich sagte: ‚Ihr könnt eine Million haben oder zwei oder drei. Ihr könnt auch zehn Millionen haben', sagte ich. Keine Antwort. Sie stießen mich in einen Hauseingang, dann eine Treppe hoch. Oben ging es in ein Zimmer, in dem viele Matratzen herumlagen. Da drauf lümmelten sich Jungen und Mädchen und rauchten, und alle waren high. Dann forderten die beiden, die mich aufgegriffen hatten: ‚Geld raus!' Ich hatte gerade einen Scheck über 54 Millionen Dollar ausgestellt, aber ich hatte kein Pfund in der Tasche, absolut nichts. Ich erklärte: ‚Ich habe Plastikgeld, sonst nichts.' Sie schlugen mich, ich wurde ohnmächtig. Als ich aufwachte, sagten sie, sie würden mit mir zum Geldautomaten gehen und ich solle nicht versuchen, sie zu verarschen, dann sei ich eine Leiche. Mittlerweile war mir klar, dass das keine Entführer waren, das waren einfach Kleinkriminelle. Ich ging mit ihnen zu einem Automaten, zog ein paar hundert Pfund und gab sie ihnen. Dann schlugen sie mich zusammen und ließen mich liegen." Quint hielt die gefalteten Hände vor das Gesicht. „Frage: Kann es Driesch nicht ebenso ergangen sein? Er geriet in irgend so eine Szene und wurde so zum Opfer?"

„Möglich", sagte Vera. „Aber seit Wilmas Tod glaube ich nicht mehr daran."

„Was glaubst du denn?", fragte Emma.

„Wilma muss darauf gekommen sein, dass sie etwas wusste, was sie bisher einfach nicht in Betracht gezogen hatte. Und das muss dazu geführt haben, dass ihr plötzlich klar wurde, wer Jakob Driesch erschossen hat. Und da der Mörder das ebenfalls ahnte oder begriff, hat er sie eingeladen und sie getötet."

„Wilma hat die Einladung des Mörders zu einem Spaziergang angenommen?", fragte ich irritiert.

„Warum denn nicht?", fragte sie aggressiv zurück. „Überleg doch mal: Wilma glaubte doch, dass der Mörder nicht wusste, dass sie auf seiner Spur war. Es war zwar riskant, aber wer Wilma kannte, weiß, dass sie auf so eine Einladung eingegangen wäre."

„Also kein Irrer", murmelte Rodenstock in die Stille.

„Kein Irrer!", stimmte Vera zu. „Beziehungsweise, der Täter kann schon irre sein, sogar unter Schüben leiden. Aber innerhalb des Bildes handelt er konsequent und logisch."

„Was die junge Dame sagt, könnte richtig sein", meinte Paul Quint mit sanfter Ironie. „Wir sollten vielleicht überlegen, ob nicht ein Windkraftgegner infrage kommt, so ein Querulant. Denken Sie doch mal an Richard Norden, diesen Oberstudienrat. Das ist doch wirklich ein eklatanter Fall."

„Wer ist das?", fragte Rodenstock verwundert.

Jetzt war Quint an der Reihe zu staunen. „Haben Sie Norden

etwa nicht vernommen? Driesch hat mir von ihm erzählt. Norden lebte mit seiner Familie ursprünglich in Prüm, in einem schönen, kleinen Haus, hatte drei Kinder. Eines Tages begann er sich für das alternative Leben zu interessieren. Er wurde von heute auf morgen ein Müslifresser, aß kein Fleisch mehr, kaufte nur noch beim Bauern ein und so weiter. Und er versuchte, seinen Schülern die gleiche Lebensweise aufzudrücken, was ihm erhebliche Schwierigkeiten einbrachte. Außerdem tyrannisierte er seine Familie, die sich irgendwann von ihm löste. Seine Frau erzwang mit einem Gerichtsbeschluss seinen Auszug aus dem Haus. Mehrere Male wurde Norden zum Schulrat zitiert, dann sogar zum Kultusminister. Doch er machte weiter und wurde schließlich an eine Schule nach Euskirchen versetzt. Er gehört zu den Leuten, die sagen, dass Windräder die Natur verschandeln und absolut nicht integrierbar sind. Das Bild der schönen Eifel werde zerstört. Bei einer öffentlichen Anhörung, die Driesch veranstaltete, griff Norden Driesch tätlich an und schlug ihm ins Gesicht. Daraufhin wurde er vom Dienst suspendiert. Driesch war der festen Überzeugung, dass dieser Norden auch der Mann ist, der vor zwei Jahren ein Windrad mit zehn Eierhandgranaten in die Luft sprengte. Zu beweisen war Norden allerdings nichts. Wieso wissen Sie nichts von ihm?"

„Das verstehe ich auch nicht", brummte Rodenstock. „Sie erlauben, dass ich eben die Kommission anrufe?"

„Aber sicher doch", sagte Quint.

Rodenstock ging in eine Ecke des Raumes, um zu telefonieren.

„Ich sehe es Ihrem Gesicht an, dass Sie noch eine andere Linie durchdacht haben." Emma zündete sich einen ihrer stinkenden Zigarillos an.

„Ja", bestätigte Quint. „Es gibt auch Leute in der Politik, die von Drieschs Tod profitieren."

„Denken Sie jetzt an den Anwalt in Roetgen, dem Driesch im Weg stand und der ihn jetzt beerben wird?", fragte ich.

Er nickte. „Richtig."

„Dr. Ludger Bensen scheint aber nicht der Mann zu sein, der so etwas selbst durchzieht. Also müsste er irgendwelche Profis mit dem Mord beauftragt haben."

„Und da wird die Überlegung unlogisch", erklärte Emma. „Der Mord an Driesch dauerte zu lange, um auf das Konto von Profis zu gehen."

Quint war verblüfft. „Zu lange?"

„Ja. Driesch wurde um vier Uhr morgens in der Rur getötet. Aber schon eine halbe Stunde vorher wurde er gejagt. Und zwar durch die Straßen Monschaus. Da wurde bereits auf ihn geschossen. Da deutet nichts auf Profis hin."

Rodenstock kehrte zur Sitzecke zurück. „Sie greifen sich Norden."

„Tja, ich habe ja kaum weiterhelfen können", sagte Quint vorsichtig und linste auf seine Armbanduhr.

„Im Gegenteil, derartige Diskussionen helfen oft mehr, als Sie sich vorstellen können. Wir danken Ihnen jedenfalls für Ihre Mühe."

Wir verließen das Haus und machten uns auf den Heimweg.

„Es wäre ja auch zu schön gewesen", sagte Vera.

Emma seufzte. „Trotzdem glaube ich, dass er nicht alles gesagt hat."

Das war alles, was wir auf den dreißig Kilometern sprachen. Sie setzten mich an meinem Wagen ab, den ich unten in Monschau auf einem Parkplatz stehen gelassen hatte.

Vera fasste mich am Arm. „Es wäre ganz schön ..."

„Ich gehe jetzt zu Kischkewitz", unterbrach Rodenstock. „Sehen wir dich morgen?"

„Wahrscheinlich, aber erst spät am Tag. Die Leute von den Versicherungen wollen mich sprechen. Denen muss es mittlerweile vorkommen, als sei ich in den Flammen umgekommen."

„Also bis dann", sagte Emma.

„Ich will mich nicht aufdrängen", murmelte Vera.

„Steig ein", sagte ich. „Willst du fahren? Du magst doch das Auto."

„Danke", sagte sie erleichtert.

„Normalerweise", erklärte ich ihr während der Fahrt, „ist das eine meiner Lieblingsstrecken. Aber bei mir ist im Augenblick nichts normal. Ich hasse Straßen, und ich hasse dieses Auto. Und manchmal vergesse ich, dass mein Haus zerstört ist. Ich bin zu atemlos, um zu trauern. Meine Katzen wissen nicht mehr, wie ich aussehe, und meine Goldfische werden sich einsam fühlen. Das ist doch kein Zustand."

Sie war eine kluge Frau, sie antwortete nichts.

Auf dem Tisch in der Essecke hatte Alwin ungefähr zehn Zettel aufgereiht, die allesamt mit dicken roten Ausrufezeichen versehen und also wichtig waren. Auf dem ersten Zettel stand: *Die Bank will dich unbedingt sprechen!* Auf dem zweiten: *Der Bausachverständige braucht deine Unterschrift!* Auf dem dritten: *Da hat jemand von der Hausratversicherung angerufen. Er erwartet deinen Rückruf!* Auf dem vierten: *Die Kripo braucht deine Unterschrift unter dem Vernehmungsprotokoll!* Den fünften nahm ich gar nicht mehr zur Kenntnis.

„Ich will raus hier! Das hält doch kein Pferd aus."

„Geh duschen, das hilft."

„Duschen hilft nicht gegen Banken. Duschen hilft auch nicht gegen Versicherungen. Gegen Versicherungen hilft gar nichts. Solange ich kein Geld kriege, will ich nörgeln dürfen."

„Irgendjemand sollte dir den Hintern versohlen."

„Immer nur Gewalt." Ich verschwand im Bad.

In gewisser Weise bietet das Leben ab und zu Wiederholungen. In diesem Fall zwängte sich Vera fünf Minuten später neben mich unter die Wasserstrahlen der Dusche und erklärte mit einem panzerbrechenden Augenaufschlag: „Ich bin wirklich nicht mitgekommen, weil ich mit dir schlafen will.“

„Das habe ich auch gar nicht angenommen“, säuselte ich gegen das Rauschen des Wassers.

„Dann ist es ja gut.“

Wenig später, präzise nach sechzig Sekunden, änderten wir unsere Ansicht. Das ist der Vorteil von Menschen, schwere Irrtümer sofort korrigieren zu können.

DER DIENSTAGMORGEN begann mit Regen. Vera lärmte im Bad herum, ließ sich zwischendurch einen Kaffee servieren und entschied, sich von einem Kollegen abholen zu lassen, damit ich nicht gezwungen war, zu unchristlicher Stunde Monschau anzusteuern. So geschah es denn auch.

Ich fuhr zu meiner Ruine, fütterte die Fische bei strömendem Regen, versammelte die Katzen um mich, stand mit ihnen gemeinsam im Schlamm meiner ehemaligen Küche, sprach liebevoll zu ihnen und spürte das große und ungemein erhebende Gemeinschaftsgefühl einer geschlagenen Sippe.

Im Anschluss traf ich drei Sachverständige, die mir mitleidvoll versicherten, das Haus sei ja wohl „total hinüber“ und müsse entkernt und wieder hochgezogen werden. Sie stapften mannhaft durch den Dreck, starrten lange und eingehend in jeden Raum, und einer von ihnen, ein blasser Hellblonder, wurde abrupt etwa fünfzig Zentimeter kleiner, als er zusammen mit einem großen Brocken des Fußbodens nach unten durchsackte. Wir zogen ihn wieder hoch, und er war untröstlich über seine versaute Hose und eine leichte Schramme an der linken Wange. Runde zwanzig Minuten lang sinnierte er darüber, ob ihm seine Versicherung die Hose ersetzen würde.

Gegen Mittag landete ich in Daun, gönnte mir im Café Schuler Reibekuchen mit Apfelmus und rief dann Anna an. Ich fand, sie war mir eine Erklärung schuldig. „Ich verstehe dich nicht so ganz. Du gibst mir Auskunft über Jakob und vergisst dabei zu erwähnen, dass er in den letzten Monaten die Arbeit an dem Projekt in Hollerath schleifen ließ."

Sie antwortete nicht sofort. Endlich sagte sie langsam: „Das stimmt, aber ich denke, dass das überhaupt keine Rolle mehr spielt. Ach Gott, Baumeister. Jakob ist tot, er ist gegangen, er hat mich allein gelassen. Was weiß ich, weshalb er Hollerath schluren ließ!"

„Willst du denn nicht, dass sein Mörder gefasst wird?"

Sie seufzte. „Ich denke, zurzeit ist mir das… scheißegal, um die Wahrheit zu sagen. Aber ich kenne dich ein bisschen, du bist hartnäckig. Also, komm her, und wir reden darüber."

„Danke. Ich fahre sofort los."

Diesmal fuhr ich nicht schnell, nicht einmal zügig, ich rollte dahin, ich hatte alle Zeit der Welt. Jakob Driesch, Annette von Hülsdonk, Wilma Bruns – eine traurige Bilanz. Jemand hatte Rache genommen. Rache für was? Hatte jemand Angst gehabt und getötet? Angst wovor, vor wem? Alles in dieser Geschichte war unklar.

Ich fuhr rechts ran, ich war schon im Ahrtal. Links von mir die wunderschöne Flussaue, vor mir die Einmündung der Straße, die von der Ripsdorfer Höhe herunterkommt aus der einsamen und glücklicherweise noch nahezu unberührten Schönheit einer großen Wacholderheide.

Ich rief Kischkewitz an und hoffte, dass ich nicht allzu sehr störte.

„Nein, du störst nicht", erwiderte er. „Was ist dein Begehr?"

„Hast du schon geprüft, wie wichtig das Windkraftprojekt in Hollerath für Wilma gewesen ist? Ich meine politisch."

Wie aus der Pistole geschossen antwortete er: „Sehr wichtig. Wahrscheinlich war es das wichtigste Projekt ihres Lebens. Ich habe einen meiner besten Leute nach Mainz geschickt, der dort mit der Fraktion der Grünen konferiert hat. Wilma hat seit anderthalb

Jahren fast nur noch für dieses Projekt gelebt. Dadurch hat sie bundesweit Einfluss gewonnen. Es war sogar im Gespräch, dass Joschka Fischer sie als Staatssekretärin platzieren wollte. Hat sie dir davon nichts erzählt?"

„Nicht eine Silbe. Und das erstaunt mich. Schließlich hätte das doch ihrem Eifeldasein ein Ende gesetzt, denn als Staatssekretärin hätte sie nach Berlin gehen müssen, oder?"

„Korrekt, genau das. Sitzt du?"

„Ja, ich sitze in meinem Auto und stiere in die Landschaft. Wieso?"

„Weil ich dir noch erzählen kann, dass Wilma Bruns ihr großelterliches Haus verkaufen wollte. Ich habe die wirtschaftliche Lage von Wilma durchleuchten lassen, und ein Mann von der Volksbank in Stadtkyll hat ausgesagt, Wilma habe ihn um eine Beratung gebeten, was sie für ihr Haus für einen Verkaufspreis ansetzen könnte. Und es geht weiter: Nach unserer Kenntnis war Wilma kürzlich in Berlin beziehungsweise in der Mark Brandenburg. Sie hat dort mit einem Makler über den Kauf eines alten Bauernhauses gesprochen. Das heißt auf gut Deutsch: Wilma war auf dem Absprung."

„Hast du bedacht, dass Wilma dann in Berlin gewesen wäre, wo auch Jakob Driesch arbeitete?"

Er lachte. „Ja, das ist uns sofort eingefallen. Und der Verdacht, dass sie doch etwas miteinander hatten. Aber das erscheint nach Lage der Dinge nach wie vor unwahrscheinlich. Sie mochten sich einfach. Und eines steht fest: Sie waren ein gutes Team."

„Aber wieso, um Gottes willen, haben sie Hollerath vernachlässigt? Das hätten sie als Krönung ihrer Zusammenarbeit doch locker zu Ende führen können."

„Normalerweise würde ich dich jetzt wieder fragen, ob du sitzt. Wir haben recherchiert, dass beide, also Jakob Driesch und Wilma Bruns, je zwei Windräder zeichnen wollten. Das heißt, sie wollten jeder zwei Millionen in die Windkraftanlage Hollerath stecken. Warum sie Hollerath vernachlässigten, ist vor diesem Hintergrund noch unverständlicher.“

„Was sagt denn Drieschs Frau dazu?“

Er zögerte einen Augenblick. „Sie sagt, sie habe von den zwei Windrädern in Hollerath nichts gewusst. Sie hat auch nicht gewusst, dass Wilma Bruns nach Berlin gehen wollte. Anna Driesch muss nun leider schmerzhaft begreifen, dass sie von ganz entscheidenden persönlichen Entschlüssen ihres Mannes abgeschnitten war. Es gab eben doch ein geheimes Leben des Jakob Driesch.“ Kischkewitz seufzte.

„Sag mal, habt ihr den durchgeknallten Studienrat aufgetrieben, der Jakob Driesch verprügelt hat?“

„Haben wir. Er scheidet als Beteiligter aus. Er hat vor ungefähr sechs Wochen seinen Bruder bei Stuttgart besucht, hat dort einen schweren Schub bekommen und wurde in die Psychiatrie irgendwo im Schwarzwald eingeliefert. Er war also gar nicht hier. Und du, mein Alter, was hast du jetzt vor? Wahrscheinlich deinen Brandschaden bekämpfen, oder?“

„Da kann ich wenig tun, nur Formulare unterschreiben. Nein, nein, ich kümmere mich leidenschaftlich um die Toten. Ich bin auf dem Weg zu Anna, ich will von ihr hören, was sie dazu zu sagen hat, dass Driesch und Wilma nicht mehr an Hollerath interessiert waren.“

„Wenn ich dir einen Rat geben darf: Spar das Thema aus. Sie hat mir deutlich zu verstehen gegeben, dass sie das einen Scheißdreck interessiert. Übrigens noch was. Deine Kollegen von einer dieser widerlichen bunten Illustrierten wollen herausgefunden haben, dass Wilma Bruns schwanger war. Im dritten Monat. Ein Frauenarzt, der nicht genannt sein will, hat dem Blatt gegenüber behauptet, ihr Baby sei das Baby von Jakob Driesch. Scheißjournalisten, kann ich da nur sagen! Also, lass Anna Driesch in Ruhe.“

„Aber ich liebe Originalzitate, Kischkewitz. Ich werde sie schonen. Mach's gut."

Ich fuhr wieder los. Das Regengrau des Himmels wurde ein wenig heller, und als ich mich Schleiden näherte, guckte eine zögerliche, fast scheue Sonne durch die Wolken und malte freundliche gelbe Striche in die Landschaft.

Anna erschien in der Haustür. Sie trug wieder das lange schwarze Kleid, einen tiefroten Seidenschal um den Hals, und lächelte.

Ich war verlegen und sagte: „Ich werde dich doch nicht danach fragen, wieso die Bruns und dein Mann Hollerath versaut haben. Ich hab's kapiert, das ist nicht wichtig."

„Das ist nett, Baumeister. Aber lass dir sagen, dass Jakob nach vielen, vielen Jahren wahrscheinlich zeitweilig die Nase voll hatte von der Windkraft. Und ich kann es ihm nicht übel nehmen. Dass Wilma Bruns auch nach Berlin gehen wollte, habe ich nicht gewusst. Aber muss ich so was wissen? Komm rein, ich habe einen Tee für uns. Lapsang Souchong, chinesischen Räuchertee."

„Das ist irre. Den liebe ich."

„Ich habe mich daran erinnert."

Wir gingen in das Esszimmer und hockten uns an einen uralten Tisch aus Walnussholz, ein Geschenk ihres Vaters.

„Wie geht es den Kindern?"

„Schlimm. Sie leiden. Meine Mutter sagt, sie weinen viel. Ich habe sie in der Schule abgemeldet. Das wäre sonst ein Spießrutenlauf. Wir werden es aber packen, denke ich. Meine Eltern sind rührend."

„Hast du eigentlich auch Annette von Hülsdonk gekannt?"

„Aber sicher. Sie, Wilma und Jakob haben nächtelang hier diskutiert, als Hollerath auf der Planungsliste stand. Und ich habe sie bekocht. Im Grunde mochte ich das Mädchen nicht. Sie war ein Groupie, verstehst du?"

„Tut mir Leid, nein."

Sie lächelte schmerzlich. „Das ist ganz einfach. Jakob war der Typ Mann, der den Vater verkörperte. Ich hatte am Anfang seiner Laufbahn arge Schwierigkeiten damit. Dauernd tauchten so junge Dinger auf und himmelten ihn an. Ich war halt die Tussi, mit der er verheiratet war. Irgendwann habe ich dann festgestellt, dass Jakob über sie lächelte, aber viel zu höflich war, ihnen seinen Spott offen zu zeigen. Annette von Hülsdonk war eine klassische Vertreterin dieser Spezies. Sie erschien hier aufgetakelt wie eine Buschkriegerin und himmelte ihn an, dass es peinlich war. Meine Töchter haben gegrinst: Da kommt die Tussi, Papa, mit der du ins Bett gehen solltest – ganz schnell! Ja, und dann wurde diese Tussi plötzlich erwachsen, sie setzte sich für Windkraftanlagen ein, sie machte sich schlau, sie wurde richtig wertvoll für Jakob. Dass sie so endete, ist tragisch." Sie stand auf. „Ich möchte dir etwas schenken." Sie holte aus einer Schublade eine Kassette und legte sie vor mich hin. „Kannst du was mit W. C. Handy anfangen?"

„O ja, das war doch der, der die alten Blues- und Worksongs aufgeschrieben hat. Das muss so Anfang 20. Jahrhundert gewesen sein."

Sie lachte. „Das hat sogar mich interessiert. Der Mann hat viele Songs aus den Baumwollfeldern und von den Mississippidampfern aufgeschrieben. Und er schrieb ‚den berühmtesten Song der Weltgeschichte', wie Jakob immer sagte, den ‚St. Louis Blues'. Jakob hat den Song eingespielt, und zwar siebenmal und jedes Mal anders. Einmal im New-Orleans-Stil, einmal im Stil der New York Carnegie Hall, einmal Louis Armstrong, Sidney Bechet und so. Sieben verschiedene Variationen. Ich habe dir eine Kopie vom Original gezogen, weil ich dachte, dass ihr beide, Jakob und du, auf diesem Sektor ein Herz und eine Seele gewesen seid."

Ich war gerührt. „Vielen Dank, Anna. Und wenn ich dir helfen kann, ruf mich einfach an. Und wenn du etwas Neues erfährst, dann melde dich bitte." Ich nahm sie in den Arm, sie war so steif wie eine Schaufensterpuppe.

Im Auto dachte ich: Sie wird es verdammt schwer haben, aber sie wird es packen. Ich legte das Band ein und hörte Jakob Driesch zu, wie er spielte. Und dann begann das Karussell in meinem Kopf sich erneut zu drehen. Jakob Driesch – Wilma Bruns – Annette von Hülsdonk. Drei Menschen, die sich zusammenfinden, um etwas zu planen und durchzuziehen. Drei Menschen, die dann aus einem nicht einsichtigen Grund dieses Projekt im Sand versickern lassen. Drei Menschen, die sterben mussten. Weil sie das Projekt versickern ließen? Wem schadete der Tod des Projektes?

Da waren zunächst einmal 16 Waldbesitzer. Sie hatten mit dem Geld gerechnet, und sie würden nun keines bekommen. Auch für den Hersteller der Windräder war ein Traum zerronnen …

Ich wählte Rodenstocks Nummer und erwischte ihn in irgendeiner Besprechung. „Zehn Sekunden nur. Hatten die Hollerather sich schon für einen Windradhersteller entschieden?“

„Ja. Es waren insgesamt fünf, die sich den Auftrag teilen sollten. Doch allzu großen Schaden kann keiner von den fünfen erlitten haben, denn sie stellen ihre Windräder jetzt in der Anlage von Paul Quint auf. Wo treibst du dich rum?“

„Ich hocke in meinem Auto unterhalb von Drieschs Haus. Ich fühle mich richtig mies. Langsam wird der Fall bei mir zur Obsession, und ich sehe keine Lösung.“

„Du beschreibst exakt meinen Zustand. Was tun wir dagegen?“

„Ich weiß nicht. Ich sehe auch keinen Menschen mehr, dem ich mit meinen Fragen auf den Geist gehen könnte. Ich steige vorübergehend aus … Hallo?“ Rodenstock hielt offensichtlich die Hand über die Muschel und sagte etwas zu jemand anders. Dann sprach er wieder zu mir. „Kischkewitz hat eben vorgeschlagen, nur noch eine Notbesetzung im Aukloster zu lassen und alle übrigen Leutchen für drei Tage nach Hause zu schicken. Als Schönheitspflaster gibt es jeden Tag zwei Pressekonferenzen, damit niemand von deiner Branche merkt, dass wir blaumachen.“

„Das ist gut. Also, ich überlege, entweder nach Köln oder Aachen zu fahren. Altstadt, essen gehen, rumsitzen, vielleicht Kabarett, vielleicht Kino …"

„Ich bin für Aachen. Kommst du hier vorbei? Du sammelst mich auf, dann holen wir Emma und verschwinden. Allerdings habe ich eine Bedingung: Wir reden nicht über Driesch und fragen nicht, wieso er in der Rur plantschte und woher er die Million hatte. Und wir fragen uns auch nicht, ob Wilma Bruns vor ihrem Tod den Mörder von Jakob Driesch entdeckte."

„Das ist ein tolles Programm, geradezu genial."

Ich machte mich auf den Weg nach Monschau, kam allerdings nur bis zu den großen Waldungen des Naturparks in Höfen. Dann meldete sich jemand in der Freisprechleitung.

Scheppernd sagte eine Frauenstimme: „Hier ist die Mutter von Wilma Bruns. Ihr Name steht bei mir unter k. m. r. Hätten Sie wohl einen Augenblick Zeit?"

„Das habe ich." Dann war die Stimme verschwunden, tauchte zerhackt mit unverständlichen Wortbrocken wieder auf, verschwand wieder.

„Hören Sie!", schrie ich. „Ich bin unterwegs und fahre auf einen Parkplatz, wo der Empfang besser ist. Rufen Sie doch gleich noch mal an."

Ich steuerte einen der Parkplätze an, die für die Wanderer bereitgehalten werden. Wilma hatte oft von ihren Großeltern gesprochen, aber nie von ihren Eltern. Ich prüfte nur für Sekunden die Bedingungen auf dem Parkplatz. Das Gerät fand sofort ein Netz.

„Ruf an!", sagte ich. „Verdammt noch mal, ruf an!"

Und sie rief an. „Können Sie mich jetzt verstehen?"

„Ja, gut", sagte ich dankbar. „Von wo rufen Sie an?"

„Von Vossenack im Hürtgenwald. Da wohnen wir, mein Mann und ich. Ich meine, mein zweiter Mann, Wilmas Vater ist ja schon lange tot." Sie hatte eine tonlose Stimme, die gleichmäßig auf einer konstanten Höhe schwebte, so als habe sie Angst, eines ihrer Worte besonders zu betonen. „Also, Wilma hat mir eine Liste gemacht, damit ich weiß, wem ich was sagen kann. Und wenn da k. m. r. steht, dann heißt das, kannste mit reden."

Ich musste lachen. Ach Gott, Wilma!

Tatsächlich lachte auch Wilmas Mutter in kurzen, bellenden Stößen. Drei- oder viermal. Dann weinte sie wohl und schniefte in den Hörer. „Moment mal, muss mir die Nase putzen. Ach Gott, ist das ein Elend."

Ich schaltete das Band im Radiogerät auf AUFNAHME und setzte den Lautsprecher ein wenig günstiger zum Mikrofon. Dann sprach sie mit jemandem im Hintergrund ein paar Sätze auf Platt. Es klang wie eine vollkommen fremde Sprache.

„Mein Mann meint, ich soll die Polizei nicht mit unwichtigen Dingen von der Arbeit abhalten. Aber ich denke, ich erzähle es Ihnen. Sie können ja weitergeben, was ich gesagt habe, oder?"

„Selbstverständlich gebe ich das weiter. Da brauchen Sie sich keine Sorgen zu machen."

Sie schwieg eine Weile. „Das ist ja ein Dorf hier, und die Leute reden viel. Und wir haben der Polizei gesagt, dass wir überhaupt nichts wissen. Weil, wir wollten nicht, dass die Herren dauernd hier sind und die Nachbarn fragen und so."

„Das kann ich gut verstehen, Frau Bruns."

„Nein, nicht Frau Bruns. Ich heiße Weltecke. Ach Gott, das fällt mir ja so schwer. Jetzt ist sie tot, und wir kriegen sie nie mehr wieder. Ach Gott."

„Sie wollten Wilma schützen und haben der Polizei nicht alles gesagt. Das ist verständlich, Frau Weltecke, das wäre jedem von uns so gegangen."

„Ja? Meinen Sie?"

„Was ist denn nun geschehen?"

„Wilma hat in der Nacht angerufen. Also in der Nacht, bevor sie am Morgen …, also, sie rief hier an. Das hat sie manchmal gemacht, wenn es hart wurde. In Partnersachen und so. Sie hat mir immer vertraut."

„Um wie viel Uhr war das denn?"

„Ja, das war komisch. Das ist noch nie passiert. Es war ziemlich genau halb drei."

„Was hat sie gesagt?"

„Na ja, ich bin runtergegangen, zum zweiten Telefon in der Küche. Sie sagte: Mam, ich muss mit dir reden. Aber frag mich nicht, Mam. Sie sagte ihr ganzes Leben lang Mam. Also, da wäre das mit dem Herrn Driesch passiert, und das hätte sie schwer getroffen, weil sie ihn doch mochte. Als Partner im Beruf, sagte sie immer. Sein Tod hätte sie erschüttert. Und es wäre vielleicht ganz gut, dass sie jetzt nach Berlin gehen würde. Zu irgendeinem Amt oder Ministerium. Die Eifel ist tot für mich, Mam, sagte sie. Sie hörte überhaupt nicht auf zu weinen."

„Was hat sie noch gesagt, Frau Weltecke?"

„Sie hat gesagt, dass es um viel, viel Geld ginge. Und sie sagte, sie habe es jetzt erst begriffen. ‚Menschen wollen immer nur Geld, Mam.' Das hat sie gesagt. Und sie sagte, es gibt Leute, die spielen nur Theater. Und wir merken es nicht. Und Jakob Driesch hat es auch nicht gemerkt. Sie sagte auch, der Herr Driesch sei viel zu anständig gewesen für diese Welt. Und dass sie in der Früh den Menschen treffen würde, der ganz tief in der Sache drinstecke."

„Wann wollte sie diesen Menschen treffen? Und wo?"

„Sie sagte, sie würde schon um fünf Uhr aus dem Haus müssen. Aber sie hat nicht gesagt, wo sie den Menschen treffen musste."

„Hat sie einen Namen genannt?"

„Nein. Sie hat gesagt: ‚Den Namen kann ich nicht sagen, Mam.' Aber es muss ja wohl ein Mann gewesen sein, weil sie sagte: ‚Ich habe keine Angst vor ihm, Mam. Er weiß nicht, was ich weiß,

Mam. Ich habe jetzt alles durchschaut', sagte sie noch. Das war alles, Herr Baumeister."

„Sie haben uns sehr geholfen, Frau Weltecke, das war sehr mutig. Würden Sie denn nach Monschau kommen und der Kommission das so erzählen, wie Sie es mir erzählt haben?"

Sie wirkte erleichtert. „Werde ich auch nicht bestraft, weil ich das verschwiegen habe?"

„Sie werden bestimmt nicht bestraft. Und ich wünsche Ihnen viel Kraft."

„Ich weiß nicht, ob ich die habe. Man wird ja nicht jünger. Auf Wiedersehen, Herr Baumeister."

SIEBTES KAPITEL

Ich spulte das Band zurück, rief Rodenstock an und erklärte ihm, dass er jetzt eine Aufnahme hören werde.

„Okay!", sagte er.

Ich spielte das Band ab und hörte dabei Wilmas Mutter noch einmal genau zu. „Das bedeutet, Wilma hat den Mörder tatsächlich gekannt."

„Nun wissen wir es." Rodenstock machte eine kleine Pause. „Wenn du allerdings glaubst, dass uns das weiterbringt, dann bist du auf dem Holzweg. Vera hat übrigens gefragt, ob sie mit uns nach Aachen fahren kann. Ich habe Ja gesagt."

„Das ist in Ordnung."

Bis Monschau wurde ich nicht mehr gestört. Ich nahm Rodenstock und Vera an Bord, dann fuhren wir beim Hotel vorbei, und Emma stieg ein. Das Wetter war sanft und warm, der Abend versprach schön zu werden. Wir waren alle vier muffig, wortkarg und in uns gekehrt.

Wir erreichten die Aachener Innenstadt und beschlossen wild, uns zu amüsieren. Das ging gründlich schief, weil keiner von uns im Mindesten Lust verspürte, Frohsinn und gute Laune zu verbreiten. Alles in allem waren wir eine miefige Runde, aßen hastig bei einem hervorragenden Italiener, und die Bemühungen Rodenstocks, mithilfe einiger Anekdoten aus seinem Berufsleben den Abend zu retten, erwiesen sich als gänzlich untauglich.

„Jakob Driesch hat uns im Griff", bemerkte Emma lakonisch. „Lasst uns das Auto besteigen und heimwärts fahren."

Also kutschierte ich die Gesellschaft so rasch wie möglich nach Monschau zurück und setzte Emma und Rodenstock vor ihrem Hotel ab.

Dann sagte Vera seltsam gespannt: „Ich muss dir sagen, dass es so nicht weitergeht."

„Das verstehe ich nicht."

„Was ist da zu verstehen, ich fahre nicht mit dir nach Deudesfeld."

Ich war verblüfft. „Das hatte ich auch gar nicht angenommen."

Sie schwieg eine Weile, ehe sie zugab: „Das wird mir einfach zu eng."

„Du hast Angst?"

„Kann man so sehen." Sie machte eine fahrige Handbewegung. „Ach, Baumeister. Das kann sowieso nicht gut gehen. Wir haben beide einen ziemlich harten Job und keine Zeit füreinander. Also machen wir Schluss damit, ehe wir richtig losgelegt haben. Wenn wir den Fall erledigt haben, werde ich wieder im Landeskriminalamt in Mainz sitzen, und du hockst hier draußen in der Pampa. Und jeder wird sagen: Heute Abend geht es nicht, heute Abend habe ich schon was anderes vor."

„Diese Scheißsingles!" Ich wurde wütend. „Da hopst man ganz unverbindlich miteinander ins Bett, und wenn es dann nicht mehr in den Kram passt, reicht ein unverbindliches ‚Das war's! War ganz nett, aber jetzt störst du!'" Ich stieg auf die Bremse. „Falls du es übersehen hast, ich stehe vor deinem Hotel!"

Sie zuckte zusammen. „Ich bin schon weg", sagte sie heiser. „Was mache ich bloß für einen Mist?" Damit stürzte sie aus dem Wagen in den Hoteleingang, als hätte ich ihr eine Tracht Prügel angedroht.

Mannhaft sagte ich: „Blöde Tussi!" und gab Gas. Diesmal nahm ich ab Schöneseiffen die Strecke über den Weißen Stein, Losheim und Stadtkyll. Ich wusste genau, dass ich nicht würde schlafen können, deshalb fuhr ich nach rechts auf den Stausee zu und bog dann auf den Wirtschaftsweg ein, der zu Wilma Bruns' großelterlichem Haus führte. Es lag wie eine friedliche Insel unter einem blassgelben Vollmond und machte durchaus nicht den Eindruck, als verberge es Geheimnisse. Ich parkte den Wagen unter einem Birnbaum auf dem Hof und hockte mich auf die Bank neben der Haustür. Dort saß ich einige Minuten, genoss die frische Luft und dachte darüber nach, wie verbohrt wir alle waren.

Plötzlich kroch ein Wagen langsam den Weg herauf. Ich blieb sitzen, weil mir einfiel, dass mein Wagen unübersehbar auf dem Hof parkte.

Es war ein Rover Freelander. Daher erwartete ich, dass Albert Tenhoven aussteigen würde, um zu mir zu kommen und zu reden. Aber es war nicht Albert, es war seine Frau Hermine.

Ihre Bewegungen waren bedächtig. Sie trug einen schwarzen Pullover zu schwarzen Lederhosen und derben Wanderschuhen. Sie sagte „Hallo!" und setzte sich neben mich auf die Bank. „Noch unterwegs?"

„Ja, ich kann nicht schlafen. Ich wollte irgendwie Wilma schnuppern."

„Das kann ich nachfühlen." Sie nickte langsam. „Mir geht es ähnlich. Ich war fassungslos, als ich davon hörte. Bist du im Moor gewesen, wo es passierte?"

„Ja, aber keiner hat eine Ahnung, was sich abgespielt hat. Wir wissen nur, dass sie begriffen hatte, wer Drieschs Mörder ist. Das hat sie ihrer Mutter erzählt. Dann ist sie losgefahren, um den Mörder zu treffen."

„In den Spätnachrichten ist gesagt worden, dass die Polizei Wilmas Wagen gefunden hat. In Rott, in einem Neubaugebiet. Spielt dieses Rott irgendeine Rolle in den Fällen?"

„Nein, bisher nicht. Was treibt dich nachts hierher?"

Sie zog eine Packung Gauloises-Tabak aus der Tasche und drehte sich eine Zigarette. „Gute Frage. Ich mochte Wilma… Ich weiß, dass sie was mit Albert hatte, als ich und die Kinder noch nicht hier waren. Ich weiß das von Wilma, sie hat mit mir darüber gesprochen. Sie wollte sich entschuldigen. Albert hatte natürlich nicht erzählt, dass Frau und Kinder nachkommen. So ist er nun mal, der Albert. Heute hat er sich betrunken, weil er unter ihrem Tod leidet und nicht darüber sprechen will oder kann. Und da bin ich losgefahren in die Nacht. Aber ich habe schon gewusst, dass ich hier lande. Sie war eine starke Frau, verstehst du, und so viele starke Frauen gibt es ja nicht. Ich weiß, es klingt vielleicht dumm, aber etwas von Wilmas Geist spüre ich hier."

„Das ist nicht dumm", widersprach ich. „Sie war wirklich eine tolle Frau. Aber irgendjemand hat sie maßlos beschissen. Wahrscheinlich um Geld und wahrscheinlich auch um ihre Seele. Sie muss in den Stunden vor ihrem Tod so etwas wie eine Erleuchtung gehabt haben, und ich komme nicht drauf, was das gewesen sein könnte. Und deswegen bin ich sauer auf mich, und deswegen sitze ich hier. Ich dachte, vielleicht sagt sie ja was."

Vor dem Mond glitt eine helle weiße Wolke vorbei, verdunkelte die Szene und gab sie dann wieder frei.

„Hat dein Mann sich inzwischen an etwas erinnert, was wichtig sein könnte?"

„Das Einzige, was er gesagt hat, ist, dass er es komisch findet, dass Annette ausgerechnet von einem ..., na ja, von einem Bekloppten umgebracht wurde. Aber das ist nun mal so. Die Kleine hat immer von ihrem Hotel geredet, das ihr Papi ihr schenken wollte. Sie wollte es ‚Hide-away' nennen, das Versteck für Verliebte."

„Und wo sollte das stehen?"

„Irgendwo in den Wäldern der Eifel, nehme ich an. Sie haben wohl daran gedacht, einen alten Bauernhof zu kaufen und umzubauen. Albert sagte heute Nachmittag, als er den Ziegenkäse abschöpfte, dass da etwas ist, was ihn mehr als alles andere wundert: Da arbeitet Driesch an einem Riesenprojekt und bringt es so weit, dass er eigentlich die ersten Gelder anfordern müsste. Das tut er aber nicht, stattdessen lässt er es schluren. Mag ja sein, dass er einfach die Nase voll hatte. Aber dass beide Frauen, Wilma und Annette, nicht auf die Barrikaden gegangen sind und die Gelder einfach selber angefordert haben, will Albert nicht in den Kopf. Na ja, vielleicht haben sie den Driesch angehimmelt, aber so kopflos waren sie nicht, dass sie brav stillhalten und nichts tun würden. Albert fragt sich: Was ist da passiert? Das ist eine gute Frage, nicht wahr?"

Hermine stand auf und sagte über die Schulter zurück: „Ich brauche einen Schluck." Sie ging zu ihrem Auto, holte eine große Flasche heraus und kam zur Bank zurück. Sie nahm einen tiefen Zug. „Das tut gut", murmelte sie dann. „Glaubst du, Anna wird die Eifel verlassen?"

„Sie hat gesagt, nein."

„Aber vielleicht wird sie mit den Schatten nicht leben können."

„Das wird sich herausstellen. Die Eifler sind sehr beharrlich, und sie sind treu. Und Anna ist stark."

Da hockten wir unter dem Eifelmond und fühlten uns unbehaglich, weil zu viel geschehen war, das nicht einzuordnen war in den Fluss des Lebens. Irgendwo schrie ein Tier hoch und gellend. Entweder es tötete, oder es wurde getötet.

„Weißt du", sagte sie, „ich frage mich die ganze Zeit, ob mich ein Mensch mit einer Million dazu bringen könnte, etwas Blödes zu tun. Mein ganzes Leben lang spielte Geld nur deshalb eine Rolle, weil ich es nicht hatte." Sie schwieg unvermittelt.

„Und, könnte ich dich mit einer Million aus der Fassung bringen?"

„Ja, natürlich. Aber ich glaube, dass es mich nicht verändern würde. Wohin du auch gehst, du nimmst dich selbst mit. Und eine Million würde daran nichts ändern." Sie korkte die Flasche mit einem leisen, schmatzenden Laut zu. „Ich fahre jetzt mal wieder. War gut, dich zu treffen." Sie stand auf, reckte sich und ging zu ihrem Auto.

Ich blieb sitzen, war noch immer nicht müde und fand es erfreulich, dass ich in der Eifel einer Bäuerin begegnen konnte, die Menschen mochte und dabei einen kräftigen Schluck Selbstgebrannten aus der mitgebrachten Pulle nahm. Das hatte Stil.

Ich ging zur Haustür und fand sie selbstverständlich verschlossen. Das Siegel der Staatsanwaltschaft klebte auf dem Schlüsselloch.

Ich fragte mich, was für ein Typ Wilma gewesen war. Ein Tagebuchtyp? Nein, eher nicht. Aber sicher war sie ein Gedankentyp gewesen, der sich hin und wieder zu wichtigen Dingen etwas aufschrieb, auf ihrem Sofa, eine Klemmmappe im Schoß, ein Glas Wein vor sich, eine Zigarette im Mund …

Ich schlenderte um das Haus herum, die Nacht war hell, ich brauchte keine Taschenlampe. Da gab es einen Kräutergarten, ich konnte die Zitronenmelisse riechen, und gleich daneben schloss ein Bauerngarten an, mit dicken Büschen von Dahlien in allen Farben, mit spätem, fast violett blühendem Mohn. Ich erkannte einen Haufen sorgfältig aufgeschichtetes Brennholz, Birke und Buche. Und zwei rückwärtige Eingänge in das Haus, einer links, der andere rechts außen.

Der Eingang links war verschlossen, der Eingang rechts war offen.

Ich zögerte keine Sekunde, in das Haus hineinzugehen. Ich gelangte in einen weiß gekalkten schmalen Gang, der in einen weiß gekachelten Raum mit einer Waschmaschine führte. Ich fand einen Lichtschalter und drehte ihn herum. Wahrscheinlich würde man das Licht kilometerweit sehen können, aber ebenso wahrscheinlich war, dass sich mitten in der Nacht niemand darum scheren würde.

Die nächste Tür brachte mich direkt in die Küche. Von dort ging ich hinüber in das Wohnzimmer, in dem ich Wilma zuletzt vorgefunden hatte, als es ihr wegen des Mordes an Jakob Driesch so elend gegangen war. Ich schaltete alle Lichter an, die ich anmachen konnte.

Es war deutlich zu erkennen, dass der Raum durchsucht worden war, aber genauso deutlich war, dass sich die Mordkommission bis jetzt nur einen ersten Überblick verschafft hatte und dass die gründliche Durchsuchung noch bevorstand. Die Beamten hatten sich naturgemäß auf Wilmas mit Akten und Briefschaften überhäuften Schreibtisch gestürzt. Vermutlich würden sie im Laufe dieses Tages zurückkommen und die Arbeit wieder aufnehmen.

Das, worauf ich aus war, würde ich wohl nicht in diesem Raum finden. Wahrscheinlich war Wilma eher der Typ Mensch gewesen, der sich Notizen machte, wenn er behaglich im Bett lag.

Im oberen Stockwerk gab es außer dem luxuriös eingerichteten Badezimmer nur einen weiteren Raum, Wilmas Schlafzimmer. Das Bett war groß, aus Kiefernholz und handgemacht, zwei mal zwei Meter, bezogen mit lustigem rot kariertem Bauernstoff. Und überall an den Rändern dieses Bettes lagen Bücher, zum Teil Sachbücher, die sich mit alternativen Energien befassten, die meisten aber Romane. Offensichtlich hatten die Kriminalbeamten diesen Raum überhaupt noch nicht betreten, denn zu vieles deutete auf eine Unordnung à la Wilma hin, nicht auf eine Durchsuchung.

Das, wonach ich zunächst Ausschau hielt, war eine Handtasche oder ein kleiner Rucksack. Mein Gedanke war, dass Menschen wie Wilma nur sehr wenige Dinge in wirklich intimem Gebrauch haben, weil sie großzügig sind und nahezu allen Besuchern ihre Häuser gänzlich öffnen. Die Erfahrung lehrt, dass diese Menschen Tagebücher, wenn sie überhaupt eines führen, mit sich herumtragen, und zwar immer im selben Gepäckstück, das sie auch mitnehmen, wenn sie unterwegs sind. Und als Landtagsabgeordnete war Wilma Bruns viel unterwegs gewesen.

Ich suchte vergebens. Dann hörte ich deutlich ein Winseln. Der Hund! Es gab da doch diesen Welpen, wie hieß er noch? Richtig, Cisco!

Ich rief laut: „Cisco!" und rannte die Treppe hinab. Eine Sekunde lang dachte ich wütend: Wie konnten die Kriminalbeamten den kleinen Hund alleine lassen? Das Fiepen wurde lauter und ging in ein helles Gebell über. Es wurde begleitet von einem scharfen Scharren, der Hund kratzte an einem Türblatt. Es war eine schmale Tür in der Küche, die ich bisher nicht beachtet hatte. Ich öffnete sie, der kleine Hund witschte hinaus, und vor lauter Aufregung und Freude pinkelte er mit beachtlicher Kraft, während er an mir hochsprang, als sei ich Papi persönlich. Da ich mit Tieren grundsätzlich so spreche, als hätte ich Artgenossen vor mir, hielt ich ihm einen Vortrag über den neuen Lebensabschnitt, den er ohne sein Wissen begonnen hatte. „Du bist ein armes Schwein, Cisco. Frauchen hat sich auf die letzte Reise begeben. Das ist traurig, aber nicht zu ändern. Ich werde dir also zu fressen geben, noch eine Weile bei dir bleiben, und dann telefoniere ich mit der Mama deines Frauchens. Die wird dich holen. Und leck nicht meine Hände, und wasch mir nicht das Gesicht, da bleibe ich ganz hart."

Er war in einer Abstellkammer gefangen gewesen, in der ein leer gefressener Napf stand und ein altes dickes Kissen lag. Der Raum hatte kein Fenster, und vermutlich hatte Wilma damit erreichen wollen, dass sich das Tier an das Haus gewöhnte und immer wieder zurückkam. Ein uralter Bauerntrick. Ich fand eine Dose Hundefutter und füllte den Inhalt in den Napf um. Dazu gab es einen Schluck Wasser. Cisco sah mich an, fand alles ganz prima und begann, an einem alten Aufnehmer herumzuzerren, der auf dem Boden lag.

Wenn Frauen wie Wilma etwas aufschreiben, was benutzen sie? Sie musste einen Timer haben, aber wahrscheinlich war der in ihrem Auto gefunden worden. Und persönliche Gedanken und Gefühle hätte sie einem solch bürokratischen Stück wohl ohnehin nicht anvertraut.

Cisco tollte um mich herum und biss sich in meinem rechten Hosenbein fest. Ich löste ihn sanft, drehte mich im Wohnzimmer in Zeitlupe einmal um mich selbst und betrachtete den Raum aufmerksam. Es ist eine Erfahrung, dass man auf diese Art leichter etwas findet, als wenn man sofort beginnt, Schubladen und Regale zu durchstöbern. Ich entdeckte nichts. Dann stieg ich wieder die Treppe hinauf in das Schlafzimmer. Jetzt suchte ich etwas anderes als einen Kalender oder Ähnliches – einen Kugelschreiber, einen Füllfederhalter, einen Bleistift.

Es gab nur einen Nachttisch, einen kleinen, aus massiver Buche geschnittenen Holzblock ohne Schublade. Auf dem standen ein Telefon und ein Wecker. Am Fußende des Bettes befand sich auf der Fensterseite ein kleines Tablett mit einem kleinen Schnapsglas, einem Weinglas, einer Kaffeetasse – alle leer. Daneben ein voller Aschenbecher, eine Packung Reval. Und, halb verdeckt von der Packung, ein Füllfederhalter. Ich bewegte mich nicht, als könnte das Schreibgerät davonfliegen.

„Hör zu, Hund", sagte ich, „da liegt ein Füller, da muss sie geschrieben haben. Wenn sie da gelegen hat, um zu schreiben, dann muss sie ..."

Nun war es einfach. Eines der Bücher hatte einen sattschwarzen

Einband aus Leinen, ohne jeden Aufdruck. Es war kein normales Buch, sondern eines mit lauter Leerseiten. Von Rezepten bis hin zu Liebesbriefen – alles konnte man darin festhalten und sammeln.

Die erste Seite begann mit den Worten:

Ich möchte wissen, wie wir den Hollerathern erklären sollen, weshalb das Projekt schon gestorben ist? Was, um Gottes willen, ist mit J. D. eigentlich los?

Wilmas Schrift war großzügig und schwungvoll; sie hatte kein Datum eingetragen. Auf der Seite gegenüber stand:

Ich bin mir durchaus nicht klar, ob ich diese Art von Karriere eigentlich will.

Dann auf derselben Seite noch ein Satz:

Es klingt ja bescheuert, aber eigentlich möchte ich, dass an meiner Garderobe wieder ein Männerhemd hängt.

Ich blätterte um.

Mit J. F. telefoniert. Irgendwie ist der gar nicht grün. Oder doch?

Ein weiterer Satz auf derselben Seite:

J. erklärt mir, er müsse bei Windenergie Pause machen. Es hängt ihm zum Hals raus, sagt er. Er sagt: Wenn du willst, mach weiter. Frage ist: Will ich? Antwort ist: Wahrscheinlich nein!

Nächste Seite:

Ein süßes Hotelchen für A. Alter Hof, liegt in Berk, nahe Quellgebiet der Kyll.

Wieder kein Datum.

Ich überlegte, ob ich das Buch mitnehmen sollte, und entschied mich dagegen. Ich würde Rodenstock informieren, dass es das Buch gab.

Ich zählte die Eintragungen, es waren insgesamt 16, und ging hinunter ins Wohnzimmer. Dort legte ich sie unter eine starke Lampe, um sie zu fotografieren. Die letzten Eintragungen lauteten:

> Wieso gibt A. das Hotelchen zurück?

Dann:

> Ich verstehe nicht, wieso J. sich so aufregt, schließlich ist er kein Hotelier, oder?

Und zuletzt:

> Ich glaube, ich weiß jetzt, was ihn so aufregt. Ich habe begriffen, was eigentlich Sinn der Sache ist. Ikarus scheint wieder zu fliegen. Wann wird er stürzen?

Wann wird Ikarus stürzen? War das so etwas wie ein Code? Wer war Ikarus? Ich ging langsam die Treppe hinauf, das Buch in der Hand.

Cisco hatte sich auf Wilmas Bett zurückgezogen und betrachtete mich gelassen. Als ich mich auf das Bett setzte, kam er zu mir, legte seinen Kopf auf meinen Oberschenkel und schielte zu mir hoch.

„Ja, ja, ich weiß, mein Alter. Du wirst mich auf Schritt und Tritt verfolgen und darauf hoffen, dass ich dich adoptiere. Aber daraus wird nichts, das kann ich meinen Katzen nicht antun."

Es schellte unten an der Tür. Es war immer noch Nacht, 4.45 Uhr. Cisco sauste kläffend die Treppe hinunter. Ich ging ihm nach und bemühte mich um Gelassenheit. „Wer ist da, bitte?"

„Bergmann", sagte ein Mann mit tiefer Stimme.

„Gehen Sie um das Haus herum, da ist eine offene Tür."

Der Mann antwortete nicht, ich hörte, wie sich Schritte entfernten. Dann trat er ein, sah mich an, streckte die Hand aus und sagte:

„Ich war ihr Pfarrer. Und Sie sind dieser Journalist, von dem sie so oft erzählt hat?“

„Ja, das bin ich wohl. Siggi Baumeister. Was treibt Sie hierher, mitten in der Nacht?“

„Zwei Sterbefälle“, erklärte er. „Darf ich mich setzen? Gibt es hier ein Bier oder so was?“

„Weiß ich nicht. Schnaps habe ich gesehen, Wein auch. Aber Bier? Ich schau mal nach.“

„Schnaps tut es auch“, sagte er leichthin. Dann strich er sich mit der rechten Hand müde über das Gesicht. „Ich habe das Licht gesehen. Da dachte ich, die von der Staatsanwaltschaft seien wieder hier. Wilma und ich, wir waren Freunde. Schade um Wilma, wirklich schade.“

Er war ein schmaler Mann Anfang dreißig. Sein Gesicht war blass und jung, das Gesicht eines Bücherwurms. Er trug einen schwarzen Anzug und einen schwarzen Rollkragenpulli.

„Ich dachte, sie hatte es nicht so mit dem lieben Gott“, sagte ich.

Er lächelte. „Hatte sie auch nicht. Sie hatte es eher mit mir, um ehrlich zu sein. Aus der Kirche ist sie vor zehn oder zwölf Jahren ausgetreten, wegen Schwierigkeiten mit dem Polen in Rom.“ Er trommelte mit den Fingern seiner rechten Hand auf den Oberschenkel. „Wie sieht es aus mit dem Schnaps?“

„Oh, Entschuldigung.“ Ich ging in die Küche, dort hatte ich eine Schnapsflasche gesehen. Ich goss einen ordentlichen Schluck in ein Wasserglas und brachte es ihm. „Ich nehme an, ich darf hier den Gastgeber spielen.“

„Danke. Hat man schon eine Ahnung, wer Driesch und Wilma erschossen hat?“

„Wir glauben, dass Wilma getötet wurde, weil sie begriffen hatte, wer Drieschs Mörder war.“

„Haben Sie persönlich jemanden in Verdacht?“

„Nein. Ich sehe noch nicht mal ein klares Motiv.“

„Wie bitte?“, fragte er verblüfft. „Das kann doch nicht wahr sein. Ich will nicht gerade behaupten, vollkommen informiert zu sein, aber ich gehe jede Wette ein, dass die Vorstände von mindestens zwei, wenn nicht drei großen Stromerzeugern jede Menge Gründe hatten, Driesch töten zu lassen.“

Baumeister, sag jetzt nichts Dummes. Der Mann ist ein Geschenk des Himmels. „Würden Sie die Freundlichkeit haben, mir das genauer zu erklären?“

„Versprochen.“

Er nahm erneut einen großen Schluck von dem Schnaps und sagte: „Einfach toll, das Zeug. Wussten Sie eigentlich, dass Manfred von Hülsdonk, der Vater von Annette, diese Brände macht? Der hat ein unglaubliches Talent in Sachen Schnaps. Die Kunst besteht nämlich darin, dass das Obst den richtigen Reifezustand hat. Der Schwarzwald ist gegen uns in Sachen Obstler eine unterentwickelte Region.“ Bergmann grinste. „Tja, die Stromerzeuger. Ich habe die Entwicklung der Windenergie in der Eifel verfolgt. Sie betrifft mich nicht, aber ich finde sie spannend. Da haben wir nun die Möglichkeit, Strom aus Wind zu erzeugen. In beliebiger Menge zu einem durchaus menschlichen Preis. Vergessen wir mal die Schreihälse, die behaupten, die Windräder seien zu laut oder ihre Häuser würden an Wert verlieren oder die Natur würde versaut. Stellen wir nur fest: Wir brauchen keine riesigen Kraftwerke mehr, und Atomstrom kann uns auch kalt lassen. Nun hatten die großen Stromerzeuger den Energiemarkt unter sich aufgeteilt. Das ging Jahrzehnte gut, und sie häuften irrwitzige Gewinne an. Dann schlich sich gewissermaßen von hinten die Windkraft in die Szene. Sofort begriffen die Monopolisten: Das wird gefährlich! Und sie taten alles, um das Geschäft mit Strom aus Windrädern klein zu halten – mit den Möglichkeiten des Gesetzgebers. Jetzt fallen plötzlich die Strompreise, weil der Markt freigegeben ist; ein ähnliches Schicksal hat den Telefonmarkt ja auch schon ereilt. In diesem Zusammenhang:

Ich glaube nicht, dass Jakob Driesch grundsätzlich die Schnauze voll hatte von der Windenergie, ich glaube, dass er Hollerath nur zu einem späteren Zeitpunkt bauen und erst mal abwarten wollte, was auf dem Strommarkt passiert. Das hätte zu ihm gepasst. Aber zurück zu den Stromerzeugern. Sie kämpfen nun mit allen Mitteln um ihre Pfründe. Driesch betrat die Bühne, ein honoriger Mann, der Windkraft will und fördert – und zwar mit Großanlagen. Hollerath könnte den Großraum Aachen mit Strom versorgen. Das ist ein Angriff auf die Stromkonzerne. Was glauben Sie, was der Oberboss eines Stromerzeugers von Driesch hält?"

„Moment mal, Herr Pfarrer. Das heißt doch nicht gleich, dass jemand vom Vorstand hingeht und sagt: Nun lasst uns das Lebenslicht von Driesch ausblasen."

„Kein Mensch muss so etwas befehlen, jedenfalls kein Mensch im Vorstand. Jeder große Konzern verfügt heutzutage über eine Art Spionageabwehr. Nun überlegen Sie mal: Ein Konzern engagiert ein unabhängiges Unternehmen, das für Sicherheit sorgen und die Spione überführen soll. Derjenige, dem die Betriebssicherheit des Konzerns untersteht, geht mit einem der obersten Spionenjäger essen. Bei Truthahnbrust in Senfkruste erwähnt der Obermanager so ganz nebenbei, dass die Windräder sich zu einer unangenehmen Konkurrenz entwickeln könnten und dass der Konzern mit seinem Latein am Ende sei. Der Spionenjäger hört sich das interessiert und höflich an. Der Manager lässt in das Gespräch einfließen, dass locker bis zu drei Millionen zu verdienen seien, schwarz, wenn es sein muss, falls jemand eine Idee entwickelt, wie man diese Entwicklung der Windkraft stoppen kann, wenigstens für die nächsten Jahre. Der Spionenjäger nickt und schweigt höflich. Er hat nur ein Problem: Es kann sein, dass er etwas falsch verstanden hat. Und weil er sichergehen will, schickt er dem Konzernmanager eine Rechnung, zum Beispiel mit dem Text: ‚Hiermit berechne ich Ihnen, wie vereinbart, für die Entwicklung einer neuen Sicherheitsstrategie eine erste Abschlagszahlung von 270 000 DM.' Postwendend bekommt er den Betrag überwiesen. Jetzt weiß er, dass er alles richtig verstanden hat. Jetzt muss er nur jemandem klarmachen, dass Driesch stört – ohne direkt einen Mordauftrag zu erteilen. Leuchtet Ihnen das ein?"

„Kennen Sie denn einen Stromerzeuger, dem ein solches Vorgehen zuzutrauen wäre?"

„Es gibt einen Mann namens Karl-Ewald Diepholtz, dem ich es zutraue, so ein Ding durchzuziehen. Aber den Namen haben Sie nicht von mir."

„Und wo sitzt er?"

„In der Energiebehörde der Europäischen Union in Brüssel. Der Mann ist Liebkind der großen Stromerzeuger."

„Was ist mit Wilma? Glauben Sie, sie ist ein Opfer der gleichen Geschichte?"

„Aber ja. Wilma ist mindestens so gefährlich gewesen wie Driesch. Nicht vergessen: Es geht um wahnsinnige Summen."

„Wie kommt es, dass Sie so ausgezeichnete Szenarien entwickeln können?"

Er lächelte. „Ich habe doch gesagt, ich war mit Wilma befreundet. Für einen katholischen Priester denke ich unanständig oft an sie."

„Hätten Sie sie gerne geheiratet?"

Er senkte den Kopf, griff dann nach der Schnapsflasche, goss sich ein und trank einen Schluck. „Ich denke, ja. Aber ich hatte nie eine Chance, mit ihr darüber zu sprechen. Ich war auch zu feige." Plötzlich schossen ihm Tränen in die Augen, und er schluchzte haltlos.

Cisco spürte etwas und legte seinen Kopf auf die Schuhe des Pfarrers. Der beugte sich noch tiefer und streichelte das Tier.

Ich kam mir ekelhaft vor, als ich weiterfragte: „Sagen Sie, Sie waren zuweilen der Beichtvater von Jakob Driesch. Ich möchte Sie nicht nach irgendwelchen Dingen fragen, die unter das

Beichtgeheimnis fallen. Doch erfahrungsgemäß gibt es kein Leben ohne Schattenseiten. Wie sahen die bei Jakob Driesch aus? Er war doch kein Heiliger, oder?"

„War er nicht. Gott sei Dank. Manchmal, das darf ich sagen, hatte er Fluchtgedanken."

„Wie sahen diese Gedanken denn aus?"

„Er hatte die Nase voll. Er sagte wörtlich: ‚Nicht mal mehr die Familie macht mir Spaß. Ich würde am liebsten einen Rundumschlag machen und in einem hübschen Strandhaus in Malibu aufwachen.' Derartige Sprüche eben."

„Haben die sich in der letzten Zeit gehäuft?"

„Eindeutig."

„Wieso hat sich Driesch eigentlich in die Geschichte des Hotels in Berk eingemischt, das der Annette von Hülsdonk gehören sollte? Ich komme darauf, weil ich eine Tagebucheintragung von Wilma gelesen habe."

„Annette hat ihn wohl gefragt, was er von solch einem Projekt halte. Und er meinte: Warum nicht, das ist eine gute Idee. Das war meines Wissens nach alles. Aber was soll das? Das Hotel ist doch längst wieder vom Tisch."

„Wird das nicht gebaut?"

„Nein. Von Hülsdonk hatte es für Annette gekauft. Und aus irgendeinem Grund nach drei Monaten wieder verscherbelt. Warum? Ist das wichtig?"

„Ich weiß es nicht. Aber ich halte alles, was Sie sagen, für interessant. Können Sie sich vorstellen, zur Sonderkommission ins Aukloster nach Monschau zu reisen und sich mit denen zu unterhalten?"

„Durchaus, wenn mir Verschwiegenheit zugesichert wird."

„Keine Frage", erwiderte ich. „Ich kündige Sie an. Und vielen Dank für Ihr Vertrauen. Würden Sie das Licht im Haus ausschalten, wenn Sie gehen?"

„Mach ich. Es war gut, Sie zu treffen. Vielleicht sieht man sich ja noch mal."

„Gut möglich." Ich ging mit Cisco im Schlepptau, der vor Aufregung wieder mal Wasser ließ und kläffte, als würden wir von Elefanten verfolgt.

Da war die erste Ahnung des Tages, ein rosafarbener Schimmer im Osten. Im Auto wählte ich die Nummer der Sonderkommission und verlangte Kischkewitz.

„Kischkewitz. Wieso bist du nicht im Bett?"

„Ich hatte keine Zeit. Ich habe einen Mann kennen gelernt, der Wilma Bruns liebte. Ein katholischer Pfarrer. Er will sich mit euch unterhalten. Er kann phantastisch beschreiben, warum ein Strommanager allen Grund hatte, Driesch und anschließend Wilma zu töten."

„Wo ist der Mann?", fragte er.

„Ich habe ihn zu euch geschickt, vielleicht kommst du mit seiner Hilfe weiter. Und besuch mal wieder deine Frau."

„Blödmann!", antwortete er liebevoll und unterbrach die Verbindung.

Langsam fuhr ich nach Deudesfeld. Es war ein merkwürdiges Gefühl, in eine Wohnung zu gehen, in der keine Katze auf mich wartete. Der Hund folgte mir zögerlich. Ich hatte kein Futter für ihn, fand aber dank Alwins hausfraulicher Verantwortung im Eisschrank ein paar Dosen Thunfisch. Ich gab Cisco davon, und er fraß mit Begeisterung. Dann kroch ich ins Bett und spürte noch, wie Cisco sich anschlich und sich dann mit einem Seufzer unmittelbar vor meinem Gesicht in die Kissen sacken ließ. Der Hund wusste genau, was gut war.

Das Handy weckte mich. Rodenstock.

„Wie viel Uhr ist es?"

„Halb vier. Ich soll dich von Emma grüßen und um Entschuldigung bitten, dass sie in Aachen so mies drauf war. Und sie geht jede

Wette ein, dass Driesch und Wilma nicht wegen der Windenergie getötet wurden. Sie meint, da gebe es Überlegungen, auf die wir noch nicht gekommen seien."

„Aha, und welche?"

Er lachte. „Das weiß sie noch nicht. Aber sie wird uns Bescheid sagen, wenn sie es herausgefunden hat. Du kennst sie ja, sie ist nie zufrieden. Darf ich dir Vera schicken?"

„Wieso das?"

„Sie soll protokollieren, wie das Gespräch mit dem Pfarrer ablief. Wäre wichtig für die Akten."

„Muss das Vera sein?"

„Ja", sagte er unerbittlich. „Außerdem will sie sich für ihr blödes Benehmen entschuldigen. Nun sei nicht so, Baumeister, sie ist doch eine gute Frau, oder?"

„Na gut, schick sie her." Es passte mir überhaupt nicht. „Und wenn Emma eine Erleuchtung hat, soll sie sich unbedingt melden."

Ich machte mir einen Becher Tee, hockte mich auf den Balkon und rekapitulierte: Um 3.30 Uhr in der Nacht rennt, das ist von Zeugen bestätigt, ein Mann hinter einem anderen Mann her und schießt auf ihn. Mindestens vier Schüsse werden aus einer Winchester abgegeben, die Patronenhülsen werden gefunden. Dann, im Abstand von zwei bis drei Minuten, folgt ein dritter Mann. Alle drei rennen die Stadtstraße entlang stadtauswärts. Um vier Uhr, also dreißig Minuten später, läuft Jakob Driesch in der Rur in die entgegengesetzte Richtung und wird erschossen. Von sechs Kugeln aus einer Winchester in den Rücken getroffen. Wir haben also zwei Zeitphasen, über die wir nichts wissen. Erstens: Wo steckte er die halbe Stunde von den ersten Schüssen bis zu seinem Tod? Zweitens: Wo steckte er in den neun Stunden, seit er sein Haus in Schleiden verließ? Da war irgendwo ein Fehler in unseren Überlegungen. Stellten wir die falschen Fragen?

Cisco fiepte und sprang mir auf den Schoß. „Musst du pinkeln?“, fragte ich. Er war darüber so erfreut, dass er auf meine Jeans pinkelte. Wir gingen Gassi. Cisco schoss auf jeden Baum zu, der rumstand, und ich geriet ins Keuchen.

Praktisch lief meine Überlegung auf ein komisches Bild hinaus: Erst rennt Driesch aus der Stadt heraus, dann kehrt er wieder zurück.

Wohin kehrt er zurück? Das war der Punkt!

„Cisco“, sagte ich freundlich, „ich muss telefonieren. Ist deine Blase leer?“ Sein kurzes Kläffen deutete ich als Ja und rannte ins Haus. Cisco folgte mir. Ich rief die Sonderkommission an, fragte nach Rodenstock, erfuhr, der sei nicht da. „Dann Kischkewitz. Und schnell, bitte.“

„Was ist denn so dringend?“, wollte Kischkewitz wissen.

„Ich glaube, ich weiß was. Erst rennt Driesch aus Monschau raus, dann wieder rein. So weit richtig?“

„So weit richtig.“

„Warum macht er das? Wir sind bisher immer von einer Panikreaktion ausgegangen, von unüberlegten Handlungen. Aber nimm einmal an, er rennt los, um von etwas abzulenken. Dann rennt er wieder zurück, weil er exakt dorthin will, woher er kam.“

„Aber wieso der Fluss? Wieso nimmt er den Fluss?“

„Weil er nicht ganz zu Unrecht überlegt hat, dass der Mörder auf den Fluss als Flucht- und Rückweg nicht sofort kommen würde. Außerdem könnte das bedeuten, dass er vom Fluss aus direkt in das Haus gelangen konnte, in das er wollte. Oder rede ich irre?“

Kischkewitz schwieg lange. Dann murmelte er: „Flucht. Rückweg. Haus am Wasser. Baumeister, du kriegst das Großkreuz zum Bundesverdienstkreuz mit Schwertern und Eichenlaub am Bande sowie zahllose andere Nutzlosigkeiten. Ich knutsche dich, Mann.“

„Das wäre mir peinlich“, sagte ich und beendete die Verbindung.

Sofort klingelte das Handy wieder, es war Rodenstock, der

lapidar mitteilte: „Der Vater von Annette von Hülsdonk hat versucht, sich das Leben zu nehmen. Er kommt aber durch. Er hat sich aufhängen wollen, aber der Strick riss. Beinbruch rechts, Beinbruch links. Doch das ist noch nicht alles. Anna Driesch hat einen Drohbrief bekommen. Zusammengesetzt aus Zeitungsbuchstaben. Da steht: DU WIRST AUCH STERBEN! Und drittens: Der Mann, den der Pfarrer erwähnt hat, dieser Bürokrat in Brüssel, der in Diensten der großen Stromversorger stehen soll, Karl-Ewald Diepholtz, der hat nachweislich eine Verbindung in das Düsseldorfer Rotlichtmilieu. Unter anderem ist er ein guter Bekannter eines Kasachen, den die Szene als Roter Emil kennt und der für schmutzige Aufträge zuständig ist."

„Das ist doch was", murmelte ich mit trockenem Mund.

ACHTES KAPITEL

Unvermittelt sagte Rodenstock dann: „Wir kommen übrigens gleich vorbei, wir wollen uns deine provisorische Behausung mal anschauen. Und wir haben einen Tisch auf der Dauner Burg reserviert. Emma will ein Luxusessen spendieren, um ihre schlechte Laune loszuwerden. Bis gleich also."

„Bis gleich." Ich lief hinunter zum Auto und holte das Band mit der Klaviermusik von Jakob Driesch. Ich legte es ein und drehte den Lautstärkeregler auf. Wieder einmal stellte ich fest, dass Blues in die Eifel passte, als wäre er für diese Landschaft geschrieben. Dann klingelte es, und ich kapierte nicht sofort, dass es meine Haustürklingel war. Erst beim dritten Läuten reagierte ich. Vera stürmte die Treppe herauf und war außer Atem, als wäre sie die ganze Strecke von Monschau gerannt.

„Schöne Grüße von Kischkewitz. Du sollst mir sagen, was dieser Bergmann, dieser Pfarrer, genau erzählt hat. Wir haben den Eindruck, er hält sich mit seinen Vermutungen uns gegenüber zurück."

„Ihr seid eine Mordkommission. Er ist Pfarrer und ein redlicher Mann."

Sie stand zwei Stufen unter mir und sah mich an. „Darf ich vielleicht die heiligen Hallen betreten?"

„Oh, Verzeihung, natürlich. Komm herein, und hock dich dahin, wo das Wohnzimmer sein soll. Willst du etwas trinken? Vielleicht einen Schnaps?"

„Keinen Alkohol. Ich bin im Dienst." Sie ging an mir vorbei.

„Du bist erst einmal hier. Und gleich gehen wir auf die Dauner Burg mit Emma und Rodenstock essen."

„Da muss ich aber erst den Chef fragen, denn ich habe wieder Nachtdienst." Sie wirkte fahrig und nervös. Sie setzte sich auf einen Sessel und seufzte: „Ich habe eigentlich jeden Dienst. Tagdienst, Spätdienst, Nachtdienst. Deine Idee, dass Driesch gar nicht panisch war, sondern gezielt flüchtete, finde ich großartig, Baumeister. Jedenfalls sind nun sechs Zweimannteams unterwegs, die an jeder Tür klingeln. Wir wollen es jetzt wissen." Sie zog eine Zigarettenschachtel aus der Brusttasche ihres hellblauen Männerhemdes und zündete sich eine an. „Hast du noch eine brauchbare Idee?"

„Habe ich. Die Kommission sollte der Frage nachgehen, was Driesch den Waldbesitzern in Hollerath gesagt hat. Erst hat er ihnen den Kauf ihrer Waldparzellen in Aussicht gestellt, dann ließ er das Projekt fallen. Da er unstrittig ein redlicher Mann war, muss er ihnen das erklärt haben."

Sie starrte mich an. „Du bist schon erstaunlich."

„Ich bin nur gründlich."

„Stört es dich, wenn ich mal telefoniere?" Aus der schmalen Aktentasche, die sie mitgebracht hatte, kramte sie ein Handy hervor.

„Du kannst so viel telefonieren, wie du willst. Und dann müssen wir mal über uns reden."

„Hä?" Das war durchaus kein höflicher Laut, aber sie war verwirrt und hilflos und plötzlich rot geworden. Sie drückte ziemlich heftig auf die Zahlentasten ihres Handys. Ich ging derweil in die Küche und holte ihr einen Schnaps und kochte mir eine Tasse Tee.

Dann sagte Vera: „Kischkewitz schickt zwei Leute los, um diese Sache abzuklären." Sie trank vorsichtig einen Schluck Schnaps.

„Und nun zu uns", sagte ich rau. „Wir wollen uns doch ein bisschen erwachsen verhalten, oder?"

„Ich war ziemlich aus der Spur", murmelte sie. „Ich habe ja hier und da einen netten Kerl kennen gelernt, der es wert war. Aber es scheiterte immer daran, dass ich zu viel Arbeit am Hals hatte und niemals Zeit."

„Aber du brauchst doch trotzdem nicht das, was war, kaputtzureden."

„Das war nicht gut, Baumeister. Tut mir Leid. Wir können ja vielleicht so tun, als wäre das nicht geschehen."

Ich nickte. „Das können wir."

Sie sah mich an, machte: „Puh!", lachte erleichtert und trank den zweiten Schluck Schnaps. „Dann erzähl mir doch jetzt mal genau, was du mit dem Pfarrer besprochen hast. Du kannst mir das gleich hier aufs Band sprechen, dann werde ich es heute Nacht in den Computer eingeben. Und irgendwann brauche ich dann noch deine Unterschrift unter den ganzen Sermon. Aber das hat ein paar Tage Zeit."

Wir arbeiteten konzentriert etwa eine Dreiviertelstunde, dann hatte sie ihren Auftrag erfüllt. „Was stellst du dir vor, was Driesch in Monschau gemacht hat?", fragte sie.

„Ich gehe jetzt davon aus, dass es ein stinknormaler Aufenthalt war. Möglicherweise wollte er jemanden treffen, möglicherweise aber auch nicht. Möglicherweise hat er zufällig jemanden auf der Straße getroffen und ist mit ihm irgendwohin gegangen, wo sie ungestört miteinander reden konnten."

„Das ist der Punkt, mit dem ich nicht einverstanden bin“, wandte Vera ein. „Es kann kein Treffen in einem Café oder einem Lokal gewesen sein, dort wären sie nicht ungestört gewesen. Außerdem parkte er sein Auto oben über der Stadt und benötigte vermutlich satte zehn Minuten, um zum Marktplatz hinunterzukommen. Und er war ein Bundestagsabgeordneter, den Hinz und Kunz kannte. Wir haben über die Medien Zeugen gesucht, die ihn gesehen haben. Und niemand, Baumeister, wirklich niemand hat sich gemeldet. Das lässt mich vermuten, dass er sein Fahrzeug da oben parkte, damit der Wagen, den in diesem Landstrich jeder kennt, nicht verraten konnte, wo er hinwollte. Dann klebte er sich einen Schnauzer an, was weiß ich. Vielleicht setzte er sich auch eine Brille mit Fensterglas auf und einen Hut.“

„Ist diese Überlegung nicht ein bisschen weit hergeholt?“, fragte ich vorsichtig. Ich wollte mich nicht über sie lustig machen.

„Wieso?“, fragte sie empört. „Zu einer lächerlichen kleinen Maskerade passt doch durchaus, dass er wenig später tot war, nicht wahr?“

„Man hat weder einen Schnauzer noch eine Brille bei ihm gefunden“, sagte ich, noch immer vorsichtig, obwohl ich langsam begriff, auf was sie hinauswollte. Vielleicht hatte sie ja doch Recht.

„Man hat auch seine Papiere nicht gefunden. Wo sind die? Natürlich in seiner Brieftasche. Und wo ist die?“

„Die ist da, wo er sich aufhielt, wo er jemanden getroffen hat. Möglicherweise.“

„Also hältst du meine Theorie nicht mehr für so abwegig?“

„Aber nur dann nicht, wenn das, was er tat, geheim bleiben sollte“, entgegnete ich. „Und seiner Frau hat er gesagt, er wolle nur eben mal ein paar Bekannte treffen und sei bald wieder daheim.“

„Aber er kam nicht mehr nach Hause, Baumeister“, sagte sie. „Und Anna Driesch hat betont, dass er höchst selten so unklare Angaben machte, wenn er aus dem Haus ging.“

„Du meinst, dass er geahnt hat, dass er sich in Lebensgefahr begab?“

Sie nickte. „Ja. Und zwar schon, bevor er nach Monschau fuhr. Deshalb hat er seiner Frau auch nichts Näheres gesagt. Er hat sie geliebt, also sagte er nichts.“

„Das ist eine Möglichkeit“, gab ich zu.

„Eine gute Möglichkeit“, bekräftigte sie. „Hinzu kommt nämlich, dass Wilma nur deshalb die Identität des Mörders herausfinden konnte, weil der Mörder im gleichen Arbeitsbereich zu suchen ist, in dem auch sie steckte: Windenergie.“

Ich überlegte. „Du bist gut, junge Frau, du bist sehr gut. Und Annette von Hülsdonk sollte ebenfalls dran glauben. Nur war Bastian schneller.“

„Langsam wird ein Paar Schuhe daraus“, gurrte sie zufrieden. „Wo steht dieser Schnaps?“

„Im Eisschrank in der Tür.“ Ich griff nach dem Handy und wählte die Nummer von Albert Tenhoven. „Hier Baumeister. Ist dir noch etwas eingefallen?“

„Nein. Seit das mit Wilma passiert ist, habe ich nur noch einen Wunsch: den Kerl zu packen und ihn zu zerquetschen. Gibt es eine Spur? Ich meine, so eine Sonderkommission müsste doch eigentlich mal etwas herausfinden können.“

„Spuren gibt es genug, aber keine ist überzeugend. Eine Frage: Wie kommt man hierzulande an eine Winchester, eine 44er?“

„Du brauchst nur nach Belgien zu fahren. Wenn du nicht sofort eine bekommst, kannst du eine bestellen und eine Woche später abholen.“

„Was sind das für Leute, die so etwas kaufen?“

Tenhoven lachte. „Na ja, so Irre wie ich. Du kaufst dir so ein Stück, und manchmal ballerst du damit auf Blechbüchsen oder so.“

„Und Jäger?“

„Jäger dürfen die Dinger legal erwerben. Sie müssen nur ihren Jagdschein vorlegen. Aber auch die meisten Jäger aus der Eifel besorgen sich ihre Waffen in Belgien. Illegal sind sie einfach billiger, genauso wie die Munition. Jeder Jäger wird dir das bestätigen. Frag beispielsweise den Onkel von Driesch. Der ist Jäger, und ich gehe jede Wette ein, dass er Langwaffen besitzt, die nirgendwo registriert sind. Du musst in der Eifel zu denen gehen, die Waffen kaufen dürfen, dann quellen dir die Augen über, was die so alles zu Hause rumliegen haben."

„Ich danke dir."

„Schon in Ordnung. Ich habe aber noch eine Frage. Stimmt es, dass Manfred von Hülsdonk sich umbringen wollte?"

„Ja, aber der Strick ist gerissen, und er hat sich die Beine gebrochen."

„Armes Schwein", murmelte Tenhoven. „Erst kauft er seiner Tochter die alte Mühle in Berk, dann will die plötzlich nicht mehr, und er muss die Mühle wieder verscheuern. Und dann wird die Tochter erschossen."

„An wen hat er denn verkauft?"

„An jemanden, der genauso wie Annette ein Hotel draus machen will. Jetzt wird es ein Ponyhotel. Na ja, so ist das Leben. Bis demnächst."

„Bis demnächst."

Es war schon neun Uhr und draußen zunehmend dunkel geworden, als Rodenstock und Emma endlich erschienen und einmal quer durch meine neue Bleibe zogen. Aus der Fahrt zur Dauner Burg wurde dann allerdings nichts mehr, weil sich Rodenstocks Handy meldete.

Kischkewitz teilte ihm kurz und knapp mit: „Kommt nach Monschau. Wir haben Drieschs Bleibe entdeckt."

Cisco bekam den Balkon zugewiesen, und ich hoffte, er würde das Dorf in der Nacht in Ruhe lassen. Hausschlüssel, Autoschlüssel,

Geld, Jacke, Weste. Eine Bleibe, hatte Kischkewitz gesagt. Wieso Bleibe?

Cisco begann mörderisch zu jaulen. Ich ging zurück nach oben und nahm ihn mit. Der Hund, der treueste Begleiter des Menschen.

Vera war sehr schnell verschwunden, Rodenstock unterhielt sich in dem Wagen vor mir lebhaft mit Emma. Flüchtig musste ich an meine Katzen und mein zerstörtes Haus denken. Andrea würde die Katzen und die Fische im Teich füttern.

Wir brauchten nur wenig mehr als eine Stunde und parkten oberhalb des Auklosters. Cisco, der inzwischen fest schlief, ließ ich auf der Rückbank weiterträumen. Aus den Räumen der Sonderkommission kam ein junger Mann, sah uns und rief: „Rechts von der evangelischen Brücke!"

Die Nacht war hereingebrochen, die kleine Stadt wirkte sehr friedlich. Der Marktplatz war fast leer, nur zwei, drei kleine Gruppen von Jugendlichen standen zusammen und unterhielten sich. Wir liefen über die Fußgängerbrücke und wurden von einem uniformierten Polizisten aufgehalten, der uns aber weitergehen ließ, als er Rodenstock erkannte.

„Sieh einer an!", sagte Emma hell.

Zwischen der evangelischen Kirche und dem nächsten Gebäude war eine ganz schmale, uralte kleine Gasse. Dort befand sich ein dreieckiges Gebäude, an dessen einer Seite der Laufenbach in die Rur mündete. Offensichtlich war das unser Ziel. Das Gelände drum herum war abgesperrt, und die wenigen Passanten wurden gebeten, einen anderen Weg zu benutzen, der oberhalb am Hang verlief.

Kischkewitz bemerkte uns und sagte: „Hier drin hat er sich aufgehalten. Eindeutig. Doch ich muss sagen, ich bin eher verwirrt als erleichtert."

„Können wir rein?", fragte Rodenstock.

„Geht noch nicht. Die Spurenleute sind drin. Keine Hetze jetzt.

Ich gebe euch gleich einen Überblick." Dann war er schon wieder fort.

Das Haus war dreistöckig. Ich schlenderte zu der offen stehenden Haustür. Es gab eine Klingel, aber keine Namensschilder. Das Gebäude wirkte baufällig, und die Grundfläche war sehr klein. Auf jeder Ebene zwei Räume, vielleicht eine Küchenecke, eine Toilette, viel mehr konnte nicht hineinpassen. Dass es einen Zusammenhang zwischen Jakob Driesch und diesem Haus gab, schien grotesk. Eher konnte man sich hier einen Jugendtreff mit Kerzenlicht vorstellen. Aber Driesch passte nicht hierher!

„Ob er ein geheimes Leben hatte?", murmelte Emma.

„Glaube ich nicht", antwortete Rodenstock sofort. „Er hatte doch gar keine Zeit dafür."

Kischkewitz rannte unruhig herum, sprach mit seinen Leuten, redete kurz und abgehackt, verschwand im Haus, tauchte nach Sekunden wieder auf, kam zu uns und bestätigte meinen Eindruck: „Da drin würde nicht mal ein Penner freiwillig den Winter verbringen." Er rief einem Spurenmann zu: „Wir müssen die verdammten Wasserbetten sichern", verschwand erneut kurz im Haus, stand dann wieder vor uns und murmelte: „Da sind sogar Pilze an den Wänden; richtig dicker schwarzer Schimmelpilz."

„Die Zweitwohnung eines Bundestagsabgeordneten habe ich mir anders vorgestellt", sagte Vera, die dazugekommen war. Sie starrte mich an und seufzte. „Es ist so deprimierend."

Emma nickte. „Das ist es wirklich. Was ist, mein Lieber, marschieren wir ins Hotel und gehen schlafen?"

„Das tun wir", stimmte Rodenstock zu. „Du solltest nach Hause fahren, Baumeister, ich rufe dich wieder an."

„Ich bleibe noch eine Weile", sagte ich. „Ich will noch mal versuchen, Jakob Driesch zu verstehen."

„Viel Glück", sagte Emma und nahm ihren Rodenstock an die Hand. Sie gingen langsam die Straße entlang, berührten einander, sprachen leise, neigten ihre Köpfe zueinander. Ich dachte: Sie sind glücklich. Und ich war froh, das erleben zu dürfen.

Ich schlenderte auf die evangelische Brücke und starrte auf das Haus, dessen Spitze auf das Wasser zeigte. Gut, Driesch, du hattest also eine Bleibe. Sogar eine mit einem Ausgang zur Straße und einem zweiten zum Laufenbach. Was hast du in dieser Bleibe getrieben? Leute getroffen? Welche Leute? Welche Leute kanntest du, denen du eine so provisorische Bude mit Pilzbefall an den Wänden anbieten konntest? Und wieso überhaupt so heimlich? Was ergibt das alles für einen Sinn? Hat Vera Recht mit ihrer Vermutung, dass du irgendwo geparkt, dir einen Schnurrbart angeklebt und eine Sonnenbrille aufgesetzt hast, nur um dieses verkommene, pilzbefallene Haus zu erreichen? Du machst mich verrückt, Jakob Driesch, und du könntest nach deinem Tode wenigstens einmal höflich sein und mir eine oder zwei Antworten geben.

Ich stopfte mir die Zebrano von Stanwell, zündete sie an und ging langsam wieder zu dem Haus zurück.

Kischkewitz stand mit sechs oder sieben seiner Leute auf der Straße und resümierte: „Es ist also klar, dass er hier war. Und zwar nicht nur am Tag der Tat, sondern auch vorher. Oft vorher. Wir müssen außer den Wolldecken noch die Wasserbetten labortechnisch untersuchen. Schorsch, du wirst dich darauf konzentrieren herauszufinden, wo sie gekauft wurden. Benny, du nimmst Mikroproben vom Fußboden und lässt sie analysieren. Ich will wissen, wer außer Driesch diese Bude noch betreten hat …“

Ich hörte nicht mehr zu. Es war das Abspulen des Routineprogramms einer Mordkommission, das viele Menschen über viele Tage beschäftigt und das einfach nur harte Arbeit ist, ohne die kein Gericht der Welt solide arbeiten kann.

Ich betrat das Haus. Die Haustür war aus Eiche, offensichtlich sehr alt, und wies im oberen Teil einige kunstvolle Schnitzereien auf. Der Flur, der dann folgte, war schmal und lag links neben der

Treppe, die in die oberen Stockwerke führte. Die Tür, die in die Parterrewohnung führte, war ebenfalls aus Eiche und alt. Der Raum dahinter war etwa vier mal fünf Meter groß und wurde beherrscht von zwei blauen Wasserbetten. Es war ein hässliches Himmelblau. Die Betten standen nebeneinander an der Außenwand zum Laufenbach hin. Das Fenster über den Betten war sehr hoch. Und über dem Fenster war eine Holzstange an zwei verdübelten Halterungen befestigt. Holzstange und Halterungen waren neu. Daran hing ein weinroter zweiteiliger Vorhang aus einem plüschähnlichen Stoff. Das Fenster nach rechts zur Rur hin war genauso ausgestattet. Links neben den Wasserbetten war eine schmale Tür, die offen stand. Das Türblatt schien handgemacht und war wesentlich schmaler als die Normtüren, vielleicht achtzig Zentimeter breit. Ich hörte das Rauschen des Baches und trat in die Tür.

Das Wasser schäumte grellweiß über die Steine, es lag der obligate Müll von Touristen herum. Direkt unterhalb der Tür waren drei Stufen aus schiefrigem Basalt gebaut, die einen bequemen Abstieg ermöglichten. Jakob Driesch konnte hier herausgesprungen sein. Und wahrscheinlich war dieser Zugang sein Ziel gewesen, als er durch den Fluss rannte, um dem Killer zu entkommen. Viel hatte nicht gefehlt, dreißig Meter noch, und er wäre in Sicherheit gewesen.

Ich wandte mich in den Raum zurück. Der Fußboden war aus Brettern gefertigt, an den Wänden waren Tapetenreste zu sehen. Der schwarze Pilzbefall war vor allem in den unteren Partien der Wände erkennbar. Im hinteren Bereich des Raums befand sich eine Nische mit einer Tür zur Toilette.

Es ist ein erheiterndes Gefühl, sich selbst dabei zu erwischen, dass man intensiv einen Lokus betrachtet, als könne dieser Anblick des Rätsels Lösung bescheren. Das Toilettenbecken war sauber, peinlich sauber. Der Sitz bestand aus hellbraunem Holz, ebenfalls sauber. Ich ließ mich auf die Knie nieder, um die Schraubenhaken der Befestigung abzutasten und anzuschauen. Sie waren verzinkt und neu und vor allem sauber.

Hinter mir hörte ich ein Geräusch.

Ein Mann stand sinnend vor den Wasserbetten. Er betrachtete mich eingehend und grinste dann. „Sind Sie Spezialist?"

„Ich bin einer der bekanntesten Lokusspezialisten der Eifel", gab ich grinsend zurück und stand wieder auf.

„Sie schreiben über die Geschichte?" Er war vielleicht vierzig Jahre alt, hatte ein offenes, schmales Gesicht unter aschblonden Haaren.

„Ich werde schreiben, aber erst dann, wenn wir wissen, wer es war. Wie sind eigentlich diese scheußlichen Wasserbetten gefüllt worden?"

„Mit einem Schlauch aus einem Wasserhahn im ersten Stock. Und nun muss ich das Problem lösen, wie man das Wasser wieder rauskriegt. Haben Sie schon gehört, dass der Schwede in Monschau war, als Driesch starb?"

„Nein. Wer ist der Schwede?"

„Ein Lohnkiller. Man nennt ihn den Schweden, den wirklichen Namen weiß kein Mensch. Interpol sucht ihn seit drei Jahren. Er hatte Zielfahnder an den Hacken und kam von Stuttgart her. Die Fahnder haben ihn in Trier verloren und hier wieder gefunden. Das war an dem Montag nach der Tat. Wir hätten nie etwas davon erfahren, wenn nicht durch Zufall der Chef einen Fragebogen in der Post gefunden hätte. Der Schwede arbeitet mit Babysittern und dreifacher Motorisierung."

„Können Sie das mal übersetzen?"

Er lächelte. „Man kann ihn über eine Agentur in Lausanne buchen, aber man muss einen Code kennen. Man bezahlt das volle Honorar im Voraus. Angeblich beträgt es hunderttausend Dollar und ist nicht verhandelbar. Der Schwede geht mit drei Autos auf die Reise, die vollkommen gleich sind. Er selbst, drei Leute, drei

Autos. Er fährt niemals selbst. Er geht das Ziel an und schießt in der Regel aus einem der Autos. Er benutzt handgefertigte Langwaffen, kein Mensch weiß, wer ihm die baut. Wenn es erledigt ist, ziehen drei Autos los, in verschiedene Richtungen. Und damit es nicht so einfach ist, haben alle das gleiche Kennzeichen. Das sind aber alles keine gesicherten Erkenntnisse."

„Wie haben ihn die Fahnder denn wieder finden können?"

„Der Campingplatz in der Perlenau. Da hat eines seiner Autos einen Wohnwagen geschrammt, und der Fahrer hat sich entschuldigt und dem Wohnwagenbesitzer rund fünftausend Franken hingehalten. Der hat trotzdem die Bullen gerufen."

„Und diese Zielfahnder haben ihn wieder verloren?"

„So ist es. Aber es könnte passen, wenn man davon ausgeht, dass Driesch durch die Windenergie enorm gefährlich war."

„Aber dann doch nicht mit einer Winchester und gleich zweimal innerhalb von dreißig Minuten."

Er starrte sinnend zu Boden. „Ja, Sie sagen es. Aber einige Kolleginnen und Kollegen geben zu bedenken, dass die Tarnung auf diese Weise beinahe perfekt ist. Scheinbar sinnlose Schießerei auf der Straße, Jagd durch den Fluss, erneute Schießerei, dann Tod."

„Und wer hat dann die hunderttausend Dollar gezahlt?"

„Der, der Drieschs Tod wollte."

„Mich erinnern solche Überlegungen immer an abenteuerlustige Männer in einem Thriller. Alles ist perfekt geplant, alles ist perfekt durchgeführt. Und trotzdem gibt es dann ein gutes Ende."

„Da ist was dran", gab der Mann zu. „Ich finde es sehr tröstlich, dass die meisten Menschen das als Abenteuer empfinden, was sich irgendein verrückter Drehbuchschreiber für einen Fernsehsender ausgedacht hat. Die meisten haben keine Ahnung, dass es solche Fälle real gibt." Dann sagte er unvermittelt: „Und wie kriege ich jetzt diese Scheißwasserbetten geleert?"

„An die Tür damit und in den Bach ausleeren.“

„Das könnte gehen“, sagte er.

„Noch eine Frage. Hier waren Wolldecken, hat Kischkewitz gesagt. Ist denn die Untersuchung schon abgeschlossen?“

„Die erste Grobuntersuchung, ja. Danach zu urteilen, hat hier heftiger Geschlechtsverkehr stattgefunden. Sehr oft.“

Ich musste grinsen. „Also nix mit dem Schweden, nix mit dem perfekten Thriller.“

„Moment, Moment, junger Mann“, sagte er. „Wir suchen ja nicht nur den Mörder, wir versuchen uns erst einmal ein Bild von dem Opfer zu machen. Zu Driesch passt das alles hier nicht.“

„Was sagt denn Anna Driesch zu dieser Bleibe?“

„Sie weiß noch nichts davon. Erst einmal müssen wir abklären, was diese Bleibe mit Driesch zu tun hatte.“

Draußen war tiefe Nacht. Die Kommission hatte ein paar Fluter in die Behausung gestellt, deren Licht grellweiß war und störend.

„Wo sind denn die Putzmittel für den Lokus?“, fragte ich.

„Putzmittel? Ach so, WC-Reiniger und so was. Da war nichts.“

„Da war nichts?“, fragte ich verblüfft.

„Gar nichts“, wiederholte er. „Vielleicht sollte ich mir einen Schlauch besorgen, um das Wasser aus diesen elenden Betten herauszukriegen.“

„Aber wieso war da nichts? Alles im Lokus ist blitzsauber.“

Vor der Lokustür war eine glatte Wand. Also nachsehen, die Wanddicke vergleichen. Zurück in den Flur vor das stumpfe Ende des Flurs neben der Treppe. Dann zurück in den Raum mit den Wasserbetten, schrittweises Ausmessen. Etwa vier große Schritte bis zur Öffnung der Nische. Im Flur waren es weniger als drei Schritte. Die Wand musste also mehr als einen Meter zwanzig dick sein. Das war unmöglich.

„Hi“, sagte Emma gut gelaunt. Sie lächelte mich an. „Ich konnte

nicht schlafen, und Rodenstock schnarcht. Da dachte ich: Baumeister kraucht hier herum und fühlt sich wahrscheinlich ekelhaft, weil er das Rätsel nicht lösen kann.“

„Komm her!“, rief ich hocherfreut. „Ich zeige dir ein hausfrauliches Rätsel.“ Ich nahm sie bei der Hand und ging mit ihr zu der Toilette. „Da, frisch geputzt, nicht sauber, sondern rein. Es gibt aber keine Putzmittel, keine Scheuerlappen, keine Schwämme.“

„Was vermutest du?“

„Noch nichts. Aber es gibt noch ein Rätsel. Der Flur neben der Haustür ist weniger als drei Meter lang. Die Wand hier im Zimmer ist aber mehr als vier Meter lang. Und die Wand neben dem Lokus hier zeigt nichts. Keine Tür, keinen Wandschrank. Nichts.“

„Und im Hausflur?“ Sie lief dorthin und stellte sich vor die Wand. Das Licht eines Fluters schien grell, und ich drehte ihn herum. Sofort wurde das Licht weicher und die Wandfläche klarer.

„Da ist eine Falte“, erklärte Emma. „Und hier ist ein Schlüsselloch.“ Sie tastete auf der Wand herum. „Das ist zwar verputzt wie die Wand, aber das ist Holz. Kischkewitz wird verrückt, wenn er das sieht. Seine Leute haben das übersehen. Hast du ein Messer oder so was?“

Ich gab ihr mein Taschenmesser.

„Siehst du hier die Ritze? Da stößt das Holz an die Steine. Das ganze Ding ist nichts anderes als ein Schrank.“ Sie versenkte die Messerklinge in dem Schlitz und murmelte: „Hol mal Kischkewitz. Er wird toben, aber hol ihn her.“

Ich fand Kischkewitz an der niedrigen Basaltmauer über dem Laufenbach. Er rauchte eine Zigarre, nach der Bauchbinde zu urteilen, ein Geschenk Rodenstocks.

„Ich habe etwas für dich“, begann ich vorsichtig. „Die Fluter sind so grell, dass es niemandem auffiel.“

„Was denn?“

„Einen Wandschrank“, sagte ich. „Im Flur.“

Er fuhr herum, als habe ihm jemand eine Nadel in den Hintern gestoßen. „Was für einen Wandschrank?“

„Reg dich nicht auf, komm einfach mit.“

Er kam hinter mir her und starrte dann verwirrt auf Emma, die freundlich lächelte: „Reiß niemandem den Kopf ab, Kischkewitz. Baumeister hat es entdeckt, weil er der Ansicht war, dass der Flur hier zu kurz ist.“

„Aber meine Leute haben mit Maßband gearbeitet, genaue Zeichnungen angefertigt. Es muss ihnen aufgefallen sein.“ Er drehte sich um und brüllte: „Stavros und Angela! Zu mir. Aber dalli!“ Er war außer sich.

Angela tauchte als Erste auf. Sie war vielleicht 25 und auf eine eigenwillige Weise hübsch. Stavros war etwa 20 Jahre alt und wirkte wie ein griechischer Gott, ohne Makel. Und er grinste, als läge ihm die Welt zu Füßen.

„Ich erkläre es nur einmal“, begann Kischkewitz. „Wir sind hier reingezogen mit der Prämisse, das hier ist ein Tatort. Ihr hattet die Aufgabe, die genauen Maße der Wohnung zu nehmen und dann eine entsprechende Zeichnung anzufertigen. Das habt ihr gemacht, nicht wahr?“

„Sicher, Chef.“ Stavros nickte freundlich, als wollte er sagen: Alter Mann, sag mir, was du für Kummer hast. Angela ahnte die Gefahr und schwieg, wobei sie ihre Fußspitzen betrachtete.

„Nun gut“, sagte Kischkewitz. „Wir haben noch eine andere Aufgabe. Und die besteht darin, eventuelle Unstimmigkeiten festzustellen, um Lösungen für ein Problem zu finden. Stimmt ihr mir zu?“

„Ja, Chef“, bestätigte Stavros, immer noch im Stande der Unschuld. Angela nickte nur.

„Gut. Baumeister hier, der Journalist ist und eigentlich keine Ahnung von Tatorten hat, hat etwas sehr Bedeutendes herausgefunden, nachdem er eine runde halbe Stunde hier drin war. Er fand heraus, dass in dieser Wand ein Wandschrank sein muss. Ist euch klar, was das heißt?"

Stavros war wahrscheinlich übermüdet und konnte infolgedessen auf gewisse Teile seines Hirns nicht zurückgreifen. Er strahlte: „Chef, da wird was drin sein."

„Richtig", sagte Kischkewitz, plötzlich ganz kühl. „Ihr packt beide eure Sachen und verschwindet aus meinem Blickfeld. Ihr fahrt zurück und meldet euch bei eurem Behördenleiter."

Angela fing an zu weinen, Stavros war verblüfft.

„Haut ab!", sagte Kischkewitz unerbittlich. „Und kommt mir nicht mehr unter die Augen, bis ihr in Pension geht."

Sie drehten sich um und gingen.

„Das ist der Nachwuchs!" Kischkewitz seufzte. „Jung, strahlend und dämlich. Jonny, komm mal her. Mach mir den Schrank auf."

NEUNTES KAPITEL

Jonny war ein junger Mann, der sich neben den Wandschrank niederkniete und in einem kostbar wirkenden ledernen Etui eine unglaubliche Fülle derber und feiner Instrumente ausbreitete.

„Er ist ein Künstler", sagte Kischkewitz stolz.

„Wie soll ich es machen?", fragte Jonny seinen Chef.

„Am besten ohne jede Schramme", antwortete der.

„Das dauert dreißig Sekunden länger", stellte Jonny fest. Er nahm aus dem Etui ein kleines Gerät, das aussah wie eine feine Spirale, setzte mit einer Pinzette irgendeine metallene Winzigkeit auf den Kopf der Spirale und sagte: „Seid jetzt mal ruhig."

Mittlerweile hatten sich sechs oder sieben Leute eingefunden, die mit Verblüffung auf die Szene starrten. Unter anderem Vera, die meinen Arm festhielt. „Was ist das?", flüsterte sie.

„Vermutlich der Schrank dieses Haushalts", murmelte ich zurück.

„Okay", sagte Jonny zufrieden. „Aufmachen?"

Kischkewitz nickte. „Aufmachen."

Jonny zog ganz vorsichtig, und die Tür ging auf.

Es befanden sich sämtliche Herrlichkeiten darin, die die Kommission erwarten durfte, um die Frage zu beantworten, wie denn das Leben in dieser Bude ausgesehen haben könnte.

„Heiliger Strohsack", stöhnte jemand.

„Das ist ja irre", seufzte Vera.

„Nichts anrühren", befahl Kischkewitz. „Nichts anfassen. Stück für Stück herausnehmen, auf Fingerabdrücke achten, nummerieren, in Plastiktüten packen, ab in den Laborwagen. Und damit ihr euch nicht gegenseitig behindert, nimmt Vera mit ihren empfindsamen Hausfrauenhänden die Sachen raus. Jemand vom Laborwagen soll kommen und uns sagen, was er wie zuerst haben will."

Der Schrank war in vier Lagen unterteilt, die Bretter waren lang und dick. Unten befanden sich Bettwäsche, Kopfkissen, Bettdecken. In dem Fach darüber standen Geschirr und ein Kasten mit Besteck. Dazu Konserven aller Art, von Würstchen bis Artischockenherzen, sicherlich mehr als vierzig Dosen. In der Abteilung darüber war alles, was Frau und Mann im Badezimmer brauchen, von der Rasierseife über Aftershave bis hin zur Tagescreme. Im Fach ganz oben fand sich, was ich in der so sauberen Toilette vermisst hatte.

„Das ist wirklich erstaunlich", sagte Emma. „Nun können wir Abschied nehmen von Windenergie und dreckiger Politik. Jetzt ist es nur noch eine stinknormale, spießbürgerliche Geschichte."

„Da wäre ich vorsichtig", murmelte Kischkewitz. „Wilma Bruns ist todsicher nicht ins Moor geworfen worden, weil sie hier mit Driesch in den Betten rummachte."

Es war still.

„Du hast Recht." Emma nickte. „Ich habe nicht an Wilma gedacht."

„Würdest du bitte deinen Mann aktivieren?"

„O ja, natürlich", sagte sie und ging hinaus auf die Straße.

„Dann will ich mal an die Arbeit", bemerkte Vera seufzend und fragte mich: „Sehe ich dich noch?"

„Ich gehe jetzt schlafen", erwiderte ich. „Ich biete dir den Platz neben mir, wenn du nicht anschließend schimpfst und erklärst, im Grunde sei jede Beziehungskiste nutzlos."

„Ich werde mich daran halten", versprach sie verlegen. Dann nahm sie einen Block und rief energisch: „Wo bleibt der Kerl aus dem Laborwagen, verdammt noch mal?"

Rodenstock erreichte das Gelände. Ich beobachtete, wie Kischkewitz auf ihn zurannte. „Hast du gehört? Baumeister hat einen Schrank entdeckt. Es war die perfekte Absteige."

„Ja, ja", erwiderte Rodenstock, ganz der Großvater, der vor Unbesonnenheiten mahnt. „Es fragt sich jetzt bloß, was wir damit anfangen, nicht wahr? Wir wissen, dass Driesch hier war. Aber wir haben keine Ahnung, wer die Frau gewesen ist. Also stehen wir vor der nächsten Mauer."

Emma näherte sich mir, nahm meine Hand und zog mich mit sich fort. „Ich muss einfach reden", sagte sie. „Ich weiß, dass du kaputt bist, aber zehn Minuten vielleicht."

„Was quält dich denn?"

„Ich verstehe diesen Driesch nicht. Stell dir vor, wir hätten heute die Nacht von Sonntag auf Montag ... Gut. Also, ich bin Driesch, ich bin hier in dieser heimlichen Bleibe. Ich bin mit der Frau in diesem Raum, liege auf den Wasserbetten." Sie kicherte. „Ganz schön raffiniert, nicht wahr? Sie konnten es nicht riskieren, Betten zu kaufen und in das Haus tragen zu lassen. Sie kauften schlaffe Plastiksäcke, in die sie nur Wasser zu füllen brauchten. Niemandem fiel das auf ... Nun gut, nehmen wir an, ich bin Driesch und ich habe keine

Ahnung, dass ich getötet werden soll. Ich fühle mich sicher. Niemand kennt dieses Versteck, niemand hat einen zweiten Schlüssel. Jetzt klopft es. Draußen steht der Mörder. Öffne ich? Öffne ich nicht? Und wo klopft der Mörder?"

„An der Tür zum Laufenbach", sagte ich.

„Wieso dort?"

„Ich bin jetzt Driesch, und ich weiß plötzlich, dass ich getötet werden soll. Ich renne die Straße entlang. Der Mörder hat das gehört. Er rennt hinterher und schießt. Er trifft nicht. Es ist schwer, mit einer Flinte im Laufen zu schießen, treffen ist fast unmöglich. Ich, Driesch, renne eine ganze Weile, dann gelingt es mir, einen Haken zu schlagen, und der Mörder verliert mich. Ich will dorthin zurück, woher ich kam. In diese Wohnung. Und warum will ich das?"

„Weil ich, Driesch, für die Frau da sein will, die ich hier zurückgelassen habe", sagte Emma. „Ich komme auf die Idee, im Fluss zurückzugehen. Ich nehme an, dass der Mörder nicht damit rechnet. Also steige ich weit oberhalb, meinetwegen ungefähr dort, wo die Glashütte ist, in den Fluss. Ich bewege mich vorsichtig flussabwärts. Ich gehe davon aus, dass der Mörder in den Straßen nach mir sucht, während ich im Schutz der Dunkelheit auf diesem ungewöhnlichen Weg an ihm vorbeikomme und die Wohnung erreiche. – Wo liegt jetzt mein Denkfehler?"

Ich überlegte einen Moment. „Dein Denkfehler ist der, dass du den Fluss für einen ungewöhnlichen Weg hältst und dass du annimmst, der Mörder würde nicht auf die Idee kommen."

„Aber er kommt drauf", murmelte Emma nachdenklich.

„Viel schlimmer, er stellt sich darauf ein. Denk an die dreißig Minuten zwischen den Gewehrsalven. Du schlägst einen Haken, du versteckst dich, du bewegst dich ganz vorsichtig. Und in Wirklichkeit sucht der Mörder dich gar nicht. Er steht irgendwo und wartet. Dann marschierst du im Wasser an ihm vorbei, und er setzt sich wieder hinter dich. Du bemerkst ihn und fängst an zu rennen, aber du hast keine Chance mehr."

„Und die dritte Person, die die Zeugen gesehen haben, das war also die Frau, die mit ihm in der Wohnung war?"

Ich nickte. „Das nehme ich an."

„Und wenn es doch Wilma Bruns war? Wenn die beiden ein perfekt getarntes Verhältnis hatten?"

„Das glaube ich nie und nimmer. Dann hätte Wilma sich anders verhalten. Nein, nein, nicht Wilma."

„Was ist mit Annette von Hülsdonk?", fragte Emma.

„Unwahrscheinlich", sagte ich. „Sie könnte seine Tochter gewesen sein. Er war ein Mann, aber kein kopfloser Mann."

„Das ist alles sehr verzwickt", meinte sie nach einer Weile. „Ich glaube, ich gehe wieder in mein Bett und denke nach."

Als sie davongeschlendert war, ging ich zu meinem Wagen, in dem Cisco von einer deftigen Karnickeljagd und einer netten Gefährtin oder Ähnlichem träumte. Ich nahm nicht den Weg nach Deudesfeld, sondern fuhr zu meinem zerstörten Haus in Brück. Ich wollte meine Katzen sehen, mit ihnen reden und die Fische im Teich füttern.

Im Hof standen drei große Container für den Schutt, der verbrannte Dachstuhl war abgeräumt, das Ganze sah gewissermaßen nach aufgeräumter Katastrophe aus. Günther Froom und Rudi Latten hatten sich darum gekümmert, und mit ihnen ihre Ehefrauen, Kinder und eine zahlreiche Verwandtschaft. An der Haustür war mit Heftzwecken sorgfältig ein Schreiben befestigt. Ich löste es, kletterte wieder in den Wagen, weil Tageslicht noch Mangelware war, und las im Schein der Leselampe:

Sehr geehrter Herr Baumeister,
machen Sie sich keine Sorgen, ich regele den Fall. Ich kenne mich aus mit dem Wiederaufbau solcher Häuser, ich bin darauf

spezialisiert. Mit Ihren Versicherungen bin ich übereingekommen, dass ich für Sie gutachterliche Arbeit leiste und den Wiederaufbau leite. Auch Ihre Bank ist einverstanden. Ich hoffe auf gute Zusammenarbeit, und es sollte wohl möglich sein, dass Sie Ihren Weihnachtsbaum wieder in diesem Haus aufstellen können.
Mit herzlichen Grüßen
Helmuth Kramp

Den Mann musste der Himmel geschickt haben.

Im Osten kroch ein heller Schein über den Horizont. Cisco jaulte leise auf der Hinterbank, kletterte dann über den Sitz zielsicher in mein Genick und verhielt dort, um mir den Hals zu waschen.

„Gleich lernst du Katzen kennen!“, drohte ich. „Drei wunderbare, hart trainierte Dorftiger.“

Ich stopfte mir die Dänische Pfanne von Stanwell und rauchte eine Weile schweigend vor mich hin. Dann stieg ich aus. „Also los, mein kleiner Hund. Du wirst in der kommenden Stunde deinen Charakter beweisen müssen. Und sei immer artig zu den Goldfischen, falls du überlebst.“

Meine Katzen hatten wahrscheinlich eine Ahnung von dem, was ihnen bevorstand, denn sie hockten in trauter Dreisamkeit vor dem Teich und harrten der Dinge, die da kommen würden.

Ich ließ die Autotür offen. Cisco folgte mir sofort, hielt sich eng an meinen Beinen und war offensichtlich ängstlich.

„Nun sei mal ruhig, und zeig Charakter“, mahnte ich. „Guten Morgen, ihr Katzen, und vielen Dank fürs Haushüten. Das hier ist Cisco, und er ist hilflos und ängstlich. Gebt euch die Hand, sagt eure Vornamen und vertragt euch.“

Es geschah nichts. Cisco hielt sich zwischen meinen Beinen, ich musste stehen bleiben, um ihm nichts zu brechen. Die drei Katzen saßen unglaublich arrogant und gelangweilt ungefähr vier Meter entfernt, unmittelbar vor der Wasserfläche.

„Paul, du könntest unseren Gast wenigstens höflich begrüßen."

Cisco winselte sanft, und die drei Katzen standen plötzlich aufrecht und machten einen Buckel.

„Jetzt macht keinen Quatsch!", bat ich.

Cisco folgte dem Kindchenschema. Er bellte vorsichtig und wedelte heftig und um Freundschaft bemüht mit dem Schwanz. Aber er traute sich nicht, den Platz zwischen meinen Beinen zu verlassen.

Also musste ich mich bewegen. Ich ging auf meinen Kater Paul zu, bückte mich und kraulte ihn ausgiebig. Dann kamen Satchmo und Willi und ließen sich ebenfalls streicheln. Allerdings schielten sie unablässig zu diesem unheimlichen Schäferhund, der ja möglicherweise außer Kontrolle geraten konnte.

Als absolut nichts geschah, fühlte Cisco sich bemüßigt, den Frontalangriff zu starten. Er hopste hin und her, legte possierlich den Kopf schief, schoss mal einen Meter nach links, mal zwei Meter nach rechts. Er legte Kurzsprints ein, tanzte sekundenlang auf den Hinterläufen und benahm sich einfach wie ein wild gewordener Köter, dem sämtliche Instinkte vorübergehend abhanden gekommen sind.

Die Katzen blinzelten und sahen sich gelangweilt an.

Cisco wurde mutiger. Dabei rutschte er zu nahe an Paul heran. Der zog pfeilschnell die rechte Pfote durch und erwischte Cisco voll auf der Schnauze. Der Hund verfiel in panisches Jaulen und schoss laut heulend unter die Brombeeren an der Mauer. Er machte sich platt wie eine Flunder und war untröstlich. Da ist man als junger Hund auf Liebe angewiesen und kriegt stattdessen eins auf die Schnauze. Die Welt ist ekelhaft.

Mein kleiner Kater Satchmo machte sich nun auf, um diesen Hund zu besuchen. Wahrscheinlich war er der Meinung, wenn Paul den Hund vertrimmte, dann dürfe er es auch. Hunde sind für alle Katzen da. Satchmo zog zunächst einen weiten Kreis um die Brombeerranken und bedachte Cisco mit keinem Blick. Dann vollführte er einen merkwürdigen Bocksprung, als wollte er sagen: Sieh an, hier bin ich! Jetzt war er vielleicht noch vierzig Zentimeter von Cisco entfernt. Sicherheitshalber fauchte er gewaltig. Cisco reagierte nicht, bewegte nicht einmal die Ohren, wofür ich ihn sehr bewunderte.

Dann wendete Satchmo und schlich erneut an Cisco vorbei. Und dieses Mal konnte er sich nicht zurückhalten und sprang unvermittelt. Ich hatte den Eindruck, dass er noch während seines kurzen Fluges umdisponieren wollte. Eigentlich war es nicht mehr vorgesehen, auf Cisco zu landen. Jedenfalls strampelte mein kleiner Katzenrüpel gewaltig. Cisco nahm es mit der Ruhe eines Eiflers, hob die rechte Vorderpfote, nagelte Satchmo für den Bruchteil einer Sekunde auf dem Rasen fest und biss ihm dann genussvoll ins linke Ohr.

Eindeutig unentschieden.

Nichts würde je wieder so sein wie vorher. Es war klar, dass sie sich tagelang prügeln würden, aber es war nun auch klar, dass dabei nichts Lebensgefährliches geschehen würde.

„Sehr gut, Cisco!", lobte ich. Da kam er zu mir und sprang an mir hoch.

Ich holte das Fischfutter aus der Küche, musste dabei über ziemlich große Schuttberge klettern und versorgte meine geschuppten Freunde, während ich ununterbrochen mit meinen Viechern redete und lauter Zeug von mir gab, wie man es von Erwachsenen gewöhnt ist, die sich mit dem Inhalt eines Kinderwagens unterhalten und dabei garantiert keine Blödheit auslassen.

Die Sonne zeigte sich matt, von Dunst verschleiert, und ich freute mich an der Idylle, wenngleich Driesch wie ein Fremdkörper in meiner Seele festsaß und keine Sekunde Ruhe gab. Ich musste noch mal mit Anna reden. Wie hatte das anonyme Schreiben gelautet? *Du wirst auch sterben!*

Aber ehe ich eine Entscheidung treffen konnte, fuhr Vera auf den Hof, kam zu mir an den Teich und meinte: „Ich wusste, du würdest hier sein.“

„Ich dachte gerade an Anna. Hat sie Bewachung bekommen?“

„Zwei Leute, rund um die Uhr. Darf das Haus nicht mehr verlassen.“

„Hast du dieses anonyme Schreiben gesehen? Sind da brauchbare Spuren drauf?“

„Wahrscheinlich hat der Absender Küchenhandschuhe benutzt. Und er hat es nicht mit der Post geschickt, es lag im Briefkasten zusammen mit den Reklamebögen der hiesigen Geschäftswelt. Willst du in diesem Leben nicht mehr schlafen gehen?“

„Doch, natürlich. Wenn ich müde bin. Ich bin nur nicht mehr müde, ich bin saumäßig aufgedreht. Habt ihr noch was rausgefunden?“

Sie schüttelte den Kopf. „Wer hätte das erwartet? Driesch in der Rolle eines späten Liebhabers mit weiß Gott wem.“

„Habt ihr denn eine Ahnung? Habt ihr Anna inzwischen dazu befragt?“

„Nein, noch nicht, und wir wollen sie zunächst auch nicht dazu befragen. Die Presse ist erst einmal beruhigt, wir haben das mit dem Haus heruntergespielt, sodass niemand auf den Gedanken kommen kann, es stecke eine gute Story dahinter. Wie auch immer, ich habe die Zeit bis morgen früh zum Wecken und den Befehl meines Vorgesetzten, mich zu erholen und überhaupt so zu tun, als sei ich eine ganz normale Frau. Was treiben wir jetzt?“

„Wir könnten eine Keimzelle für Gruppensex gründen“, erwiderte ich lahm. „Im Ernst, ich fahre heim, ich lege mich was hin. Cisco, komm her, wir fahren nach Hause.“

Die Katzen begleiteten uns bis zu den Autos und schauten uns nach, als wir in den frühen Morgen fuhren. Ich fand es schön, dass sie bei dem zerstörten Haus blieben und nicht eine Sekunde die Absicht erkennen ließen, in die Wälder zu laufen oder sich ein neues Haus zu suchen. Tröstungen dieser Art sind hoffnungslos vermenschlicht, trotzdem wirken sie.

In Deudesfeld rief Alwin ins Treppenhaus: „Wenn ihr ein Frühstück wollt, könnt ihr gleich in die Küche rutschen."

Also rutschten wir in seine Küche und ließen es uns gut gehen. Langsam wurde ich müde, verzichtete auf die Dusche und legte mich einfach so oben auf das Sofa. Ich bekam nur noch mit, dass Vera sich zwei Sessel zusammenschob und träge murmelte: „Schlaf gut, bis später."

Zehn Stunden später wurde ich dadurch wach, dass Vera telefonierte und schrill so etwas wie „ganz neu anfangen" sagte.

Ich trollte mich grußlos ins Badezimmer und hatte Mühe zu akzeptieren, dass es sechs Uhr abends war, die Sonne schien und das Leben wieder einigermaßen normal floss.

„Ich gehe mit Cisco Gassi!", rief Vera, und die Tür klackte.

Dr. Ludger Bensen, dachte ich, du bist mir eine Auskunft schuldig. Die Frage war nur, ob er sie mir geben würde. Politiker sind immer eine harte Nuss. Ich taperte nackt durch die Wohnung, ließ mir von der Sonderkommission in Monschau Bensens Telefonnummer geben und rief den Anwalt an.

„Der ist zurzeit nicht erreichbar", sagte eine geübte Frauenstimme.

„Dann richten Sie ihm bitte aus, dass ich ihn sprechen möchte. Ich bin Journalist, ich kümmere mich um den Fall Driesch und habe eine interessante Theorie." Ich gab ihr meine Nummer und harrte der Dinge.

Es dauerte keine sechzig Sekunden, bis es klingelte. „Sie haben eine Theorie?", fragte er gut geölt.

„Ja. Wie wäre es mit neun Uhr heute Abend?"

„Warten Sie, ich muss nachgucken." Kurz darauf sagte er: „Okay. Aber erwarten Sie nicht zu viel von mir, ich bin in dem Fall nicht gut zu Hause."

„Ich instruiere Sie“, versprach ich.

„Ist das Bad frei?“, fragte Vera von der Tür. Sie musterte mich eingehend und murmelte: „Hm, richtig schnuckelig.“ Dann verschwand sie im Bad, während Cisco neben mir aufs Sofa sprang.

Ich rief Rodenstock an. „Pass auf, ich bin mit Ludger Bensen verabredet, du weißt schon, der Anwalt, der Driesch in seinen Parteiämtern beerben wird.“

„Da würde ich gern mitgehen“, sagte er. „Was willst du von ihm wissen?“

„Er hat doch vor einiger Zeit, das muss Monate her sein, einmal behauptet, Driesch habe eine Geliebte.“

„Stimmt. Gute Idee.“

„Was hat denn die Untersuchung der Wohnung in Monschau ergeben?“

„Also, das Sperma stammt einwandfrei nur von Driesch. Der Nachweis von Weiblichkeit stammt ebenfalls nur von einer Person, aber natürlich wissen wir nicht, von welcher. Also, bis später.“

Vera kam mit einem Handtuch um die Hüften hereingeschlendert. „Ich möchte wissen, ob Driesch dabei glücklich war.“

„Wahrscheinlich nicht“, antwortete ich.

„Warum hat er es dann getan?“

„Vielleicht rann ihm das Leben durch die Finger.“

„Wir finden diese Frau nie“, unkte Vera ohne Hoffnung.

„Schlechte Aussichten“, stimmte ich zu. „Wir fahren gleich zu Dr. Ludger Bensen. Wenn du magst, kannst du mitkommen.“

„Was heißt gleich?“

„Na ja, so in anderthalb Stunden“, sagte ich. „Und jetzt zieh dir was an, du machst mich kribbelig.“

„Du sollst mich nicht rumkommandieren, Baumeister“, sagte sie sanft. Als sie auf mich zuging, ließ sie das Handtuch fallen.

Es gibt Formen gesellschaftlichen Umgangs, denen ich nicht widersprechen kann. Fallenden Handtüchern zum Beispiel.

Dr. Ludger Bensen residierte in Roetgen in einem Haus, das wie eine Mischung aus Tegernseer Landhaus und Gelsenkirchener Barock wirkte. Links und rechts an den Hausecken waren Türmchen angeklebt, und durch den ganzen Vorgarten erstreckte sich eine an Stahlseilen aufgehängte Aluminiumkonstruktion mit Acrylplatten.

Bensen öffnete die Tür. Er war ein Mannsbild wie der Werbung entsprungen: braun gebranntes Gesicht, strahlend weiße Zähne.

„Baumeister", stellte ich mich vor. „Das sind Freunde von mir, die am gleichen Fall arbeiten."

Er strahlte. „Oh, das macht nichts. Mein Haus ist groß genug." Er gewährte jedem von uns einen sehr intensiven Händedruck. „Ich geh mal vor."

Wir bewegten uns im Gänsemarsch einen von Spots erleuchteten Gang hinab und gerieten in eine Art Wintergarten von Ausmaßen, die einem Tanzsaal glichen, und der voller Zitronenbäumchen, Bananenstauden und Olivenbüsche stand.

„Meine Frau liebt die Toskana über alles", erklärte Bensen. „Nehmen Sie doch Platz, wo es Ihnen beliebt. Schatz, wir brauchen noch ein paar Gläser. Ich nehme doch an, Sie trinken ein Gläschen?" Er lachte allerliebst. „Ich sorge auch dafür, dass die Polizei im Revier bleibt."

Die Hausherrin tauchte auf und klagte: „Mein Gott, Therese hat die Gläser wieder falsch eingeräumt!"

„Tja", murmelte Emma, „so was nervt! Mein Name ist Emma Rodenstock, und ich vermute, Sie sind die Frau von Dr. Bensen."

„So ist es", bestätigte sie. „Mein Gott, die Kinder wollten heute überhaupt keine Ruhe geben."

„Die Gläser, Schatz!", erinnerte der Hausherr.

„Ach, Gottchen, ja." Sie nickte gequält und verschwand.

„Tja, nun müssen Sie mir aber sagen, was Sie eigentlich wollen", sagte Bensen und setzte sich bequem in seinem Rattansesselchen zurecht.

„Die Wahrheit", verlangte Rodenstock, „nichts als die Wahrheit."

Sofort bekam das Gesicht des Anwalts einen harten Ausdruck, und er schloss einen Augenblick lang die Augen. „Das ist aber viel verlangt", erwiderte er sachlich.

„Das stimmt!" Emma nickte.

Bensens Frau kam zurück und schob einen rollenden Teewagen vor sich her, auf dem mindestens zwanzig Gläser standen. „Wasser, Saft, einen trockenen Wein? Kaffee vielleicht? Ist schon fertig."

Wir bedienten uns, kamen einander dabei in die Quere, entschuldigten uns sicherheitshalber in alle Himmelsrichtungen und setzten uns dann wieder brav hin, als wären wir in der Sonntagsschule.

„Sie werden nun wohl bald in den Bundestag einziehen, nicht wahr?", fragte Rodenstock listig.

Der Kandidat fiel darauf herein. „Nun ja, die ganze Sache ist furchtbar traurig. Und ich weiß auch nicht, ob ich in den Riesenschuhen des Jakob Driesch laufen kann. Aber wir müssen unsere Pflicht tun, der Wähler hat so entschieden. Daher werde ich nach Berlin gehen und so gut wie möglich Jakob Drieschs Aufgaben übernehmen."

Vera stöhnte in die Stille: „Also eigentlich haben wir gar keine Zeit für Wahlkampf."

„Wir haben nur einige sachliche Fragen", fügte Emma hinzu.

„Und ich denke", schlug ich vor, „unser Kriminaloberrat sollte die erste Frage stellen."

„Wieso Kriminaloberrat? Ich denke, Sie sind Journalisten?" Der Anwalt war sichtlich irritiert.

„Bin ich auch", sagte ich. „Und mein Freund Rodenstock hier beobachtet die Sache offiziell im Namen des Bundesnachrichtendienstes – Sie wissen schon, die aus Pullach."

„Kenn ich", sagte er verkniffen. „Und um was, bitte, geht es?"

„Um eine Äußerung von Ihnen“, sagte Rodenstock. „Ich erkläre Ihnen kurz den Hintergrund. Sie haben vor etwa einem Jahr Jakob Driesch mit der Behauptung attackiert, er habe eine Geliebte. Erinnern Sie sich?“

Er wich sofort aus. „Was heißt hier attackieren? Meine Bemerkung ist völlig aus dem Zusammenhang gerissen worden. Ich habe niemals behauptet, Jakob Driesch habe eine Geliebte. Das konnte ich gar nicht behaupten, weil ich so etwas nicht wusste und weil es nicht meine Art ist, einen Gegner unter die Gürtellinie zu schlagen.“

„Was also haben Sie genau gesagt?“, fragte ich.

„Ich sagte dem Sinn nach, wo kämen wir denn hin, wenn einer von uns über den anderen etwas Übles sagt. Wenn ich beispielsweise behaupten würde, Driesch habe eine Geliebte. So etwa habe ich es formuliert. Es war“, er hob den Zeigefinger, „ein Konjunktiv, meine Damen und Herren, ich habe nur eine Möglichkeit durchgespielt.“

„Es gibt Zeugen, dass Sie keinesfalls den Konjunktiv benutzt, sondern es als Tatsachenbehauptung hingestellt haben“, erklärte ich und sah Rodenstock an. „Das müssen wir dann notfalls gerichtlich klären lassen.“

Er nickte und wandte sich sofort wieder an Bensen. „Sehen Sie, wir vom Geheimdienst sind daran interessiert, dass Drieschs Leben klar vor uns liegt. Er kann sich nicht mehr wehren. Aber uns liegt sehr daran, seiner Frau Schmerz zu ersparen. Wir wissen, dass Sie im Zorn oder bei klarem Verstand von einer Geliebten gesprochen haben. Also, was war es? Zorn? Klarer Verstand?“ Er bot ihm eine Entschuldigung an, und Bensen war dumm genug, darauf hereinzufallen.

„Natürlich war es Zorn. Ich war es leid, mich stets und ständig mit ihm auseinander setzen zu müssen. Außerdem habe ich mich entschuldigt, die Geschichte ist also Geschichte.“

„Ist sie nicht“, sagte ich.

„Sie hatten allen Grund anzunehmen, dass Driesch wirklich eine Geliebte hatte, nicht wahr?“, fragte Rodenstock.

„Gottchen, diese schändliche Politik“, warf Bensens Frau seufzend ein. „Ich erinnere mich genau, dass du noch gesagt hast, mein Lieber, sie könnte seine Enkelin sein. Nun sag es diesen Leuten schon.“

Wenn Blicke töten könnten, wäre sie augenblicklich Tatar gewesen. „Also“, besann sich der Anwalt, „ich nehme an, Sie können mich und meine Aussage schützen?“

„Wir können alles.“ Rodenstock nickte.

„Es war so, dass ich im vorigen Sommer des Öfteren eine Gaststätte hier in der Nähe besuchte, wenn ich mit dem Bürokram fertig war. Man sitzt unter Kastanien und trinkt Berliner Weiße mit Schuss. Manchmal vermieten sie auch an Durchreisende Zimmer, ich glaube, sie haben sechs oder sieben Fremdenzimmer. Also, ich hocke da und habe den Empfangstresen genau im Blick. Da steht plötzlich Jakob Driesch mit einer ganz jungen Dame. Sie tragen sich ein und gehen dann die Treppe hoch. Ich habe gedacht, ich sitze im falschen Film, weil es immer hieß, Driesch sei ein Familientier und führe eine wunderbare Ehe. Ich habe nichts unternommen, ich habe …“

„Du hast es mir erzählt, mein Lieber“, fiel ihm seine Frau ins Wort.

„Ja, ja“, sagte er gequält. „Ich habe es also meiner Frau erzählt, aber sonst niemandem. Dann hatten wir eine Gebietsausschusssitzung, und Driesch spielte den Biedermann. Da bin ich geplatzt. Denn inzwischen war noch mehr passiert. Ich hatte noch ein paarmal das Vergnügen, Driesch samt jugendlicher Freundin in das Zimmer gehen zu sehen. Und damit nicht genug, lag das Zimmer im ersten Stock zum Biergarten hinaus. Und die junge Frau trat einmal splitternackt an das Fenster und schloss es.“

„War es Wilma Bruns?“, fragte Vera.

„Nein", sagten Emma und ich gleichzeitig. „Annette von Hülsdonk."

„Richtig", bestätigte Bensen. „Ich kannte sie zwar, aber nicht gut genug, um sie wieder zu erkennen. Erst als ihr Bild in der Zeitung erschien, weil dieser ..., dieser Kranke sie erschossen hatte, da war ich mir ganz sicher." Er warf die Arme theatralisch in die Luft. „Und damals ist mir das rausgerutscht, weil ich wütend war."

„Und später haben die beiden das Zimmer nicht mehr gemietet?", fragte Vera.

„Nein", sagte er bestimmt. „Das wäre ja nun der Gipfel der Idiotie gewesen."

„Sie hätten damit zur Polizei gehen müssen", wandte Rodenstock ein. „Sie hätten uns viele Tage Arbeit erspart."

„Wir wollten mit diesem Dreck nichts zu tun haben", empörte sich seine Frau.

„Ach du liebe Güte", sagte Emma heiter, „die beiden liebten sich. Glauben Sie mir, so was kann verdammt schön sein. Nichts für ungut, aber ich gehe schon mal." Wir verabschiedeten uns alle, ließen Dr. Ludger Bensen verlegen nach Ausflüchten suchen. Seine letzte Bemerkung war: „Wenn Sie darauf bestehen, entschuldige ich mich beim Oberstaatsanwalt. Sofort."

„Schon gut", sagte Rodenstock abwinkend.

Dann standen wir auf der Straße und sahen uns an.

„Mal ehrlich", meinte Vera, „wer konnte das ahnen?"

Niemand antwortete.

„Es geht eben nichts über eine Spießergeschichte", erklärte ich. „Jetzt interessiert mich der Vater von Annette. In welchem Krankenhaus liegt er?"

„Maria Hilf in Daun", antwortete Rodenstock. „Gut, teilen wir uns. Vera, wir fahren zur Kommission. Da muss einiges besprochen werden. Kischkewitz muss zwei Leute loseisen, die den Onkel von Driesch aufsuchen."

„Wieso das denn?“, fragte Vera.

„Weil er der Jäger in der Familie ist“, erklärte ich. „Er hat Gewehre. Macht es gut. Ich komme, wenn ich in Daun fertig bin. Du lieber Himmel, ist das ein triviales Spiel.“

„Das ist es meistens“, murmelte die kluge Emma.

Von unterwegs rief ich das Krankenhaus an und sagte, ich müsse Manfred von Hülsdonk sprechen, ob das so spät noch möglich sei. Sie antworteten, dagegen sei nichts einzuwenden, es gehe ihm gesundheitlich gut.

Dann erinnerte ich mich an Cisco und änderte die Route. Man sollte kleine Hunde auch wegen einer Notsituation nicht so lange allein lassen. Cisco lag auf dem Sofa und wurde gerade wach, als ich hereinkam. Er hatte sorgsam vor dem Sofa auf dem neuen Teppich einen Haufen gemacht und sich dann schlafen gelegt.

„Hör mal, das kann aber nicht so weitergehen. Komm jetzt mit.“

Er war ganz verrückt vor Begeisterung, sprang herum wie ein Vollgummiball und landete dabei in seinen eigenen Exkrementen, was sowohl dem Teppich wie dem Parkett eine ganz neue, eigenwillige Note gab. Doch er war gehorsam und folgte mir, sprang auf die Rückbank, stellte die Pfoten hinter meinem Kopf auf die Nackenstütze und schnüffelte an mir herum, wobei er ständig Laute des höchsten Entzückens ausstieß und hin und wieder nieste, was schön feucht war – und er stank.

Ein Assistenzarzt erwartete mich auf der Station und erklärte, mein Besuch solle möglichst nicht länger als eine halbe Stunde dauern. Ich versicherte ihm, ich sei in ein paar Minuten fertig.

Manfred von Hülsdonk hatte ein Einzelzimmer und sah elend grau aus wie jemand, der keine Hoffnung mehr hat, dass sich sein Leben noch einmal zum Besseren wendet.

„Ich gebe keine Interviews“, stellte er monoton fest.

„Ich will kein Interview“, sagte ich. „Nach mir wird die Staatsanwaltschaft hier aufkreuzen. Das mit Annettes Tod tut mir aufrichtig

Leid, und ich kann Ihnen in Ihrem Schmerz nicht beistehen. Ich frage mich nur, warum Sie nicht eingegriffen haben."

„Meine Tochter", er stemmte seinen schweren Körper ein wenig nach oben und baute sich aus den Kissen eine Kopfstütze, „ließ sich seit Jahren schon von niemandem mehr reinreden. Und wenn sie etwas wirklich haben wollte, dann kriegte sie es auch."

„Und sie wollte Jakob Driesch?"

„So könnte man es ausdrücken."

„Haben Sie sie nicht gewarnt?"

„Seit es anfing. Ich habe sie nicht nur gewarnt, ich habe sie auf Knien angefleht, die Finger von dem Mann zu lassen. Sie sagte eiskalt: Der oder keiner! Und das war es dann."

„Haben Sie mit Driesch gesprochen?"

„Viermal."

„Was sagte er?"

„Er sagte, er meine es ernst. Er wisse nicht, was daraus werden würde, aber er meine es ernst."

„Wollte er sich scheiden lassen?"

„Ja, später. Hat er jedenfalls behauptet."

„Und die Million, mit der er auf Mallorca aufkreuzte, stammte von Ihnen, nicht wahr?"

„Ja." Von Hülsdonk hustete heftig. „Das war mein Geschenk an Annette."

„Zuerst haben Sie aber doch diesen Gutshof hier in der Eifel gekauft, damit sich Annette darin ein Hotel einrichten konnte. Was passierte dann?"

„Ich wollte gerade mit dem Umbau loslegen, als Annette kam und die ganzen Pläne umschmiss. Einfach so. Sie sagte: Verkauf das Ding wieder, ich mache ein Hotel auf Mallorca auf. Driesch habe auf Mallorca was an der Hand. Ich redete mit Driesch, er bestätigte die Sache und sagte, das Günstigste sei Bargeld. Ich fand einen Käufer, bekam einen Scheck und ließ mir das Geld in einen

Koffer packen. Der Banker, ein alter Freund von mir, warnte mich noch: Junge, ich weiß nicht, was du vorhast, aber ich ahne, du baust Scheiße.

Kann man wohl sagen. Jedenfalls flog Driesch runter und kaufte das Anwesen, wurde als Eigentümer notariell festgeschrieben und schloss mit Annette und mir einen Vertrag: jeder ein Drittel. Das war sauber und klar. Eine Zeit lang habe ich wirklich geglaubt, die Geschichte gehe gut aus."

„Wann wollten die beiden denn runterziehen?"

„Im März kommenden Jahres. Annette sagte immer: 2000 wird mein Jahr, Papa! Und die ganze Zeit hatte ich ein hundsmiserables Gefühl ..."

„Als Driesch tot war, was haben Sie da gedacht?"

„O Gott, ich ahnte es, ich ahnte sofort, was da los war, aber hatte ich Beweise? Und Annette war so durcheinander. Dann passierte das mit Annette, das mit Bastian. Und dann war auch noch Wilma tot, die ja nun für gar nichts konnte. Mörder sind doch irre, die sind doch ... Ich hab daran gedacht, zur Polizei zu rennen und zu schreien: Ihr Idioten, seht doch mal genau hin! Aber ich habe es nicht geschafft, ich wollte nur noch ..., ich wollte nur noch weg." Er schluchzte.

Hinter mir war ein Geräusch. Ich drehte mich um und sah den Assistenzarzt dort stehen. „Schon gut", sagte ich. „Ich habe genug gehört."

ZEHNTES KAPITEL

Als ich in Deudesfeld vor dem Haus hielt und ausstieg, kam auch Vera gerade an. „Ich kann so schlecht allein sein", sagte sie entschuldigend.

„Ist schon in Ordnung", erwiderte ich. „Das

kommt mir sehr entgegen. Ich brauche eine Menge Haut, um all den Tod zu vergessen. Wann geht es los?“

„Morgen früh um neun im Aukloster. Gleich ist es eins, wir haben also noch sechs Stunden, um auszuruhen. Ich brauche auch Haut, Baumeister. Die Million stammte von Annettes Vater, nicht wahr?“

„Ja. Was ist mit der Winchester?“

„Drieschs Onkel hat bestätigt, dass es seine Waffe sein könnte. Er ist ein sehr alter Mann, der kein Gewehr mehr halten kann und der auch nicht mehr sicher weiß, wie viele Gewehre er besitzt. Ich habe sie gesehen, drei Schränke voll. Er hat gar nicht mitbekommen, dass die Winchester fehlte.“

„Kannst du Bratkartoffeln mit Spiegelei machen?“

„Klar“, sagte sie. „Wenn du die Kartoffeln schälst.“

„Wenn Alwin Kartoffeln hat.“

Wir bekamen Kartoffeln und ein halbes Dutzend Eier und verzogen uns in mein Reich.

„Ich verstehe nur die Sache mit Wilma nicht“, sagte sie.

„Ich auch nicht. Und es hat jetzt keinen Sinn zu spekulieren. Schneide den Speck, ich schäle die Kartoffeln.“

Eine halbe Stunde später war die Herrlichkeit den Weg alles Irdischen gegangen. Als wir nebeneinander im Bett lagen, fragte Vera: „Glaubst du, ich kann in deinem Arm einschlafen?“

„Wenn du das willst, kannst du das.“

„Und wirst du mich nicht zur Seite schubsen?“

„Nein. Warum sollte ich das?“

„Und du brauchst auch nicht ganz automatisch …“

„Nein, ich brauche gar nichts ganz automatisch. Und jetzt komm hergekrochen, zier dich nicht, ich rühre dich nicht an.“

„Warum eigentlich nicht?“

Wir verschliefen um eine halbe Stunde und mühten uns dann in der qualvollen Enge des kleinen Bades ab. Ich verzichtete auf eine

Rasur, sie verzichtete auf die Dusche. Wir hetzten hinunter zu den Autos, und für Cisco war das Ganze ein herrlicher Spaß, den wir nur um seinetwillen erfunden hatten.

„Mein Gott, Kischkewitz schlägt mich tot!"

„Wir schaffen es, wenn du zügig fährst."

Wir erreichten fünf Minuten vor neun das Parkdeck oberhalb des Auklosters.

„Gibt es eigentlich Regieanweisungen?", fragte ich.

„Ja. Kischkewitz und Rodenstock stellen die Fragen, alle anderen schweigen und lächeln höflich. Was machst du, wenn die Geschichte hier vorbei ist und du dein Manuskript geschrieben hast?"

„Vielleicht Bodensee, vielleicht Tessin."

„Ist es vorstellbar, dass ich mich am Benzin beteilige?"

„Das ist vorstellbar."

Im Kloster war es merkwürdig still. Gleich auf der rechten Seite befand sich der große Vortragssaal, den man als Kulisse ausersehen hatte. Es waren viele Leute da, einige kannte ich vom Sehen, andere waren mir fremd. Vera entschwand, und wenig später hockte sie brav mit einem Stenoblock an einem kleinen Tisch.

Emma tauchte auf und rauchte einen ihrer fiesen holländischen Zigarillos. „War es gut heute Nacht?"

„Es war sehr gut." Ich grinste. „Sie ist ein wirklich guter Typ."

„Das ist wahr." Emma nickte.

Wir gingen in den Saal hinein und quetschten uns in der letzten Reihe auf zwei Stühle, dicht am Fenster.

Kischkewitz und Rodenstock betraten den Raum und setzten sich an einen kleinen Tisch nebeneinander, legten Blocks und Kugelschreiber bereit. Dann stand Kischkewitz wieder auf.

„Liebe Leute", begann er gemütlich, „wir haben eine Anhörung vor uns. Ich sage bewusst Anhörung und vermeide das Wort Verhör. Wir haben es mit einer Frau zu tun, die nach meinem Dafürhalten sehr gelitten hat. Und das seit mindestens einem Jahr. Es ist die

Geschichte eines Verlustes, es ist auch die Geschichte des Verlustes von Identität. Die Dame hat angedeutet, dass sie dankbar wäre, wenn ihr keine Handschellen angelegt würden. Ich bitte um Höflichkeit und um die strikte Einhaltung der Regel, dass die Fragen nur von Rodenstock und mir kommen. Ich darf dann bitten, Ewald."

Anna trug wieder ein langes schwarzes Kleid. Sie bewegte sich voll Würde auf den Stuhl zu, den man ihr hinter einem kleinen Tisch bereitgestellt hatte. Sie setzte sich; sie wirkte ungezwungen und schaute Kischkewitz und Rodenstock offen an.

„Wir können auf die Personalien verzichten", eröffnete Kischkewitz. „Frau Driesch, dies ist eine Anhörung, bei der Sie freundlicherweise die Anwesenheit der Kommission dulden und gleichzeitig zunächst auf einen eigenen Rechtsbeistand verzichten. Wenn Sie an einen Punkt geraten, an dem Sie lieber einen Anwalt neben sich haben möchten, dann brauchen Sie das nur zu sagen, und die Anhörung wird beendet. Haben Sie das verstanden?"

„Das habe ich verstanden", sagte sie mit ihrer klaren Altstimme.

„Wir haben bereits ein erstes Gespräch geführt", erklärte Rodenstock freundlich. „Da ich durchaus begreifen kann, dass Sie unter erheblichem Druck gestanden haben, und wir den Druck nicht verstärken möchten, schlage ich vor, dass Sie zu erzählen beginnen. Fangen Sie an dem Punkt an, der für Sie wichtig ist. Wenn wir eine Zwischenfrage für notwendig halten, dann melden wir uns zu Wort. Sind Sie einverstanden?"

„Ja", sagte sie. „Ist es erlaubt zu rauchen?"

„Selbstverständlich." Kischkewitz nickte. „Einen Aschenbecher, bitte."

Sie zündete sich eine Zigarette an und setzte sich aufrechter hin. „Ich weiß, dass die Mitglieder dieser Kommission besonders auf einen Satz warten. Auf den Satz nämlich, dass ich meinen Mann erschossen und Wilma Bruns umgebracht habe. Ich sage ihn also direkt am Anfang und bin mir durchaus bewusst, was das bedeutet. Da mein Leben sowieso kaputt ist, kann ich das ruhig einräumen: Ich habe getötet.

Wie es begann, ist sehr schwer zu rekonstruieren, weil zu Beginn dieser schrecklichen Zeit kein Wissen vorhanden war, sondern nur eine diffuse, riesige Welle von Gefühlen, die mit Unruhe verbunden waren, mit schrecklicher Angst. Dein Mann kommt jeden Abend nach Hause, schläft jede Nacht in dem Bett neben dir, schläft mit dir, spricht mit dir, teilt seine Sorgen mit dir. Und trotzdem bist du dir sicher: Da läuft etwas ab, an dem er dich nicht teilhaben lässt. Ein zweites Leben. Und damit beginnt diese Geschichte. Das ist jetzt länger als ein Jahr her."

Sie setzte sich erneut zurecht und fummelte mit der Zigarette im Aschenbecher herum.

„Mein Mann hat damals zusammen mit Annette von Hülsdonk und Wilma Bruns an der Projektierung eines Windparks gearbeitet. Und ganz plötzlich hatte er kein Interesse mehr daran. Er erlahmte. Ich fragte ihn danach, er wehrte ab. Er sagte, er sei erschöpft. Da aber im Zuge der Entwicklung dieses Windparks eine ganze Gemeinde von ihm abhängig war, kam Erschöpfung nicht infrage, er hatte seine Leute noch nie verraten. Irgendetwas musste geschehen sein, das ihn lähmte. Er ging abends vor das Haus und stand stundenlang am Hang und schaute ins Tal. Ich gebe zu, ich dachte an Wilma Bruns. Auf einer Geburtstagsfeier suchte ich ein Gespräch mit ihr. Einige von Ihnen haben sie gekannt. Sie war immer sehr offen. Sie erklärte mir, dass sie meinen Mann auf eine sehr spezielle Art lieben würde und dass ich mir nicht die geringsten Sorgen zu machen brauchte. Das glaubte ich ihr. Aber der Zustand meines Mannes änderte sich nicht, im Gegenteil. Manchmal kam er mir vor wie ein jugendlicher Träumer, der vollkommen den Boden unter den Füßen verloren hat. In Sachen Windpark unternahm er nichts mehr, er sagte, Annette und Wilma würden das regeln. Gleichzeitig erhöhte sich die Zahl seiner Reisen ungemein.

Während dieser Zeit überdachte ich meine Situation und fand zu meinem Schrecken heraus, dass ich mich nur noch über Jakob Driesch definierte. Ich war keine eigenständige Anna Driesch, ich war die Frau von Jakob. Das machte mir eine wahnsinnige Angst. Dann, im Januar, passierte einer dieser unglaublichen Zufälle. Jakob war in Berlin. Da besuchte mich eine frühere Schulfreundin. Und als ich ihr sagte, leider sei mein Mann in Berlin, antwortete sie ganz verblüfft: ‚Aber den habe ich doch eben in Monschau gesehen.' Ich reagierte nach außen gar nicht, lächelte und deutete eine wahrscheinliche Verwechslung an. Aber seit diesem Vorfall begann ich meinen Mann systematisch zu kontrollieren. Jetzt wurde mir klar, dass ich ihn verlieren würde. Ich war verzweifelt."

Sie endete und zündete sich eine neue Zigarette an. Niemand sonst sprach ein Wort, niemand räusperte sich.

„Ich habe eine Frage, Anna", sagte Rodenstock. „Was dagegen?"

„Nein, fragen Sie nur."

„Sie schildern sehr anschaulich, wie Sie merkten, dass Sie Ihren Mann langsam zu verlieren drohten. Hat er sich auch im Bett anders verhalten als üblich? Entschuldigung, das könnte man als indiskrete Frage bezeichnen, aber wir sind Praktiker, verstehen Sie?"

Es gab ein leises Gelächter, Emma zischte: „Ruhe, verdammt!"

Anna nickte bedächtig. „Da hatte sich unmerklich etwas verändert. Wir sind … sehr offen sexuell miteinander umgegangen. Ja, und es hat Freude gemacht. Aber nun wurde es immer monotoner. Ich hatte das Gefühl: Er bedient mich, weil er mich bedienen muss. Kein Herz mehr dabei, verstehen Sie?"

„Das verstehe ich gut", bestätigte Kischkewitz. „Und dieser Vorgang verstärkte das Gefühl, ihn verloren zu haben."

„Ja, so war es. Ich habe alles Mögliche gedacht und geplant. Denn mittlerweile war glasklar, dass er mich belog. Er hatte bereits eine komplette Bürobesatzung in Berlin. Ich bin dorthin geflogen und habe mich mit denen angefreundet. Von da an konnte ich anrufen und nach Jakob fragen, ohne dass sie ihm das gesagt hätten. So erfuhr ich, wenn er offiziell in Berlin war, sich aber in Wahrheit ganz woanders aufhielt. Das geschah nicht einmal, das geschah mehr als zwanzigmal."

Rodenstock stellte erneut eine Frage. „Sie sind ein hochintelligenter Mensch. Warum sind Sie nicht auf die Idee gekommen, mit Jakob offen zu sprechen?"

„Ich versuchte es. Vielleicht zehnmal, vielleicht öfter. Er wich aus, er ließ sich auf nichts ein. Einmal habe ich sogar deutlich gesagt, dass ich vermuten würde, er habe eine Geliebte. Da hat er mich angesehen, als ob er mich verprügeln wollte. Dann schlief ich nicht mehr mit ihm. Er wirkte erleichtert. Mein ganzes Leben war kaputt, das Leben meiner Töchter bis zu einem gewissen Grad auch. Plötzlich begriff ich: Da gab es gar nichts mehr zu reparieren, die Ehe war am Ende, gescheitert. Jakob Driesch hatte mich verlassen."

„Aber Sie wussten noch nichts von Annette von Hülsdonk?", fragte Kischkewitz.

„Doch, davon wusste ich seit Februar. Ich bin von meiner Ausbildung her systematisches Arbeiten gewohnt. Verreiste mein Mann, kontrollierte ich Wilma Bruns, der ich in meiner Verwirrung und Angst zuweilen immer noch nicht traute. Und irgendwann begann ich Annette zu kontrollieren. War mein Mann angeblich in Berlin und in Wirklichkeit woanders, war auch Annette nicht erreichbar. Also konzentrierte ich meine Nachforschungen ganz auf Annette. Sie war nicht im Geringsten vorsichtig. Zu Beginn des Jahres trafen sie sich im alten Forsthaus, das zuweilen an Jäger vermietet wird. Sie zündeten sich ein Feuer im Kamin an, sie machten sich Brote, meistens Weißbrot mit Salami und Käse. Und sie tranken Wein, einen trockenen Wehlener ..."

„Moment", Rodenstock wedelte mit der rechten Hand. „Heißt das, Sie haben ihnen zugeschaut?"

„Ja."

Wieder herrschte Stille, bedrückende Stille.

Sie räusperte sich und blies den Rauch ihrer Zigarette nachdenklich in den Raum. „Es war demütigend, selbstzerstörerisch, es war irgendwie mein Tod."

„Haben Sie das oft getan?"

„Dreimal", sagte sie seltsam klar. „Das war dreimal zu viel. Sie gingen dann nicht mehr in das Forsthaus. Ich habe es aufgeschrieben, wo sie miteinander…, wo sie es trieben. Bis dann die Sache mit der Million passierte. Anfangs wusste ich nicht, was ich davon halten sollte."

„Das heißt, Sie haben das alles von Anfang an gewusst?", fragte Rodenstock. „Das mit Annette, das mit dem Projekt auf Mallorca?"

„Natürlich", erklärte Anna. „Wenn man Annette folgte, musste man auf diese Geschichte stoßen. Ihr Vater kaufte ihr das große Bauernhaus. Drei Monate später verkaufte er es wieder. Und ich habe von dem Banker erfahren, dass er sich das Geld hat bar auszahlen lassen. Ich bin Jakob Drieschs Frau, mir erzählt man so was. Dann ist mein Mann nach Mallorca geflogen. Von Berlin aus. Eine der Damen in seinem Büro erwähnte das so ganz nebenbei und ließ auch eine Bemerkung von einem Koffer voll Geld fallen. Ich brauchte dann nur noch Annette zu folgen, von der sicher anzunehmen war, dass sie ihren Mund nicht halten würde. Und sie erzählte in einem Café einer Freundin ganz aufgeregt, sie habe soeben ein Hotel auf Mallorca geschenkt bekommen. Und sein Name stand auf der Besitzurkunde. Ich wusste: Er würde mich bald verlassen. Meine Kinder würden keinen Vater mehr haben, und ich würde in Not geraten, weil ich nicht erklären kann, wieso das Schwein uns sitzen lässt." Ihre Stimme war jetzt hart und ohne den Hauch eines Gefühls.

„Und Sie haben ihn in der Monschauer Wohnung überrascht und dann getötet?", fragte Kischkewitz.

„Ja. Ich wollte, dass er stirbt. Er hatte nicht das Recht, mich auf den Müllberg seines Lebens zu werfen und meine Töchter gleich mit. Ich holte mir das Gewehr von seinem Onkel. Der hatte genug davon. Dieses Gewehr kannte ich genau, denn damit hatte ich schon auf Blechdosen geschossen und mich darüber gewundert, wie zielgenau diese Dinger funktionieren. Es hat auch so ein Gerät über dem Lauf, das ein rotes Signal sendet, das man auf dem Ziel sehen kann. Das funktioniert idiotensicher. Die beiden trieben in Monschau immer ein raffiniertes Spiel. Er fuhr auf irgendeinen Parkplatz, auf dem sie schon wartete. Dann stieg er um in ihren Wagen, und sie fuhr an diesem Haus vorbei. Er sprang hinaus, hatte meistens einen Mantel an, den Kragen hochgeschlagen, und er trug eine Sonnenbrille. Er schloss auf und war verschwunden. Ich habe das oft genug verfolgt."

„Etwas will mir nicht in den Kopf", polterte Kischkewitz los. „Ist den beiden denn nie aufgefallen, dass sie verfolgt wurden?"

„Nein. Sie hielten ihr Spiel für absolut undurchschaubar und waren sich sehr sicher. Und mir traute man derartige Verfolgungen überhaupt nicht zu. Ich beschloss jedenfalls, ihn zu töten. Ich kam an die Tür, die zum Laufenbach führt. Annette öffnete mir, Jakob verschwand gerade durch den Hauseingang. Ich bin hinter ihm hergelaufen. Ich habe geschossen, aber nicht getroffen. Dann habe ich gewartet. Ich wusste genau, er würde zu Annette zurückkehren. Und er kehrte zurück. Ich sah ihn im Fluss, nahe genug, ihn zu treffen."

Sie atmete laut aus. „Sie werden fragen, ob es mir Leid tut. Nein, tut es nicht."

„Aber Annette muss Sie doch erkannt haben", sagte Rodenstock. In seiner Stimme war Verblüffung.

„Konnte sie nicht. Ich trug ein Kopftuch und eine dick wattierte Winterweste mit hochgeschlagenem Kragen."

„Aber wieso, um Gottes willen, ist Annette nach dieser so

furchtbaren Nacht nicht sofort zur Polizei gelaufen oder hat wenigstens ihren Vater alarmiert?“, fragte Kischkewitz aggressiv.

„Ich habe sie angerufen, gleich als ich zu Hause war. Frühmorgens. Ich wusste, sie würde geschockt sein. Und ich hasste sie, ich hasste sie von ganzem Herzen. Ich habe ihr gesagt: ‚Du kleines widerliches Balg, du hast meinen Mann zerstört, mich zerstört, meine Kinder zerstört. Jetzt werde ich dich zerstören.‘“ Anna kniff die Lippen zusammen. „Aber Bastian hat es mir abgenommen, das arme Schwein.“

„Kommen wir jetzt, bitte, zu Wilma Bruns“, sagte Rodenstock. „War das auch geplant?“

„Ja und nein. Sie rief mich in der Nacht an. Mir war sofort klar, dass sie betrunken war. Sie sagte: ‚Diese Idioten rätseln rum, wer aus dem Lager der Windkraftgegner deinen Jakob umgelegt hat. Du warst es!‘ Tatsächlich hätte man eigentlich schnell auf die Idee kommen können, dass nur ich es getan haben konnte, nicht wahr?“

Sie genoss ihren Auftritt, betrachtete uns alle gelassen mit einem Ausdruck, der klar sagte: Ihr Idioten habt nicht zwei und zwei zusammenzählen können!

„Wilma beschimpfte mich am Telefon, wie ich ihn so brutal hätte töten können. Ich stritt es nicht ab. Ich sagte: ‚Wilma, ich muss mit dir darüber reden.‘ Ich wusste genau, dass sie nicht widerstehen konnte. Wir trafen uns mitten in der Nacht in Rott. Es war durch Zufall Rott, weil dort eine alte Schulfreundin von mir wohnt. Wilma stieg in meinen Wagen um, und ich fuhr los.“ Anna strich sich über das Gesicht. „Ja, einiges war geplant, anderes nicht. Ich habe immer eine gut gefüllte medizinische Bereitschaftstasche bei mir. Die brauche ich für die Jugendhäuser, die ich betreue. Wir haben zum Beispiel ein Haus, in dem in einer Wohngemeinschaft auch Epileptiker leben. Und manchmal muss man eben eine Beruhigungsspritze setzen. Es ist ein Mittel, das den Wirkstoff Diazepam enthält. Ich habe gar nicht erst versucht, Wilma zu sagen, dass ich es nicht war. Im Gegenteil, ich gab es zu. Ich sagte sogar: ‚Wenn du an meiner Stelle gewesen wärst, hättest du es auch getan.' Sie regte sich auf, sie brüllte und geiferte. Es war widerlich. Kurz vor Monschau fiel mir das Moor ein. Ich war schon oft da gewesen. Wilma zeterte die ganze Zeit, ich wurde vollkommen wirr und hatte nur noch einen Wunsch: Lieber Gott, lass sie endlich aufhören. Irgendwann habe ich angehalten, eine Spritze aus der Tasche genommen und ihr gesagt, sie müsse sich endlich zusammenreißen und ich würde ihr jetzt eine Beruhigungsspritze geben. Sie widersprach nicht, sie war sogar irgendwie erleichtert, hat mir den Oberschenkel hingehalten. Ich spritzte ihr die volle Dosis und wusste, ich musste es mit ihr bis ans Moor schaffen – nur bis dahin, das würde reichen. Es reichte knapp, sie brach an der Brüstung zusammen und schlief dort ein."

Sie zündete sich wieder eine Zigarette an und zog einige Male hoch konzentriert. „Ja, und dann war da der Strick. Ich las in der Tageszeitung, dass der Täter wahrscheinlich einen Strick benutzt habe, aber dass man nicht genau wisse, wie er die Leiche in das Moor bekommen habe. Die Spuren des Stricks seien an dem Querholm der Absperrung vom Moor gefunden worden. Da haben Sie allerdings etwas übersehen, meine Damen und Herren. Wenn Sie sich bitte die Wasserfläche des Moortümpels vorstellen: Halb rechts steht eine kleine Gruppe von Pfeifenweiden. Ziemlich starke Stämmchen, die im Wurzelbereich durchaus feste Erde gebildet haben. Ich bin zum Wagen zurück und habe den Strick geholt. So etwas haben wir immer im Wagen, weil meine Töchter vier Schafe haben, die zuweilen auf andere Weiden geführt werden müssen. Diesen Strick, der ziemlich lang ist, habe ich an der Absperrung festgebunden, bin dann mit dem anderen Ende bis zu den Weiden gegangen, was gefahrlos möglich ist, habe den Strick um ein Stämmchen gelegt und dann wieder zum Ausgangspunkt zurückgeführt. Ich habe Wilma den Strick um den Oberkörper gelegt und so festgemacht, dass sich bei heftigem Zug die Schlaufe löst, bei normalem, langsamem Zug die Schlaufe aber hält. Segler wissen, wie das geht. Dann zog ich. Es ging ganz leicht. Später habe ich dann von meinem Fehler gehört: Ich habe ihr Handy nicht beiseite geschafft. Wieso hat Sie das eigentlich nicht schon eher zu mir geführt?"

„Wilma hatte schon seit Tagen nicht mehr damit telefoniert. Sie hat Sie von einem anderen Apparat aus angerufen", brummte Kischkewitz.

„Aber Ihre Freundin hatte Ihnen doch für die Nacht, in der Sie Ihren Mann erschossen haben, ein Alibi gegeben", meinte Rodenstock.

Anna lächelte sanft. „Frauensolidarität. Sie wissen doch: Wir Weiber müssen zusammenhalten."

MICHAEL PREUTE ALIAS JACQUES BERNDORF

Obwohl der Journalist Siggi Baumeister in *Eifel-Sturm* bereits zum achten Mal ermittelt und sich mittlerweile zigtausende von Fans auf jeden seiner Fälle stürzen, bangt Michael Preute, der seine „Eifel-Krimis" unter dem Pseudonym Jacques Berndorf schreibt, seit Jahren unverändert: „Immer wenn es um einen neuen Jacques Berndorf geht, habe ich Angst, einen Flop zu landen", gesteht der 1936 in Duisburg geborene Autor, der früher als Polizeireporter beim *Duisburger General-Anzeiger* und mit zahlreichen Arbeiten für *Spiegel* und *Stern* bewies, dass Schreiben für ihn nicht nur Beruf, sondern Berufung ist.

Vielleicht liegt ihm das Schicksal seines Helden auch deshalb besonders am Herzen, weil so viel Autobiographisches in Baumeister steckt. Das beginnt bei den speziellen Vorlieben seines Ermittlers – wie Baumeister ist Berndorf passionierter Pfeifenraucher, mag Jazzmusik, hat im Garten einen Teich mit Goldfischen und liebt Katzen. Darüber hinaus finden aber auch Ereignisse aus Berndorfs Leben ihren Niederschlag in seinen Romanen: Auch ihm brannte sein Haus ab und das während der Arbeit an *Eifel-Sturm* – das Feuer verschlang dabei die Hälfte seines Manuskripts.
Berndorfs Leser nehmen an den menschlichen Stärken und Schwächen seiner liebenswert detailliert gezeichneten Figuren regen Anteil und schätzen zudem das Lokalkolorit über alle Maßen. Allerdings hat Berndorf, den *Die Zeit* einen „Eifel-Krimi-Guru" nannte, auch schon Fans mit recht ungewöhnlichen Wünschen kennen gelernt: „Manche Damen raten mir: ‚Ihre Naturbeschreibungen sind so wunderschön, könnten Sie nicht die hässlichen Morde weglassen?'"